玻璃飯店

THE GLASS HOTEL

EMILY ST. JOHN MANDEL

艾蜜莉·孟德爾／著　　朱崇旻／譯

臉譜

獻給卡西亞（Cassia）與凱文（Kevin）

目次

第一部

一、汪洋中的玟森／二〇一八年十二月

一

從終末開始吧：風暴狂野的漆黑中，從船側墜落，因下墜的驚駭而失去了氣息，我的攝影機在暴雨中脫手飛出——

二

將我颳起。我十三歲時胡亂在窗上寫下的字句。我退開一步，任由麥克筆從指間滑落，至今仍記得那一剎那的痛快，胸中有如玻璃碎片晶瑩閃光的感覺——

三

我浮上水面了嗎？冰寒湮滅了一切，一切都只剩下冰寒——

四

一段怪異的回憶：十三歲的我站在凱耶特的水岸邊，手裡拿著全新的攝影機，觸感冰涼而奇異，以每段五分鐘的影片錄下了岸邊的水浪，錄影的同時聽見自己的呢喃絮語：「我想回家，我想回家，我想回家。」但如果這裡不是我的家，那家又在哪裡呢？

五

我在哪裡？不在汪洋之中，也不在汪洋之外，我已經感覺不到寒冷了，什麼都感覺不到了。我認知到了邊界的存在，卻不知自己身在它的哪一邊，彷彿能如穿梭一個個房間般遊走在不同回憶之間——

六

「歡迎登船。」我第一次登上海王星昆布蘭號時，三副這麼對我打招呼。當我看向他，忽然心念一動，我心想：你——

七

我沒時間了——

八

我想見哥哥。我能聽見他對我說話的聲音，關於他的回憶劇烈沸騰。我非常努力集中精神，忽然間站在了一條窄街上，在陌生城市的黑暗雨夜之中。一個男人頹然倒在對面一道門前，我已經十年沒和哥哥見面了，但我知道那是他。保羅抬起頭，僅剩的時間夠我注意到他瘦削、枯槁而邋遢的外貌，他看見了我，然而街景一閃而逝——

二、我總是來到你身邊／一九九四年與一九九九年

一

一九九九年末，保羅在多倫多大學主修金融，生活本該帶來勝利感的，然而一切都錯亂了。小時候他本以為自己未來會在大學專攻作曲，但他已在兩三年前一段特別難熬的時期賣掉電子琴，況且母親也不肯讓他拿一張不實用的文憑。花大錢進出幾次戒毒所之後，他也實在無法怪罪母親這種想法，於是修了幾門金融課程，幻想著自己踏上了通往輝煌大人生活的務實道路——快看看我啊，我可是學到了關於市場和金錢流動的知識喔！——問題是，這絕妙的計畫有一個缺陷：金融這東西對他而言無趣得要命。二十世紀即將終結，他有滿腔怨言無處抒發。

他原以為自己至少、至少能混入優秀的社交圈，不過當你默默脫離這個世界，就會發現世界即使少了你也會繼續前行。保羅將大把光陰蹉跎在了吞噬一切的藥物上，將大把光陰虛耗在了消磨靈魂的零售業工作上，努力不去想藥物的事，又將大把光陰花費在了醫院與戒毒所之中，如今已是二十三歲，外表甚至比實際年齡老得多。開學前幾週他也參加了派對，但他從小就不擅長和陌生人搭話，且身邊的每個人都顯得過分年輕。他期中考表現不佳，於是到了十月底，城市逐漸寒冷的日子裡，他所有時間都是在寢室或圖書館度過——閱讀、徒勞無功地試圖對金融學產生興趣，努力扭轉局面。保羅住的是單人房，這是因為他和母親難得達成了共識：假若保羅有了室友，室友又有使用鴉片類藥物的習慣，那後果將不堪設想。結果就是，他幾乎隨時隨地都孤身一人。寢室空間很小，只有坐在窗戶正前方時，才不會令他感到窒息。他鮮少和別人互動，少有的人際互動也十分淺薄。即將到來的考試宛若天邊烏雲，但此時讀書也無濟於事，他一直想將注意力集中在機率論與離散時間平賭上，思緒卻一再飄往他明知自己永遠不可能完成的一首鋼琴曲——一首直截了當的C大調曲子，只不過中間加了幾段蜻蜓點水般的小調和音，增添了些許不穩定性。

十二月初，保羅與提姆同時走出了圖書館，對方和他有兩門共同課程，同樣偏好演講廳最後一排的座位。「你今晚有什麼安排嗎？」提姆問道。保羅已經很久沒被人問任何問題了。

「我有點想出去看看哪裡有現場的音樂表演。」在話語脫口而出之前，保羅並沒有這樣的想法，不過今晚朝這個方向行進似乎不錯。提姆的神色微微一亮；他們過去僅僅一次對話，就是和音樂相關。

「我想去看波羅的樂團的表演，」提姆說，「可惜我得準備期末考。你聽過他們嗎？」

「期末考嗎？聽過啊，那玩意兒馬上就要害我壯烈犧牲了。」

「不是。是波羅的樂團。」提姆困惑地眨眼。保羅回想起自己先前的觀察，提姆這個人似乎對「幽默」一竅不通，和他說話簡直像在和外星人類學者雞同鴨講。保羅認為這點應能成為他們發展友誼的起始點，卻怎麼也想像不出對話的開頭——我發現你和我一樣不合群，我們要不要交換一下這方面的經驗？——況且，提姆已然踏入森黑的深秋傍晚，漸行漸遠了。保羅從學生食堂外的報紙箱拿了幾份另類週刊，默默走回自己的宿舍寢室，播了貝多芬〈第五號交響曲〉作伴，然後在報上的演出列表找了一陣，找到了波羅的樂團。他們預計在皇后街與士巴丹拿道那附近某間他沒聽過的俱樂部演出，時間是深夜。上回外出看樂團表演是什麼時候的事了？保羅抓了個刺蝟頭、把頭髮壓平、又改變心意再抓了一次刺蝟頭，試了三件上衣，最後搶在自己再度改變裝扮前出了房間，心裡對自己的優柔寡斷嫌惡不已。戶外氣溫下降了不少，但冷冽的空氣使一切顯得清明透徹，且他已經長久無視了多多運動的醫囑，於是今晚他決定徒步前往表演會場。

俱樂部位在一間哥德風服裝店的樓下，須走一道很陡的樓梯去到地下室。見狀，保羅在人行道上躊躇了幾分鐘，生怕那會是一間哥德俱樂部——到時所有人都會嘲笑身穿牛仔褲與polo衫的他——不過門衛似乎沒怎麼注意到他的穿著，吸血鬼模樣的傢伙也只占人群約百分之五十而已。波羅的樂團是由三人組成：一個是男性低音吉他手，另一個男的正擺弄著與電子琴相連的各種奇異電子設備，還有個拉電子小提琴的女孩子。不曉得他們在臺上是在演奏什麼，但比起音樂那聽上去更像是收音機故障的聲音，滿滿是突然爆出的雜訊與不連貫的單音，從小熱愛貝多芬的保羅實在聽不懂這種散散亂亂、猶如背景音的怪異電子音樂。可是臺上那個女孩子真的很美，所以他絲毫不介意詭異的音樂，即使無法享受音樂，他也能享受她的美貌。女孩湊近麥克風，唱道：「我總是來到你身邊」，歌聲產生了回音——鍵盤手踩下了踏板——所以變成：

——老實說歌聲、電子琴音與一陣陣突如其來的雜音，整體效果極不協調，但這時女孩舉起了小提琴，這新的元素竟填補了原先的空缺。她拉過琴弓，那個音彷彿連接了一座座雜訊島嶼的橋梁，保羅終於聽出了不同元素之間的關聯，提琴音、雜音與背景朦朧不清的低音吉他聲，在那一剎那他不禁心潮澎湃——然後女孩放下了提琴，音樂再次崩解為互不相干的各個部分，保羅又開始懷疑其他人究竟是欣賞這種音樂的哪裡了。

事後，樂團在吧檯前喝酒時，保羅等到了提琴手沒和旁人交談的時機，見縫插針走上前。

「不好意思，」他說，「那個，我只是想告訴妳，我超愛你們的音樂。」

「謝謝。」提琴手說。她微微一笑，卻是帶有警惕意味的那種微笑，是美貌女孩知道對方接下來會說什麼話時會露出的微笑。

「真的超讚的。」保羅轉而對低音吉他手說，希望對話方向出乎女孩的預料，便能突破她的防衛。

「謝啦，兄弟。」低音吉他手笑得燦爛，保羅猜他大概已經嗑藥嗑嗨了。

「對了，我叫保羅。」

「希歐。」低音吉他手說。「這是查理跟安妮卡。」鍵盤手查理點頭打招呼，舉起了啤酒杯，安妮卡則隔著杯緣觀察保羅。

「能問你們一個怪問題嗎？」保羅真的、真的很想再見到安妮卡。「我剛來城裡沒多久，找不到什麼舞廳。」

「你到里奇蒙街左轉就是了。」查理說。

「不是，我是說，我已經去過那邊幾間舞廳了，可是真的很難找到音樂不難聽的地方，不知道你們能不能幫我推薦幾家……？」

「喔。對啊。」希歐將剩下的啤酒一口飲盡。「嗯，去系統聲試試。」

「不過那地方週末擠得要命。」查理說。

「對啊，老兄，你別週末去。禮拜二晚上就很好。」

「禮拜二晚上最好了。」查理說。「你是哪裡人啊？」

「我從最深的深郊來的。」保羅說。「系統聲，週二晚上，好喔，謝啦，我會去看看的。」他對安妮卡說：「說不定之後還會在那邊碰面呢。」然後他快速轉身離開，不忍直面她的漠不關心，走出俱樂部那一路上他都能感覺到寒風般吹在了背上的冷漠。

期末考過後的星期二——他拿了三個C、一個C-，收到了退學門檻觀察警告——保羅去系統聲酒吧獨自跳舞。他不是很喜歡這裡的音樂，但站在人群中的感覺也不錯。音樂的節拍過於複雜，他不確定該如何配合節拍跳舞，只能拿著啤酒前後踱步，努力不去想任何事情。俱樂部的意義究竟是什麼？用酒精和音樂消滅自己所有想法嗎？他本希望能在此遇見安妮卡，不過人叢中不見她或波羅的樂團的其他成員。保羅一直尋找他們的身影，他們一直不在，直到最終他向一名頂著粉紅色頭髮的女孩子買了一小包鮮藍色藥丸，反正搖頭丸不是海洛因所以不算數，但藥丸好像不太對勁，或者是保羅哪裡不太對勁：他將其中一顆咬成兩半吞了半顆下肚，完全沒感覺，於是把另外半顆配著啤酒吞了下去，但這時周遭空間開始浮動，他全身冒汗、心跳漏了一拍，在那一瞬間他以為自己要死了。粉髮女孩已消失無蹤。保羅找到了一張靠牆的長凳。

「喂，兄弟，你還好嗎？你還好嗎？」有人跪在他面前。已經過了好一段時間。人群都不見了。俱樂部內開了燈，明亮的燈光無比恐怖，將系統聲變成了破破舊舊的一間小房間，舞池還有一灘灘不明液體反射著光線。一名年紀較大、臉上多處穿環的死魚眼男人正拎著垃圾袋到處走，撿起散落一地的酒瓶與杯子，而在猛烈的音樂衝擊過後，此時的寂靜猶若震耳欲聾的虛無。跪在保羅面前的男人是俱樂部的主管，身上穿著他們俱樂部主管常穿的常規牛仔褲、電臺司令T恤、西裝外套。

「嗯，我沒事。」保羅說。「很抱歉，我好像喝太多了。」

「兄弟，我是不知道你嗑了什麼，可是真的很不適合你。」那個主管樣的男人說。「我們打烊了，你出去吧。」保羅搖搖晃晃地起身走了出去，回到街上才想到外套還在俱樂部的衣帽間，但店門已經鎖上了。他感覺自己像是中了毒。五輛未載客的計程車從旁駛過，終於有第六輛車停下來載他，司機是個愛說教的禁酒主義者，車子駛往校園那一路上都在勸保羅遠離酒精。保羅恨不得立刻倒上床，只能一直緊握著雙拳保持沉默，直到車子終於停在路邊。他付了錢——沒給小費——順便叫司機別他媽再嘮叨了，還不快他媽滾回印度去。

「聽我說，我想跟你說清楚，我現在已經不是以前那個我了。」二十年後，保羅對猶他州一間戒毒機構的輔導員說道。「我只是想誠實地說出自己從前是什麼德性而已。」

「種族歧視的混蛋，我是孟加拉來的。」計程車司機說罷，留保羅獨自站在人行道上。保羅小心翼翼地跪下來嘔吐，事後跌跌撞撞地走回宿舍，邊走邊為自己身陷的大災難驚奇不已。他明明突破了機率的限制搶到了好大學的名額，結果大一這年才讀到十二月，一切都已經結束了。才剛過完一學期，他的學籍就岌岌可危。「你必須做好面對失望的心理準備。」過去曾有一位諮商師這麼告訴他，但他沒法為任何事情做好心理準備，這就是他一直以來的問題所在。

快轉兩週，跳過雷聲大雨點小的聖誕節——母親的諮商師建議她和兒子維持一段距離，花些時間照顧自己，給保羅自立當大人的機會，等等等；總之她去溫尼辟和妹妹一同過聖誕節了，也沒邀保羅同去。保羅聖誕節當日是獨自在寢室裡度過的，他撥了通電話給爸爸，在那場尷尬至極的對話中照例扯了漫天大謊——那之後就在房間裡一直待到了十二月二十八日，也就是聖誕節與元旦之間那百無聊賴的一週中的最低谷。又到週二晚上了，他打扮後徒步回到系統聲酒吧，這回梳了個油頭，還穿上了特地為此買來的襯衫。他仍穿著上回那件牛仔褲，直到來到了俱樂部門前，他才想起仍塞在前側口袋裡的那小包藍藥丸。

他走進系統聲就見波羅的三人組——安妮卡和查理和希歐——一同站在吧檯前，想必是剛在附近表演完。這好似某種徵兆。上回見到她至今，安妮卡是不是變得更美了？也不是不可能。保羅的大學生活就快結束了，但當他看見安妮卡，眼前又出現了新版的現實，另一種人生的可能性。客觀而論，他覺得自己並不難看，他有一些音樂天賦，而他的過去或許稱得上有趣。在某個版本的現實中，他雖不是讀書的料，卻能夠和安妮卡交往，還在許多方面大獲成功。他可以回零售業工作，這回幹得認真一些，這不是也能好好過活嗎？

「那個，」在二十年後的猶他州，他這麼對輔導員說道，「那當然是很久以前的事了，那之後我花了不少時間回想當時的事，我現在當然也知道那種想法太荒唐又自我中心，可是她真的好美，我滿腦子都在想：『她就是我擺脫這一切的憑藉』，意思是有了她，我就不用再覺得自己很失敗了——」

現在不上，更待何時。保羅心想，於是他在勇氣的熊熊烈火驅使下走向吧檯。

「嘿。」希歐說。「是你。你是上次那個。」

「我聽你們的建議來了！」保羅說。

「什麼建議？」查理問道。

「禮拜二來系統聲。」

「喔對，」查理說，「嗯，是耶。」

「很高興見到你啊，兄弟。」希歐說。保羅感受到一股悄然擴散的暖意，他對三人露出笑容，尤其是對著安妮卡。

「嗨。」她說，語調稱不上不友善，卻仍帶有那種令人煩躁的警惕，似是預期所有見到她的人都將邀她約會獨處。但話又說回來，保羅正是這麼打算的沒錯。

查理正在對希歐說些什麼，希歐稍微低頭聽他說話。（一幅查理・吳的速寫：戴眼鏡的矮小男人，剪了個上班族樣式的尋常髮型，穿著白襯衫與牛仔褲，雙手插在口袋裡站在那邊，眼鏡反射了光線，以致保羅看不清他雙眼。）

「那個。」保羅對安妮卡說。她看了過來。「我知道妳跟我不熟，不過我覺得妳真的很美，不知道妳下次願不願意抽空跟我吃個飯。」

「不用了，謝謝。」她說。希歐的注意力從查理轉移到了保羅身上，他仔細注視著保羅，似是擔心安妮卡需要他插手。這時保羅明白了：在保羅出現前，他們今晚本過得很愉快的。問題就出在保羅身上。查理正在擦眼鏡，顯然絲毫未注意到異狀，一面擦拭鏡片一面隨著音樂節拍點頭。

保羅迫使自己微笑聳肩。「好喔，」他說，「沒關係，我也不介意，只是想說問一下也沒什麼損失。」

「問一下也沒什麼損失。」安妮卡認同道。

「你們對搖頭丸有興趣嗎？」保羅問。

「——我不知道，」二十年後，他對輔導員說道，「老實說我真不知道自己在想什麼，記憶中我的大腦空白得可怕，我話都說出口了才知道自己在說什麼——」

「我個人是還好啦，」保羅說，因為此時三人都盯著他看，「我是說，我也沒什麼特別的意思，就只是一直都沒那麼喜歡這東西而已，但這些是我妹給我的。」他握在手心的小袋子在三人眼前一閃而過。「我實在不想把它們賣掉，我也不怎麼喜歡賣藥，可是直接沖馬桶感覺有點浪費，所以想問問你們。」

安妮卡微微一笑。「我好像上禮拜也試過這種。」她說。「跟你那些顏色一模一樣的。」

「這下你知道我為什麼從來沒跟人說過這段故事了。」系統聲那夜的二十年後，保羅對輔導員說。「可是，我是真的不知道藥丸有問題，只以為是我自己吃不習慣——你也知道，就可能是我剛戒掉鴉片類藥物沒多久，身體還沒恢復過來之類的，而不是每個吃那種藥丸的人都會生病，更不會——」

「總之，你們要的話就給你們吧。」他對三人說。過往每一次試圖融入人群，人們都如波羅的樂團三人這般將他拒之門外。安妮卡微笑著接過了小袋子。「回頭見。」他說，雖是對三人說的，但尤其是對安妮卡，因為有時候「不用了，謝謝」其實是「現在不用，不過以後說不定可以」的意思。可是那袋藥丸，那袋藥丸，那袋藥丸——

「謝謝。」她說。

「就是說，她那時候的反應啊。」保羅對輔導員說。「你別用那種眼神看我，我那時是真心相信她上一週吃過同一種藥丸，我是真心相信她的話的，而且看她笑著的樣子，我以為她那次體驗很好，她真的很喜歡那種藥丸，那這麼說來我上次身體反應那麼奇怪就一定是一次特例而已。我之前也說了，我以為那不是每個人都……聽我說，我知道我一直在重複講同一件事，可是你一定要知道，我是完全不可能預知到那件事的，我是說，我知道這樣說很沒有說服力，可是我真的完完全全沒想到——」

保羅轉身離開後，安妮卡吞了一顆藥丸，另外兩顆給了查理，半小時後查理就在舞池上沒了心跳。

二

事後回想起來，人們向來輕易便忽視了千禧蟲危機所造成的恐慌——哪還有人記得當初那回事呢？——然而對當時的人們而言，萬物崩毀的風險卻顯得無比真實。專家表示，二〇〇〇年一月一日午夜鐘響時，核電廠反應爐可能會直接熔毀，故障失控的電腦可能使大批飛彈飛往海外，電網可能會大規模崩潰，一架架飛機可能從空中墜落。不過對保羅而言，世界已然崩毀了，所以在查理・吳死後三天，保羅站在了溫哥華機場入境大廳一臺公共電話旁，試圖打給同父異母的妹妹——玟森。他的錢夠他倉皇逃出多倫多，但下飛機之後就幾乎什麼都不剩了，所以他只剩最後一條路可走。他打算乞求紹娜姑姑垂憐，因為在模模糊糊的童年回憶中，姑姑有一幢大房子與多間客房。不過話說回來，他已經五年沒和玟森見面了——上一次見面時，妹妹才十三歲，他自己十八歲，當時玟森的母親剛去世——至於紹娜呢，他是不是從……十一歲之後就沒再見過這位姑姑了？他一面思忖，一面聽著姑姑家的電話不停響鈴。一對情侶從旁經過，看見他們身上的「一九九九末日派對」情侶T恤，保羅才想起今天是元旦前夕。過去七十二小時在他腦中染上了幻覺的迷濛，他睡得不多。姑姑家似乎沒有答錄機。公共電話下方的櫃子裡有一本工商名錄，他在裡頭找到了姑姑供職的法律事務所。

「保羅。」他終於越過了秘書那道關卡後，電話另一頭的姑姑打招呼道。「真是難得的驚喜。」她的語調柔和卻又謹慎。她聽過多少關於保羅的消息？過去這些年來，保羅猜自己相關的話題想必也成了親戚之間的談資吧。保羅啊？唉，他又進戒毒所了。是啊，都已經第六次了。

「抱歉，打擾妳上班了。」保羅感覺眼球後側隱隱刺痛，他為所有的一切都感到非常抱歉。（別去想系統聲和查理．吳，別去想他從擔架上軟軟垂下的手臂。）

「喔，不會不會。你打來是單純打招呼呢，還是……？」

「我剛剛想找玟森，」保羅說，「不知道為什麼，我打了妳家裡電話她沒有接，不知道她現在是有自己的電話號碼，還是說……？」

「她一年前就搬出去了。」從姑姑刻意保持中性的語音聽來，當初分離的情景大概不怎麼和平。

「一年前？她十六歲的時候嗎？」

「十七。」姑姑說，彷彿十六與十七歲之間有著天壤之別。「她搬去和一個從前在凱耶特認識的朋友住在一起了，那個女孩子自己也才剛搬進城裡。那裡離她的工作地點比較近。」

「妳有她現在的電話號碼嗎？」

她有。「你要是見到她，幫我跟她打聲招呼。」她說。

「妳們都沒聯絡了嗎？」

「她離開我家時，情況並不是很愉快。」

「但妳不是要照顧她嗎？」保羅說。「妳不是她的法定監護人嗎？」

「保羅，她已經不是十三歲孩子了。她不愛住在我的房子裡，也不愛讀高中，你要是多花些時間和她相處，就會知道勸玟森做她不想做的事，就和對牛彈琴一樣徒勞。不好意思，我得趕去開會了。你保重。」

保羅默默站在原處，聽著電話另一頭的撥號音，手裡仍抓著背面草草寫了玟森電話號碼的登機證。在原先的幻想中，他可以住進姑姑家多餘的客房，然而轉眼間腳下的地面開始迅速變動，美好的幻想也煙消雲散了。他的耳機掛在脖子上，此時他用微微顫抖的雙手戴上耳機，按下Discman的CD播放鍵，讓〈布蘭登堡協奏曲〉的樂音舒緩身心。唯有在迫切渴望秩序時，他才會聽巴哈的作品。這是帶我找到玟森的音樂。他心裡如此想著，出發尋找開往鬧區的公車去了。玟森住的會是什麼樣的公寓呢？她的室友會是什麼人呢？他只記得玟森一位朋友——梅莉莎——那純粹是因為玟森當初在學校塗鴉而遭停學處分時，梅莉莎也在場：

將我颳起。用酸性膠塗寫在學校北面窗戶上的字句，玟森戴著手套的手稍微顫抖著，握著那把酸性麥克筆。當時她十三歲，事情發生在英屬哥倫比亞的哈迪港——溫哥華島最北端一座小小的城鎮，不知怎地竟不比玟森的實際居住地偏遠荒涼。保羅繞到高中校舍的北面時，已經來不及阻止她了，卻好巧不巧目睹了她塗鴉的畫面，結果他們三人——玟森、保羅、梅莉莎——沉默了片刻，無言地看著酸液從字母滴落，在玻璃窗上留下一道道細痕。透過那幾個大字可以勉強看見窗內的教室，室內一片漆黑與陰影，只有一排排空桌椅。玟森方才戴著一隻男用皮革手套，天曉得是哪裡弄來的，此時她脫下手套，任由它落到被踏平的冬季草地上，像隻死老鼠似地癱在那裡。過程中，保羅只能無用地站在一旁瞠目，梅莉莎則緊張兮兮地咯咯笑了起來。

「妳這是在幹什麼啊？」保羅想用嚴肅的語氣說話，聲音在他自己聽來卻顯得高亢而猶豫不決。

「它就只是我喜歡的一句話而已。」玟森說，她盯著窗戶的眼神令保羅莫名地不安。校舍另一頭傳來校車的喇叭聲。

「這件事我們上車再說吧。」保羅說，但雙方都很清楚，他們以後會對此隻字不提——即使硬要擺出權威人物的姿態，保羅也實在沒說服力。

她絲毫未動。

「我該走了。」梅莉莎說。

「玟森，」保羅說，「要是錯過校車，我們還得搭便車去格雷斯港，花錢搭水上計程車回家。」

「隨便啦。」話雖這麼說，玟森還是跟隨哥哥走向等著他們的校車。梅莉莎坐在司機旁邊的前排座位，看似在提前開始寫功課，卻在保羅兄妹經過時偷偷瞥了他們一眼。他們沉默不語地搭校車回到格雷斯港，登上等著載他們去凱耶特的郵船。郵船繞半島而行，保羅遙遙盯著正在興建新飯店的大型工地、盯著天上的雲朵、盯著梅莉莎的後腦勺、盯著岸上的樹木，總之就是不看向不見底的深水，水底沒有他樂意惦記的事物。他抬眸看向玟森，見她也沒看海水，保羅暗暗鬆了口氣。玟森凝望著逐漸黯淡的天空。半島另一側就是凱耶特了，相較這座小小的村莊，就連哈迪港也顯得如繁華都會：凱耶特只有介於海水與森林之間寥寥二十一幢房屋，當地基礎建設只包括一條兩頭都是死路的馬路、一間從一八五〇年代留存至今的小教堂、一間只有單一房間的郵局、一間木板封窗的單教室小學（一九八〇年代以後，村裡的孩子已經少得學校沒法經營下去了），以及僅僅一座突堤碼頭。郵船在凱耶特停泊後，他們爬上山丘到了家，就見爸爸和奶奶坐在廚房餐桌邊等他們回來。奶奶平時住在維多利亞，保羅則住在多倫多，不過今時不同尋常。玟森的母親兩週前失蹤了，有人發現她的那艘獨木舟漂在水上，船上空無一人。

「梅莉莎的家長打了電話給學校。」爸爸說。「學校也打給我了。」

這時不得不誇玟森勇敢——她絲毫沒有畏縮，而是逕自在桌邊坐了下來，抱胸靜靜等待，保羅則尷尬地靠著爐臺，從一旁看著他們。他是不是也該到餐桌邊坐下？他不該是有擔當的哥哥，之類的嗎？他果然還是那個老樣子，只能不知所措地呆立在一旁。光是看見爸爸和奶奶盯著玟森的眼神，保羅已經能聽見他們忍著沒說出口的意見了：玟森新染的藍髮、她急遽下滑的成績、她的黑色眼線、她偌大的喪痛。

「妳為什麼在窗戶上寫那些字？」爸爸問道。

「我不知道。」她靜靜地說。

「是梅莉莎的主意嗎？」

「不是。」

「妳那時到底在想什麼？」

「我不知道我那時候在想什麼。我只是喜歡那句話而已。」屋外的風轉向了，雨點敲打在廚房窗上。「對不起。」她說。「我也知道那樣很白痴。」

爸爸告訴玟森，她被強制停學了一週，處分期間本該長得多，但考慮到她的情況，校方決定從寬責罰她。玟森對此不予置評，聽完後便站起身，上樓回房了。廚房裡，保羅、爸爸、奶奶三人沉默不語，聽著她的腳步聲上樓、房門悄悄關上。這時保羅才在餐桌邊坐了下來——他忍不住將之視為大人的會議桌——無人指出最顯而易見的問題：理論上保羅從多倫多回來是為了照顧妹妹，也就是說，他理應防止妹妹在學校窗戶上塗寫難以磨滅的字句。但是，他從小到大，何時有了照顧他人的能耐？他怎會妄想自己能幫上忙？這點也無人提及，他們只靜靜坐著，傾聽雨水滴入爸爸放在廚房角落的水桶。玟森雖不在場，卻是由天花板一處出風孔代表她出席——爸爸和奶奶似乎都未意識到，聲音能透過那條管線傳入她的房間。

「那，」保羅終於開了口，迫切想轉換環境，「我還是去寫作業吧。」

「你那些都好嗎？」奶奶問道。

「課業嗎？還好，」保羅說，「都好。」他們以為他是在為家庭犧牲小我，為了陪伴妹妹而離開他在多倫多所有的朋友，來這偏遠學區完成高中學業。他們只消多花些心思注意他的情形，或者拋開嫌隙向他母親詢問近況，就會發現保羅原本那間高中無論如何都不可能讓他回去讀書了，而且他也已被母親掃地出門。但是，一個人難道只能是大好或大惡嗎？人生難道非黑即白嗎？他告訴自己，這兩件事情可以同時成立，就算你利用繼母失蹤並被推斷死亡這件事重新來過，也不代表你沒有做善事、沒有陪伴妹妹之類的啊。奶奶用毫無波瀾的目光直視著他——難道她和保羅母親聯繫過了？——不過這時爸爸準備發言了，他先是在椅子上挪了挪身體，稍微清了清喉嚨，將茶杯半舉到面前又放回桌面。見到他這冗長的準備動作，保羅與奶奶中斷了對彼此的盯視，等著他發話。在悲傷的籠罩下，他的言行舉止添了幾分莊重。

「我再過不久就得回去上班了。」爸爸說。「我沒法帶她一起去營地。」

「那你的想法是？」奶奶問道。

「我想把她送去我妹那裡住。」

「你和你妹從小就相處不來，我發誓，從你兩歲、她才剛出生那時，你就開始和紹娜大吵個沒完了。」

「她有時候是會惹我發飆沒錯，但她還是好人。」

「她可是每週工作上百個小時。」奶奶說。「你不如在家附近找份工作吧，這樣對玟森不是比較好嗎？」

「附近又沒有工作機會。」他說。「就算有，那也不是什麼夠我維持生計的職缺。」

「那新蓋的那間飯店呢？」

「新飯店至少還要一年才能蓋完，在那之前都還只是一片工地，我根本就沒有建築經驗，怎麼可能去工地上班。妳聽我說，問題不只是……」他沉默片刻，低頭盯著茶水。「姑且不論財政上這些問題好了，我覺得繼續住在這裡，對玟森不是很好。她每次看海水的時候……」他沒再說下去。聽見爸爸未說完的這句話，保羅有些讚許地發現，自己第一個想到的並不是廚房窗外那幽魂盤據的水灣、那片他竭力不去看的海水，而是樓上那個透過出風孔側耳傾聽的女孩。

「我去看看玟森的狀況。」保羅說。他很喜歡爸爸和奶奶投來的眼神——看看，保羅真是長大了！——卻也為自己特別留意此事而自我厭惡。到了樓梯頂部，他險些退卻了，但最終還是硬著頭皮輕輕敲了玟森房門，聽房內沒有回應，他逕自開門走了進去。保羅已經很久沒進這間臥室了，此時為它的破舊備感震驚，同時為自己注意到房間狀態而難為情，並也為玟森感到難為情——不過，她注意到了嗎？看不出來。那張床年紀都比她還大了，床頭板還開始掉漆，櫃子最上層抽屜得拉一段繩索才打得開，窗簾還是從前的床單改做的。也許這些她都不介意吧。果不其然，玟森盤腿坐在了出風孔邊。

「我可以跟妳坐在這裡嗎？」保羅問。她點點頭。說不定可行。保羅心想。我可以更努力盡到哥哥的責任。

「你現在不該讀十一年級。」她說。「我算過了。」老天。保羅不得不正視心中一閃而過的痛楚，十三歲的同父異母妹妹竟注意到了他親生父親都沒看見的事實。

「我在重讀。」

「你十一年級被當掉了喔？」

「不是，我第一次讀十一年級的時候，大部分時間都沒去學校上課。我去年進戒癮所住了一陣子。」

「為什麼？」

「因為我吸毒。」他為自己的坦承沾沾自喜。

「你是因為爸媽離婚，所以才吸毒嗎？」她的語調帶有真誠的好奇，此時保羅恨不得離她遠遠的，於是他起身拍了拍牛仔褲。房裡灰塵滿布。

「我現在不吸毒了，那是以前的事。現在都過去了。」

「可是你會在你房間吸大麻。」她說。

「大麻又不是海洛因，那根本是兩碼子事。」

「海洛因？」她瞪大了雙眼。

「總之，我有很多作業還沒寫。」我不討厭玟森。他告訴自己。問題從一開始就不是出在玟森身上，我從來沒恨過玟森，只是討厭玟森這個「概念」而已。他發現自己不時需要對自己重複這段真言，因為在保羅年紀還很小、父母還未離婚時，爸爸愛上了住同一條街的年輕嬉皮詩人。對方很快就懷上了玟森，短短一個月內，保羅和母親離開了凱耶特，照母親的話說是「逃離了那汙穢不堪的肥皂劇」。保羅童年餘下的時光都是在多倫多近郊度過，去英屬哥倫比亞過暑假，隔一年聖誕節回一次凱耶特。他在童年多次獨自飛過了原野與高山，胸前掛著「無成人陪同未成年旅客」的掛牌，而玟森卻一年到頭都能和雙親同住……直到兩週前為止。

保羅留她獨自待在房中，回到他近來暫居的小房間——這是他幼時的臥房，但他不在的這段期間被改作儲物間使用，如今感覺不再是他的房間了。他雙手不住顫抖，一波波痛苦接連襲來，他捲了一支大麻菸，小心翼翼地對著窗外吸吐，但煙一再被風吹回屋內，直到最終，有人敲響了他的房門。保羅開門時，爸爸面帶難以忍受的失望站在那兒，當週週末，保羅又回到了多倫多。

下一次和玟森相見，已是一九九九年的最後一日。他一面聽Discman播放的〈布蘭登堡協奏曲〉，一面搭公車從機場前往鬧區，在他見過最不像樣的社區找到了玟森現今的住所。那是一棟破爛的建築，馬路對面是一座小公園，公園裡可見一個個毒蟲踉踉蹌蹌地來回走動，彷彿殭屍電影裡的一群臨演。等待玟森來應門時，保羅儘量不去看他們，不去想海洛因為萬物增添的美好——這份美好不包含設法將更多海洛因弄到手的骯髒活，也不包括用藥後的種種不適，而是藥物本身，以及世上萬物都完好無缺的美妙狀態。

梅莉莎開了門。「喔，」她說，「嗨！你看起來還是跟以前一模一樣耶。進來吧。」不知為何，她的評論令保羅有些安心。他感覺自己身上多了某種印記，彷彿查理・吳死時的種種細節都紋在了肌膚上。梅莉莎倒是沒和從前一模一樣，她顯然深深投入了狂歡生活，只見她身穿藍色人造毛皮褲與彩虹長袖運動衫，染成了鮮豔粉紅色的頭髮紮成了兩條小辮子，保羅記得玟森五、六歲時也綁過這種造型。梅莉莎領著他下樓，進到他此生見過數一數二糟糕的公寓，是一間只裝潢了一半的地下室，煤渣磚牆上處處是水痕。玟森正在小小的迷你廚房裡泡咖啡。

「嗨，」她說，「見到你真好。」

「妳也是。」上一回和玟森見面時，她頂著一頭藍髮，忙著在窗戶上塗鴉，不過如今她似乎從那個極端撤了回來。她貌似不那麼熱衷於狂歡，或者只在真正狂歡時才穿上奇裝異服，此刻則穿著牛仔褲與灰毛衣，深棕色長髮垂過了雙肩，沒有綁起。梅莉莎話說得稍嫌太快，但她從以前就是這樣吧？在保羅印象中，她向來是個神經緊張的孩子。他仔細觀察玟森，找尋任何惹是生非的跡象，然而她似乎成了個含蓄而有條不紊的人，一個小心翼翼過活、避開了生活中種種地雷的人。她是怎麼變成那樣的？保羅又是怎麼變成這樣的？這個疑問滿載了保羅理應避免的循環論證陷阱——你為什麼會是你？——他卻沒能阻止自己落入漩渦。別忘了，你從沒討厭過玟森。她沒有你這些問題，並不是她的錯。他們坐在客廳裡，棉絮積成的塵兔如小鼠那般大，保羅與玟森共用一張三十歲的沙發，梅莉莎則坐在一張髒兮兮的塑膠室外椅上。三人努力尋找話題，對話卻一再停滯，他們只能不停喝下即溶咖啡，在對上彼此的目光之前別過視線。

「會餓嗎？」玟森問道。「我們沒什麼可以吃的，但我還是可以幫你烤吐司，或是做個鮪魚三明治之類的。」

「喔，我不用了。謝謝。」

「太好了。」梅莉莎說。「到下一次發薪水還有四天，明天就得繳房租了，所以你就算餓了，大概也真的只能吃白吐司或鮪魚罐頭。」

「真的那麼需要食材的話，拿妳一些啤酒錢去買菜不就好了。」玟森說。

「我要假裝沒聽到妳這句話。」

「下一次領薪水，我一定要記得買燈泡。」玟森說。「每次有了錢我就會忘記。」客廳擺了三盞不搭調的立燈，最遠的角落裡那盞燈忽明忽暗。玟森起身關了那盞燈，然後又回到沙發。現在有半間客廳被陰影吞沒，眼角餘光的暗影蠢蠢欲動。

「紹娜姑姑說要跟妳打聲招呼。」一段時間後，保羅開口說。

「她很好。」玟森說道，回應了保羅沒有提出的問題。「大概只是沒能力收養一個有心理陰影的十三歲青少年而已。」

「她怎麼說得好像妳輟學了一樣。」

「對啊，高中太乏味了。」

「這就是妳輟學的理由？」

「差不多吧。」她說。「就算每一科都拿A，也不代表我有動力每天早上把自己拖去上學。」

保羅不知該說什麼才好。他一如往常地不知自己扮演何種角色——難道該勸她回去讀書嗎？他可沒立場勸任何人做任何事情。查理・吳的喪禮就在今天。查理・吳絕不可能站在客廳最陰暗的角落，但保羅真不必朝那個方向望去。

「妳還在上學嗎？」他問梅莉莎。

「我秋天就要去念英屬哥倫比亞大學了。」

「恭喜。那是一間好大學。」

梅莉莎舉起咖啡杯。「敬我一輩子還不完的學生貸款。」她說。

「乾杯。」保羅舉起了自己手裡的咖啡杯，無法真正對上她的視線。他自己的大學學費都被母親付清了。

「我們今晚一定要去跳舞。」梅莉莎終於開口說。「我已經想到幾個好地點了。」

「我認識幾個人，他們現在囤了一堆物資躲在荒郊野外的小木屋裡，擔心人類文明崩潰呢。」玟森說。

「何必搞得那麼麻煩呢。」保羅說。

「你會不會覺得現在的世界太無聊，都沒什麼事情發生，」梅莉莎說，「所以偷偷希望人類文明真的崩潰啊？」

入夜後，他們坐上梅莉莎歷經風霜的汽車，開往一間俱樂部。玟森還未成年，門衛卻選擇忽視這一點，因為對一個十八歲的美貌少女而言，世上每一道門都會為妳敞開——至少，看著她輕快走進門的保羅是這麼想的。（譯註：加拿大英屬哥倫比亞省的法規規定，十九歲以上才可購買酒飲。）門衛倒是仔仔細細查看了保羅的證件，用探詢的目光注視著他，保羅恨不得嗆對方一句，但最後還是決定嚥下這口氣。他暗自下定決心：新世紀將成為嶄新的機會，只要他們熬過千禧蟲危機，只要世界末日不到來，他就會致力成為更好的自己。另外，假如他們熬過了千禧蟲危機，那他這輩子再也不想聽到「千禧蟲危機」這回事了。進了衣帽間保羅才發現，玟森裡頭穿了一件閃閃發亮的東西，那東西只稱得上半件上衣，前面還像正常上衣，背後卻沒有布料，只有兩條在裸露的肩胛下方打了蝴蝶結的細繩，使玟森的後背顯得脆弱而毫無防備。

「我需要喝一杯。」梅莉莎說，於是保羅陪她到吧檯前，他們沒點烈酒，而是點了啤酒——負責任的大人就是會注意配速——當保羅回頭望向舞池，玟森已經自己跳起了舞來。她閉著眼眸，或只是看著地面，在根本意義上一人獨舞：保羅記得玟森看書或遙望虛空時，別人總是很難讓她轉移注意力，她母親總說她「迷失在自己的小世界裡」。

「她好茫喔。」梅莉莎說——實際上是用喊的，吧檯附近樂聲雖然較小，但也不到能用正常音量交談的程度。

「她從以前就很茫。」保羅大聲回道。

「畢竟發生了她媽媽那件事，換作別人也會變得奇奇怪怪的。」梅莉莎喊道，想來是聽錯了。「那真的是一場悲劇的——」保羅沒聽清句尾，但也不必聽清了。他們沉默片刻，想著玟森，同時也想著「玟森的悲劇」——後者似乎成了另一種存在。然而，玟森在保羅眼中並不像悲劇主角，反倒像個多少能好好生活的人，一個在溫哥華飯店的餐廳裡當全職勤雜工、過著穩定生活的人，因此保羅和她相處時感到有些不安。

兩杯啤酒下肚後，他到舞池上加入玟森，玟森對他笑了笑。*我在努力了。*他很想告訴她。*我真的在努力了，一切都錯了，可是等新世紀來了，一切都會變得不一樣。*保羅除了啤酒之外完全沒有進食，在不被任何物質影響的情況下賣力舞動——幾乎不被任何物質影響，畢竟啤酒不算數——然後，他抬頭瞥見了人叢中的查理・吳，整個夜晚都在那一瞬間漏了一拍。保羅僵立在原地。那當然不是查理了，當然只是個長得有那麼點像查理的年輕人，一個剪了類似的髮型、眼鏡恰巧反射了光線的年輕人，然而眼前的景象過於恐怖，他甚至沒能知會玟森與梅莉莎一聲就直接踉蹌逃到了街上，半小時後她們才找到了在路燈下瑟瑟發抖的他。沒事，他告訴她們，他只是不太喜歡這間夜店的音樂，也突然需要出來呼吸新鮮空氣，不知道有沒說過但他有時候在人群裡就會幽閉恐懼症發作，而且他肚子真的很餓。二十分鐘過後，他們坐在小餐館裡盯著菜單，周圍所有顧客都已酩酊大醉。餐館裡燈光明亮，他可以確信自己並沒有看見亡魂。在頻閃燈下每個人看上去都大同小異，看見容貌酷似的人也不是什麼稀奇事嘛。

「所以你為什麼要來這邊跨年啊？」梅莉莎問道。保羅並沒有清楚交代自己要在溫哥華待多久。「多倫多那邊的俱樂部不是更讚嗎？」

「其實我是要搬過來。」保羅說。

原本低頭看著菜單的玟森，此刻抬起頭來。「為什麼？」她問。

「我只是很需要換換環境而已。」

「你該不會惹上什麼麻煩了吧？」梅莉莎問。

「嗯，」他說，「算是吧。」

「所以是什麼事？」梅莉莎說。「你快告訴我們啊。」

「有人在賣劣質搖頭丸。我好像被牽連進去了，幫別人背黑鍋。」

「這個，因為我沒理由不說一部分真話啊。」二〇一九年的他，對猶他州那位輔導員說道。「我當然沒把其他部分告訴她們，但我那時候已經知道自己不會被問責了。我成績太差，學校給了我退學警告，所以我直接退學也不奇怪。保羅應該是全世界最常見的名字之一了，波羅的樂團他們也只知道我叫保羅——」

「哇。」梅莉莎說。「太慘了吧。」保羅心想：妳還不知道事情全貌呢。他不禁注意到玟森的漫不經心，只見她又默默低頭研究菜單了。對此，保羅想到了幾種可能性，每一種都很糟糕：她可能絲毫不關心保羅，也可能對保羅惹麻煩司空見慣，抑或她自己對麻煩事司空見慣了。我不討厭玟森。他無聲地告訴自己。我從以前討厭的就只是玟森不可思議的幸運，恨她是玟森而不是我，恨她高中輟學、搬到了亂七八糟的社區卻還是奇蹟似地狀態良好，簡直不適用世間萬有引力和不幸的法則。三人都吃完漢堡後，梅莉莎看了看錶，那是一只大大的塑膠電子錶，看上去和小孩子的玩具沒兩樣。

「十一點十四分。」梅莉莎說。「我們還得熬過四十四分鐘，才到世界末日。」

「四十六分鐘。」保羅說。

「我不覺得世界會毀滅。」玟森說。

「要是真的毀滅了，那不是很刺激嗎？」梅莉莎說。「所有的電燈都同時熄滅，呼一聲——」她學著魔術師，動作浮誇地攤開手掌。

「嘖。」玟森說。「沒有燈的城市？我不要，謝謝。」

「那樣有點陰森耶。」保羅說。

「喂，你才陰森好不好。」梅莉莎說。保羅對她丟了根薯條，結果他們三個人都被趕出了餐館。缺水的三人站在路邊發抖，花了幾分鐘討論接下來該往哪去，然後梅莉莎又想到一間應該不會要求玟森出示證件的夜店，又是位在地下室的一間，離這裡不遠——他們出發朝那間夜店走去，中間迷路兩次，最終來到了一扇無任何標記的門前，下方隱隱傳來脈搏般震顫的重低音。此時竟仍是一九九九年。他們又走下一道樓梯，來到又一間永夜的俱樂部，開門時保羅聽見了歌詞：

我總是來到你身邊，你身邊，你身邊——

——那一剎那他停止了呼吸。歌曲被混成了伴舞音樂，安妮卡的歌聲之下加了低沉的舞廳節拍，他卻還是立刻認出了那個歌聲，無論何時何地都還是能立刻認出來。

「你還好嗎？」梅莉莎在保羅耳邊高喊。

「沒事！」他大聲回應。「我很好！」

他們寄放了外套，被人群融入了舞池，此時波羅的樂團的樂曲漸變成了另一首歌，一首關於憂鬱心情的歌，一首一九九九年每一間舞廳都在播放的歌——而再過幾分鐘，這一年也將結束了。二十世紀的最後一首歌。保羅心想。他試著隨歌起舞，卻總是惴惴不安，餘光似乎偵測到了某種動態，總有種被什麼人盯視的感覺。他狂亂地環顧四周，映入眼簾的卻只有滿山滿海的無名面孔，沒有任何一個人在看他。

「你確定沒事嗎？」梅莉莎大喊。

燈光開始閃爍，就在那一閃之間查理．吳出現在了人群中，雙手插在口袋裡注視著保羅，轉瞬又消失了。

「沒事！」保羅喊道。「我一點事也沒有！」因為眼下也只剩這唯一的選項了，儘管確信查理．吳不知怎地出現在了這裡，儘管面對恐怖至極的現實，他依然得「一點事也沒有」。保羅闔眼片刻，逼自己再次起舞，窮盡了全力自欺欺人。一九九九年轉變為二〇〇〇年時，燈光並沒有熄滅，一小時、一小時的光陰繼續朝著黎明流轉，待到破曉他們才出門回到了寒冷的街上、迎向嶄新的世紀。三人擠進了梅莉莎破爛不堪的車子，大汗淋漓的他們在凜冽的空氣中全身發冷，保羅坐上了副駕駛座，玟森則像隻貓咪似地在後座蜷縮了起來。

「我們撐過世界末日了。」她說，但保羅回頭看去，卻見她已經睡著了，方才那句話不知是不是他自己的幻覺。梅莉莎雙目赤紅，開車開得太快了，滔滔不絕地說著她在麗裳都服裝店的新工作。保羅心不在焉地聽著，回公寓的路上，他發現自己心中萌生了狂熱而詭異的新希望。新世紀到來了，既然他遇見查理．吳的鬼魂後能安然無恙，那今後無論遇到什麼他都能安然活下去。夜間不知何時下過雨，兩旁人行道閃閃發亮，雨水反射了今早第一道晨光。

「不是，」保羅對輔導員說，「那還只是我第一次看見他而已。」

三、飯店／二〇〇五年春

一

你怎麼不去吞碎玻璃。用酸性膠塗寫在了凱耶特飯店東面玻璃牆上的字句，幾個字母滴落了一道道酸液，留下酸蝕的白痕。

「怎麼會有人寫這種東西？」唯一看見破壞現場的旅客，是前一天入住、患有失眠症的航運業高層經理。他此時坐在大廳其中一張皮革扶手椅上，手裡拿著夜班經理遞給他的一杯威士忌。時間剛過凌晨兩點半。

「大概不是成年人吧。」夜班經理說道。他名叫華特，從初到這間飯店工作至今三年來，他還是頭一次見到塗鴉。那句話是寫在玻璃外側，華特在文字上貼了幾張紙，此刻正在夜班搬運工賴瑞的幫助下，將一盆杜鵑花挪到窗前遮掩紙張。今晚值班的調酒師——玫森——在大廳另一頭的吧檯後方擦拭酒杯，同時默默地望著此處的動態。華特考慮過是否該請她幫忙搬盆栽，因為他這邊實在需要更多人手，夜班服務生又不巧吃晚餐去了……只可惜玫森看上去不怎麼結實壯碩。

「不覺得它讓人心裡毛毛的嗎？」客人說道。

「我也有同感，但我覺得，」華特心裡也沒底，卻還是用胸有成竹的語氣說道，「這只可能是青少年閒著沒事幹的惡作劇。」老實說，他心裡已是深受震撼，此刻只能向高效率工作尋求慰藉。他後退一步打量那盆杜鵑花，葉片幾乎能遮住貼在窗上的紙張，但還是露出了一些邊角。他瞥了賴瑞一眼，賴瑞對他聳肩表示「我們盡力了」而後提著垃圾袋和一捲膠帶出了門，著手從窗戶外側遮住塗鴉。

「是因為它很具體吧。」客人又說。「不覺得很陰森嗎？」

「皮凡先生，很抱歉讓您看見這樣的東西了。」

「不論是誰都不該看見這樣的留言的。」里昂·皮凡苦惱得語音微顫，他連忙嚥了口威士忌掩飾過去。窗戶另一側，賴瑞將大垃圾袋整齊地摺成了長條，用膠帶貼在留言之上。

「我完全同意。」華特瞄了手錶一眼。凌晨三點，再三個小時就能換班了。賴瑞又回到了門邊的崗位，玟森仍在擦拭酒杯。華特走過去找她說話，走近時見她雙眼含淚。

「妳還好嗎？」他和聲詢問。

「我只是覺得好可怕。」她說，仍沒有抬頭。「我實在無法想像，到底是什麼樣的人才寫得出這種話來？」

「我懂。」華特說。「但我還是覺得是某個無聊的青少年幹的。」

「你真這麼相信嗎？」

「我可以這麼說服自己。」他說。

華特去確認皮凡先生是否需要任何服務——他並不需要——然後又回去查看玻璃牆了。今晚預計入住的客人只剩最後一人，是個班機延誤的ＶＩＰ。華特在玻璃牆邊逗留了幾分鐘，凝望著與窗外黑暗重疊的大廳倒影，最後回到了櫃檯，開始寫事件報告。

二

「飯店位在荒郊野外，」三年前初次在多倫多會面時，華特的總經理對他說道，「但這正是重點所在。」

第一次見面是在湖邊一間咖啡廳，咖啡廳本身竟是建在突堤上，不遠處有幾艘船在湖面隨波浮動。總經理拉斐爾和幾乎所有員工一樣，就住在凱耶特飯店園區內，今日是來多倫多參加接待業會議，順便從其他飯店挖角人才。凱耶特飯店在一九九〇年代中期開張，近期大幅整修了一番，裝修成了拉斐爾所謂的「西岸奢華風」，意思似乎就是裸露的杉木橫梁與大片大片的玻璃。華特仔細端詳著拉斐爾從桌子另一頭推過來的廣告照片，照片中的飯店在暮光下猶若玻璃與杉木建成的宮殿，燈光映照在了水面上，周圍森林的重重陰影逐漸逼近。

「你之前說，」華特說道，「這是開車到不了的地方？」拉斐爾最初在介紹環境時，華特想必是誤會了什麼。

「就是字面上的意思。想要去到這間飯店，就必須搭船，附近沒有進出的馬路。你熟悉那一帶的地理環境嗎？」

「還算熟。」華特撒謊道。他從未到過如此偏遠的西部，對英屬哥倫比亞的印象也只停留在一系列明信片照片上：從蔚藍海水躍出的鯨魚、蓊鬱的海岸線、大大小小的船隻。

「來。」拉斐爾拿著許多張紙翻找了一陣。「看看這張地圖。」飯店所在處用白色星星做標記，位於溫哥華島北端一個小河口灣旁。水灣幾乎將島嶼一分為二。「那兒當真是一片荒野，」

拉斐爾說道，「我跟你說個關於荒野的祕密吧。」

「請說。」

「去荒野的人，很少是真心想體驗荒野生活的。那種人幾乎一個也沒有。」拉斐爾帶著小小的笑容向後靠著椅背，許是希望華特問他這句話的意思，但華特靜靜等了下去。「至少，會住五星級飯店的人，不太可能是那種人。」拉斐爾又說。「來我們凱耶特的客人想要親近荒野，卻不想進入荒野，只是想看一看而已，而且最好還是透過豪華飯店的窗戶去欣賞它。他們想體驗鄰近荒野的感覺。這地方的重點是——」他用一隻手指輕觸地圖上的白色星星，華特默默欣賞著他修剪得漂漂亮亮的指甲。「——它在意料之外的環境下，提供了驚人的奢華。老實告訴你，這之中也有一點超現實主義元素存在。你來到一個沒有手機訊號的地方，居然還能體驗到五星級飯店的住宿和服務，很不可思議吧。」

「那要怎麼把客人和物資運過去？」華特仍無法領會那地方的魅力。荒野的自然環境美則美矣，地理上卻極為不便，他也想不到尋常企業經理為何會想到無訊號區度假。

「用快艇。從格雷斯港鎮開快艇到飯店，大約十五分鐘。」

「原來如此。你覺得，除了周圍無可否定的自然美景以外，」華特決定改變策略，「和其他類似的飯店比起來，這間飯店有什麼獨特的元素嗎？」

「我正等著你問這個問題呢。答案是有，它能給人一種超脫時間與空間的感受。」

「超脫……？」

「當然只是比喻而已，但也離此不遠了。」華特看得出，拉斐爾是由衷深愛那間飯店。「其實，這世上是有一群人願意花大錢暫時逃離現代世界的。」

事後，華特在秋夜中徒步返家，一路上一直對暫時逃離現代世界的想法念念不忘。當時，他在一條感覺處於兩個社區之間的街道上租了一間窄小的單房公寓，那絕對是他見過最讓人鬱悶的一間公寓了，他卻因為一些不願宣之於口的理由刻意選了那間瀰漫著憂鬱氛圍的小公寓。城市的另一隅，直到兩個月前還是華特未婚妻的芭蕾舞者，正忙著和某個律師組建家庭。

當晚回家路上，華特照例順道去了趟生鮮雜貨店。一想到自己明天、後天、大後天還會踏進這間店，緩步走在冷凍食品區，其他時間則有時在自己供職了十年的飯店值班，一天一天老去，感受到周圍城市步步逼近的壓迫感……他無法再忍受這樣的生活了。他往購物籃裡放了一包冷凍玉米。假如這是他最後一次走進這間雜貨店，最後一次做出這個動作呢？真是誘人的想法。

華特過去和那位芭蕾舞者交往了十二年，絲毫沒料到對方會突然提分手。他和朋友們討論得出的結論是別衝動行事——然而那段時間，他內心最真切的渴望就是直接消失，當他走到櫃檯時，赫然發現自己已經下定了決心。他接受了凱耶特飯店那份工作，做了相應的安排，一個月後在約定好的日子飛往溫哥華，接著轉機搭一架二十四人座的小螺旋槳飛機飛往納奈莫市，小飛機才剛上升到勉強觸及雲層的高度，便又下降了。華特在一間飯店過夜，隔日出發前往凱耶特飯店。其實他若坐飛機到更北邊幾座迷你機場之一，本可以省下大量時間，但他想在到達目的地之前多看看溫哥華島的風光。

這是個寒冷的十一月天，低空雲層壓在了頭頂上方。華特開著租來的灰色轎車北上，經過一系列灰沉沉的小鎮，灰色海洋在右手邊時隱時現，遙望鉛灰色天空下一片片森黑樹林、麥當勞得來速與大型超市。長途跋涉後，他終於來到哈迪港鎮，鎮上街道在雨中陰灰迷濛，他迷了一會兒路，這才找到了歸還出租車的地點。撥了通電話給鎮上唯一的計程車隊之後，他等了半個鐘頭才終於等到一名駕駛破舊旅行車的老頭子，車內充斥著濃濃的菸味。

「你要去那家飯店啊？」華特請司機載他去格雷斯港時，對方問道。

「是的。」華特說，不過花了好幾個鐘頭獨自旅行後，他發現自己並不怎麼想和人閒聊。計程車在一片沉默中穿行樹林，一段時間後抵達了名為格雷斯港的村莊：馬路與海岸邊零零星星幾棟房屋、港口幾艘漁船、碼頭旁一間雜貨店、一片停了幾輛舊車的停車場。華特隔著雜貨店玻璃窗看見了店內一名女性，但除此之外再不見人影。

華特收到的指示是在格雷斯港打電話到飯店，請他們派一艘船來。果然如拉斐爾所說，他的手機在這裡收不到訊號，不過突堤旁有一座公共電話亭。飯店那邊答應在半小時內派人來接他。華特掛斷電話，踏出電話亭，踏入傍晚沁涼的空氣。暮色將臨，世界逐漸褪色，海水在漸暗的天空下如玻璃般映射微光的淺色平面，樹林裡的暗影也越發濃重。他走到突堤末端，從容享受此刻的萬籟俱寂。這地方就是多倫多的相反，不正是他要的嗎？不正是過去那段人生的相反嗎？被他遙遙拋在身後的那座東岸城市裡，芭蕾舞者與律師或許在餐廳共進晚餐，或牽手漫步在街頭，或在床上同眠。別去想。別去想了。華特靜靜等待、靜靜傾聽，只聽見了海水舔舐突堤的輕柔水聲，以及偶爾的海鷗鳴聲，直到遠方傳來舷外發動機的震動聲。數分鐘過後，他看見了那艘小船，它儼然是兩旁森黑林岸之間的一點白斑，小玩具般的船隻逐漸放大，最後停靠在了突堤碼頭邊，舷外機在寧靜的天地間嘈雜得令人嫌惡，後至的尾波拍打著橋塔。船尾的女人看上去二十五歲左右，穿了一套令人聯想到水手的筆挺制服。

「你就是華特吧。」她一個流暢的動作下了船，用繩索把小船緊緊綁在碼頭邊。「我是在飯店工作的梅莉莎，能幫你拿行李嗎？」

「謝謝妳。」他說。女人的神態令他微微怔愣，感覺恍若某種幽影幻象。小船駛離碼頭，華特意識到自己此刻的心情近乎喜悅。水上冷風吹在他臉上，雖知這趟航程不過十五分鐘，他卻產生了荒謬的錯覺，總覺得自己展開了宏大的冒險之旅。快艇飛速航行，周圍夜幕低垂。他想對梅莉莎問問飯店的事，問她在這兒工作多久了，然而發動機的噪音吵得他們無法交談。回眸望去，只見一條銀白尾波拖曳在小船後方，連回了格雷斯港零星的幾盞燈火。

梅莉莎駕船繞行半島，飯店出現在了前方，一座與黑暗樹林形成鮮明對比、顯得無比不真實的明亮宮闕，華特這才明白了拉斐爾所謂的超現實元素。這幢建築無論放到哪都很美，但建在了此處感覺與環境格格不入，而這份不協調也營造了某種魔幻魅力。飯店大廳如水族箱一般，從外頭便能透過玻璃牆看得一清二楚，在華特腦中留下了杉木柱與板岩地板的印象。左右兩排燈照亮了通往碼頭突堤的小徑，搬運工——賴瑞——推著手推車迎了上來。華特和賴瑞握手，跟著載滿行李的推車沿小徑走向飯店大門，來到了前檯，拉斐爾已面帶著服務業的笑容站在那裡等他了。簡單介紹、吃過晚餐、完成一些文件手續後，華特終於來到了職員宿舍頂樓一間套房，窗戶與陽臺外盡是樹海。他拉上窗簾阻隔戶外的黑暗，回想起了拉斐爾說過的話：這間飯店彷彿真存在於時間與空間之外。成功逃脫過往的生活，他感到了盈滿身心的喜悅。

在凱耶特的第一年結束時，華特發覺自己在此的生活比從前在其他任何地方都來得快樂——然而在玻璃窗上出現塗鴉後那幾個小時，窗外的森林似乎重新蒙上了黑暗，濃稠如墨的暗影充斥著惡意。是誰踏出森林，在窗上留下了這句留言？**留言是反著寫在玻璃上，事件報告中，華特如此寫道，可能是意圖讓大廳內的人看見留言。**

「謝謝你提供這份詳盡的報告。」隔日午後，華特走進總經理辦公室時，拉斐爾對他說道。儘管在加拿大英語區居住了二十年，拉斐爾仍保有濃濃的魁北克法語口音。「你那幾個同事啊，我請他們交報告，結果他們交上來的東西滿滿都是錯字和天馬行空的臆測，根本慘不忍睹。」

「謝謝你。」華特此生最重視的就是這份工作，每當拉斐爾誇獎他的工作表現，他總是感到深深的寬慰。「那個塗鴉真的讓人毛毛的呢。」

「的確，只差一點就算得上恐嚇了。」

「監視器有沒有拍到什麼東西？」

「沒什麼有用的東西，你如果想看，我可以讓你瞧瞧。」拉斐爾將電腦螢幕轉向華特，按下黑白錄像的播放鍵。這是前露臺昨晚的監視器錄像，在夜視模式下影片蒙上了一層陰森的冷光：露臺邊緣的暗影中走出一道人影，那人身穿深色長褲，以及一件尺碼過大的帽T。他——還是她？畫面中實在看不出那人的性別——低著頭，戴著手套的手裡握著某件物品，那就是在玻璃窗留下腐蝕字跡的酸性麥克筆了。幽影優雅地踩上長椅，寫下留言，然後又融回到黑影之中，過程中一次也沒有抬頭，從頭到尾才過不到十秒鐘。

「他簡直像是練習過一樣。」華特說。

「這是什麼意思？」

「我只是覺得，他寫得好快，而且字還是反著寫的。也看不出這人是男是女。」

拉斐爾點了點頭。「關於昨晚的事，你還有什麼能告訴我的嗎？」他說道。「或許是沒寫在報告裡的細節？」

「什麼樣的細節？」
「大廳裡任何異乎尋常之處，任何奇怪的細節，你可能認為和事件不相關的細節。」
華特猶豫不語。
「告訴我吧。」
「這個，我也不想打同事的小報告，」華特說，「但我覺得夜班服務生的表現有點奇怪。」

夜班服務生保羅是玟森的兄長——不對，玟森說過他們只有一半的血緣關係，但華特不確定他們是同父異母還是同母異父兄妹——三個月前開始在飯店上班。他之前在溫哥華住了五、六年，不過華特聽他說過，他是從小在多倫多長大的。這本該成為在華特與保羅之間建立連結的共同點，然而他們記憶中的多倫多卻迥然不同；他們試著聊聊各自在多倫多最喜愛的餐廳與夜店，華特壓根沒聽過系統聲酒吧，保羅則從未聽過華特最愛的澤達。保羅出身的多倫多年輕許多、混亂許多，他的多倫多隨著華特聽不慣也聽不懂的樂音起舞，穿著稀奇古怪的流行服飾，還會用一些華特聽都沒聽過的藥物。（「可是你也知道嘛，愛狂歡的年輕人脖子上掛著頸枕不只是他們沒有時尚意識，」保羅說，「是因為拉K以後容易磨牙嘛。」華特聽了只能不懂裝懂地點頭，實際上他根本不曉得「拉K」是什麼玩意兒。）保羅從來不笑，工作做得還算不錯，夜間清掃大廳時卻往往會莫名其妙地走神，一面拖地或擦桌子一面凝視著前方虛空。有時華特不得不喊他兩三次他才會回過神來，但第二或第三次呼喚他的名字時，語氣只消有那麼一絲嚴厲，就會使他露出受傷、責怪的表情。在華特眼裡，他不僅令人生厭，周身還籠罩著憂鬱的低氣壓，容易傳染給身邊的人。

塗鴉事件當晚，保羅在凌晨三點三十分吃完晚餐回來，從側門走進大廳。華特抬頭時正好看見保羅的目光快速落在那盆被挪到了窗前、位置有些尷尬的蔓綠絨，然後又落到了航運業高層經理里昂·皮凡身上。那位客人此時拿著第二杯威士忌，坐在扶手椅上閱讀兩天前的《溫哥華太陽報》。

「那扇窗戶怎麼了嗎？」保羅經過前檯時問道。華特聽在耳裡，只覺他的語調有種難以言喻的故作輕鬆。

「恐怕出了點問題。」華特說。「有人寫了非常嚇人的留言。」

保羅瞪大了雙眼。「阿卡提斯先生看見了嗎？」

「誰？」

「那位啊。」保羅朝著里昂·皮凡一點頭。

「那位不是阿卡提斯。」華特仔細觀察著保羅的神情，他紅著臉，表情甚至比平時更加悲哀。

「我還以為是他。」

「阿卡提斯的班機延誤了。你剛才在外面，有沒有看到什麼可疑的人物？」

「可疑的人物？」

「或是任何可疑的東西。這是過去一個鐘頭內發生的事。」

「喔。沒有。」保羅不再看著他了——又是個令人厭煩的毛病，為什麼總是在華特說話時別開視線？——而是盯著里昂，里昂則盯著那面玻璃窗。「我去看看玟森需不需要換酒桶。」保羅說。

「這有什麼不尋常之處嗎？」拉斐爾問道。

「他那樣詢問客人的狀況——他又怎麼知道當晚有誰要入住？」

「服務生看一眼顧客名單、瞭解一下狀況，也不是什麼壞事啊。假如要站在反面立場幫他辯護的話。」

「那好吧，這我可以接受。可是他一走進來就直接往那個位置的玻璃看，直接去看那個盆栽，那也不尋常吧。我覺得那盆蔓綠絨沒有很顯眼啊。」華特說。

「在我看來，它很明顯移了位置。」

「但你會一走進大廳就直接看那個盆栽嗎？尤其在晚上耶？你想像一下，你晚上從側門走進大廳，忽略了兩排柱子，忽略了幾張扶手椅和邊桌，直接看到玻璃牆中間……」

「他畢竟負責清掃大廳。」拉斐爾說道。「當然比別人更瞭解盆栽平時的擺放位置。」

「我先說了，我也不是在指控他或怎樣，就只是注意到這件事而已。」

「我明白，我會和再找他談談。你還有注意到其他異常嗎？」

「沒有了。那一班剩下的時間都很正常。」

那一班剩下的時間：

待到凌晨四點，里昂·皮凡打起了哈欠。保羅在飯店深處的員工區，忙著拖走廊地板。華特將事件報告寫完，也完成了工作清單上的所有事項，此時凝視著大廳，儘量不將太多心思放在塗鴉上。（「你怎麼不去呑碎玻璃」這句話，除了「我要你死」之外還能有什麼意義？）賴瑞半閉著眼站在門邊，華特想走過去聊一聊，但他知道賴瑞平時會利用夜間離峰時段冥想，半閉著眼眸就是在數息。華特開始思索是否能去和玟森說說話，不過大廳裡還有客人，夜班經理在吧檯旁逗留可能讓人留下不好的印象，於是他決定慢悠悠地繞大廳巡視一圈。他調整了壁爐旁牆上掛著的裱框相片，指尖掃過書架檢查是否有灰塵，調了調蔓綠絨葉片的位置，以便更完整地遮擋黏貼在玻璃牆上的紙張。他走出去呼吸了會夜間清涼的空氣，側耳傾聽，等著一艘還未出發的小船到岸。

到四點三十分，里昂·皮凡起身幽幽走向電梯，邊走邊連連打哈欠。二十分鐘過後，強納森·阿卡提斯抵達了飯店。如往常那般，早在小船進入視線範圍之前華特就聽見了它的聲響，發動機的響動在寧靜夜裡更是震耳欲聾，然後船尾燈光掃過水面，小船從半島另一側繞了過來。賴瑞推著行李推車朝突堤走去，玟森收起了方才在讀的報紙、理了理頭髮、重新塗了層口紅，然後快速灌下兩劑濃咖啡。華特擺出了最親切的專業微笑，迎接跟隨行李推車走進大廳的強納森．阿卡提斯。

多年後，華特三、四度因強納森．阿卡提斯的事受訪，但每一回記者都空手而歸。他對記者們表示，身為飯店經理，他將他人的隱私視作了第一要務——不過實際上，他也沒什麼可對記者透露的。阿卡提斯這個人唯有在事後回顧他的生平時，才顯得有趣：他從前和如今已故的妻子來過凱耶特飯店，夫妻倆深深愛上了它，所以後來當原業主決定出售飯店時，阿卡提斯將它買了下來，租給飯店管理公司經營。他住在紐約市，每年來飯店三、四次。阿卡提斯的言談舉止都帶有富人那種乏味的自信，泰然自若地認定了自己絕不可能受到嚴重的傷害；他的打扮體面但不出眾，從晒黑的膚色看來他經常到熱帶過冬，體格則還算健壯但不壯碩，無論哪一方面都平凡無奇。換言之，僅僅用肉眼看著他，你不可能猜到他未來會在獄中終老一生。

和過往一樣，飯店最高級的套房已經預留給他了。他告訴華特，他總是嚴重受時差影響，也餓得要命，能不能安排人提前備好早餐呢？（當然可以了。只要是為了阿卡提斯，安排什麼都不成問題。）外頭仍一片漆黑，然而早在日出前廚房便迎來了黎明破曉，早班員工應該快上工了。

「那我去吧檯坐坐。」阿卡提斯說道，沒過幾分鐘就和玟森暢聊了起來。在華特眼中，玟森似乎空前地明豔迷人，但他不太能聽清兩人對話的內容。

三

里昂．皮凡在凌晨四點三十分離開大廳，爬上樓回到房間，爬上了床。他太太瑪麗仍然熟睡著。里昂方才刻意多喝了一杯威士忌，希望自己能順利入眠，可是窗上的塗鴉彷彿在黑夜中撕開了破口，他所有的恐懼都藉著防衛的漏洞湧了進來。硬要他說的話，他或許會對瑪麗承認自己是為錢憂心，但**憂心**一詞還不足以涵蓋他內心的情緒。里昂感到了懼怕。

他聽同事大力推薦過這間飯店，於是訂了間價格不斐的房間，當作給太太的結婚紀念日驚喜。一來到凱耶特，他立刻發現同事所言不虛——飯店提供了釣魚與獨木舟體驗，有嚮導引導他們在荒野健行，大廳有人現場奏樂，食物美味無比，附近一條木板道通向了一片林間空地，空地上有戶外酒吧與掛在樹梢的燈籠，而飯店園區內還有一座俯瞰海灣寧靜美景的溫水泳池。

「這裡是天堂。」來此第一夜，瑪麗讚嘆道。

「我也是這麼想的。」

里昂訂了間露臺上有熱水池的房間，第一晚他們在露臺上待了至少一個鐘頭，啜著香檳、享受輕拂臉龐的涼風，欣賞明信片風景照一般的海上夕陽。他親吻了太太，試著說服自己放輕鬆，問題是他實在很難放輕鬆，因為在他訂下這間奢華客房並告訴太太的一週過後，企業併購的流言便傳到了耳裡。

里昂已是兩次企業併購與一次企業重組的倖存者了，然而最初聽見近期這一次重組的風聲時，他如受當頭棒喝般產生了無比堅定的信念：他即將失業了。他五十八歲了，是人事成本偏高的資深主管，且他也離退休年齡不遠，公司的人即使解僱他也不會感到太愧疚。他這份工作每一部分都能交給較年輕、薪水較低的主管去做，公司能因此省下一筆錢。從聽到併購的消息至今，他雖能好幾個鐘頭不去想這件事，但到了夜裡就沒那麼容易排除煩雜思緒了。里昂和瑪麗剛在南佛羅里達買了一棟房子，打算在他退休前先租出去，未來或許能用以躲避紐約的冬季與稅負。在他眼中這是個全新的開始，然而他們購屋時不慎超出了預算，他也向來不擅長儲蓄，知道自己幾個退休金戶頭賺到的錢都低於理論報酬。一直到清晨六點半，他才陷入斷斷續續的淺眠。

四

隔天晚間，華特回到大廳時，就見里昂·皮凡在吧檯和強納森·阿卡提斯共進晚餐。他們是在稍早認識的，在當時感覺不過是湊巧相遇，日後回想起來卻像是預先設下的陷阱。里昂原本在吧檯吃鮭魚漢堡，因瑪麗頭疼在樓上休息，所以他只能獨自用餐。阿卡提斯坐在和他相隔一個空位的高腳凳上喝健力士啤酒，他和調酒師聊了起來，接著又將里昂納入了他們的對話。他們聊的是凱耶特，強納森．阿卡提斯好巧不巧對這一區相當熟悉。「我其實是這裡的業主。」他對里昂說道，語調近乎抱歉。「它交通實在不便，但我喜歡的正是它這一點。」

「我好像能理解你的意思。」里昂說。他總喜歡找機會和人攀談，如果能暫時想想資不抵債或失業以外的事——什麼都行！——那就再好不過了。「你名下還有其他飯店嗎？」

「就只有這間而已。我主要的工作是在金融領域。」阿卡提斯表示自己在紐約有兩家公司，業務都是替別人從事股市投資，雖然這幾年不再積極開發新客戶了，還是偶爾有幾個例外。

阿卡提斯的過人之處在於，數年後，一名費城女子在阿卡提斯的判決聽證會上朗讀她的被害影響陳述時，如此說道，他總能讓你感覺自己加入了祕密俱樂部。里昂閱讀法庭紀錄時，不得不承認這句話很是貼切——但除了阿卡提斯這份能力以外，也不能忽略他本人的魅力。阿卡提斯這人風度翩翩，嗓音如深夜廣播主持人那般溫暖而令人安心，整個人也散發著鎮靜的氛圍。他是個絲毫不粗蠻的男人，自信卻不傲慢，聽別人說笑時總是莞爾一笑。他性子平穩、低調，同時也十分聰慧，比起談論自己，他更有興趣聽他人說話。他相當高招——而在日後，里昂也意識到了那當真是對方的招數——在和人相處時，他能表現出絲毫不在意旁人對他做何感想的模樣，別人則會因此產生與之相反的焦慮：那阿卡提斯對我又是怎麼想的？日後多年，一再回顧那晚情景時，里昂會回憶起自己當時的某種渴望，讓阿卡提斯對他刮目相看的一種渴望。

「這件事說來尷尬，」那晚，他們離開酒吧、到大廳一個較安靜的角落討論投資項目時，阿卡提斯對他說道，「聽你說你從事航運業，我才發覺自己對這個產業就只有最模糊的概念而已。」

里昂微微一笑。「這不是你的問題，很多人都不怎麼瞭解航運業。它大體上是個隱形的產業，不過你從出生到現在買過的幾乎每一樣東西，都經歷過跨海運輸。」

「像是我這副中國製的耳機，還有其他類似的產品。」

「這當然是最明顯的例子，但我說『幾乎每一樣東西』，就是字面上的意思。我們身上的所有東西，身邊的所有東西，你腳上的襪子，我們的鞋子，我的鬍後水，我手裡這個酒杯。這張清單可以一直列個沒完，我就不嘮叨下去了。」

「不忍說，我這輩子從沒想過這件事。」強納森說。

「沒有人會想這件事的。你去店裡買香蕉的時候，會想到駕船載香蕉渡過巴拿馬運河的水手嗎？你沒理由去想這些吧？」冷靜點。他告誡自己。他也明白，自己老是忍不住對人長篇大論地敘說航運產業的大小事。「我有一些同事嫌一般民眾對航運業太無知，可是我認為，一般人平常不用去思考這個產業的事情，正好證明了這套系統運作得很順利。」

「反正香蕉終會準時到貨。」強納森啜了口酒。「你在這一行待久了，一定會產生某種第六感吧？你身在這個世界上，身邊盡是被各種貨船送來的物品，動不動就想到那些複雜的航運路線、那些東西的來源——平常不會因為這些想法而分心嗎?」

「我認識這麼多人,你還是第二個猜到這一點的。」里昂說。

第一個猜到這一點的人是個靈能者,是瑪麗一位從聖塔菲來到多倫多的大學朋友。當時里昂的主要工作地點在多倫多,三人約在鬧區一同吃晚餐,去了瑪麗那些年最喜歡的聖特羅佩餐廳。那位靈能者——是了,她叫克蕾莎——相當親切友善,里昂立刻對她產生了好感。他猜靈能者一定經常被朋友與不怎麼相熟的人利用,瑪麗也時常說起自己從前向克蕾莎免費求教的一樁樁大小事情,因此用餐期間里昂窮盡了全力避免對她提出任何問題,直到最後吃甜點時,他終究屈服於好奇心之下:待在很多人的空間裡,會不會被他們的心聲吵得心煩意亂?那感覺會不會像房裡擺滿了收音機,接收許多頻率重疊的電臺廣播,各種喧鬧的聲音播報著數十條人生中平凡或駭人的無數細節?克蕾莎笑了笑。「比較像是現在的感覺,」她一面說,一面揮手示意整間餐廳,「你像是在一間熱鬧的餐廳裡,可以選擇性去聽隔壁桌的對話,但也可以讓那些聲音變成背景雜音。就和你看待航運的方式一樣。」她說道。時至今日,這仍是里昂此生最富有樂趣的對話之一,因為他從未對任何人提過他看待航運的方式,他能像調節收音機旋鈕那樣切換電臺,時而聚焦在航運相關的想法上,時而讓那些思緒化作背景音。舉例而言,看向餐桌對面的瑪麗時,他可以選擇注視自己鍾愛的女人,也可以切換頻道,注意到她身上英國製的洋裝、中國製的鞋子、義大利皮革包,甚至還能進一步切換頻道,看見地圖上海王星—阿孚米蒂斯國際物流航運公司一條條相對應的航線亮起:洋裝是西航的跨大西洋第三航線，鞋子可能是東航的跨太平洋第七航線，也可能是東航的上海—洛杉磯快捷航線，諸如此類。他甚至能更進一步聚焦，切換到他永不可能說出口——即使對方是瑪麗，他也說不清、道不明——的語言：在任何一剎那，都有數以萬計的船隻在海上航行，他喜歡將每一艘想像成一個光點，在夜晚的汪洋上形成鮮明燦爛的光河，流淌過蘇伊士運河、巴拿馬運河、直布羅陀海峽等狹窄水道，繞過大陸邊緣流入大海，它們永不停歇的動態是各國運行的驅動力，形成了他熱愛的祕密世界。

一段時間過後，華特走近里昂·皮凡與強納森·阿卡提斯，聽見他們的對話時，話題已從里昂的工作轉移到了阿卡提斯的工作上，從航運換到了投資策略。華特完全是鴨子聽雷，金融世界離他太過遙遠，他也不懂這個領域的語言。日班有員工用反光膠帶遮住了玻璃上的塗鴉，窗外一片漆黑，玻璃上卻多了一條突兀的銀色鏡面。吧檯有兩個美國演員在用晚餐。

「那個男的為了那個女的，跟第一任老婆離了婚。」賴瑞朝兩個演員的方向點頭說道。

「喔？」華特說。他著實對此提不起興趣，在高檔飯店工作二十年後，他已全然失去了追星的興致。「我想問你一個問題，」他說，「不管你怎麼回答，我都不會說出去——你會不會覺得那個新人有哪裡怪怪的？」

賴瑞一個戲劇化的動作扭頭環顧大廳，但保羅並不在左近，而是在前檯後方的員工區拖地。

「可能就只是有點憂鬱吧。」賴瑞說。「不太有活力的一個人。」

「他昨晚有沒有對你問起預訂入住的客人？」

「有啊，你怎麼知道？他問我強納森・阿卡提斯什麼時候會到。」

「那你跟他說……？」

「這個，你也知道我視力不好，那時候也才剛上工而已，所以我跟他說我不太確定，不過在大廳喝威士忌的那個人可能就是阿卡提斯。後來我才發現說錯了。為什麼問這個啊？」

賴瑞這個人口風還算緊，但畢竟飯店所有職員都住在森林裡同一幢建築，八卦消息可說是員工之間的黑市貨幣。

「沒為什麼。」

「你就說嘛。」

「晚點再告訴你。」作案動機的部分華特仍想不明白，然而在走回前檯的同時，他心中的疑慮有了結論：那件事必定是保羅幹的。他在大廳中左右張望，眼下似乎沒有人需要他幫忙，於是他悄悄進了前檯後方通往員工區的門。走廊另一頭，保羅在清潔一面深色窗扉。

「保羅。」

夜班服務生停下了手邊的動作，華特僅僅是看見他的表情，就知道自己猜得沒錯。保羅臉上露出了被追捕的驚慌。

「酸性筆是哪裡弄來的？」華特問道。「那東西隨便去五金行都買得到嗎？還是你得想辦法自製一枝？」

「你在說什麼啊？」但保羅太不擅長說謊，嗓音直接飆高了八度音。

「你為什麼想讓強納森．阿卡提斯看到那段噁心的留言？」

「我不知道你在說什麼。」

「這間飯店在我心裡非常重要。」華特說。「看到它那樣被毀損……」其中最令他不快的正是「**那樣**」的毀損方式，那段寫在了玻璃上的骯髒字句，但他一旦試圖對保羅說明這點，就勢必會開啟關於自己私生活的話題，他是絕不可能對這個懶散無能的小變態揭露自己任何一點隱私的。他沒能將句子說完，只得清清喉嚨。「我現在給你一次機會。」他說。「去收拾行李，搭下一班船離開，我們就不報警了。」

「對不起。」保羅的語音細若蚊鳴。「我只是——」

「你只是突發奇想決定破壞飯店的窗戶，傳達最惡毒、最瘋狂的——」華特激動得滿頭大汗。「你到底為什麼要幹這種事？」但保羅眼神閃爍，像努力捏造謊言的小男孩，華特今晚實在不想再聽見任何一句謊話了。「算了，你走就是。」他說。「你為什麼做這件事，我也不在乎。我不想再看著你了。把清潔工具收好，回你房間收行李，然後跟梅莉莎說你需要盡快坐船去格雷斯港。如果到早上九點你還沒走，我就去找拉斐爾。」

「不是，你不懂。」保羅說。「我欠了很多債——」

「你要是真需要這份工作，」華特說道，「那就不該在窗戶上塗鴉。」

「人根本吞不了碎玻璃啊。」
「什麼？」
「就是說，人體是不可能做到吞碎玻璃這件事的。」
「真的假的？你打算這樣幫自己辯白？」
保羅脹紅了臉，別過頭去。
「你在做這些的時候，都沒考慮過你妹妹的處境嗎？」華特問道。「當初是她幫你爭取到面試機會的吧？」
「這件事跟玟森沒有關係。」
「你不打算走嗎？我現在還有心情放你一馬，也不願意讓你妹妹難堪，所以才給了你自己走人的機會。但如果你想留案底，那當然也可以……」
「不，我走。」保羅低頭看著手裡的清潔工具，彷彿不確定它們怎會出現在自己手中。
「對不起。」
「你還是趁我改變心意前去收拾東西吧。」
「謝謝。」保羅說。

五

可是，這之中的恐怖意味……你怎麼不去吞碎玻璃。你怎麼不去死。你怎麼不把愛你的所有人打入地獄。他又想起了從前的朋友羅伯，永遠停留在了十六歲的羅伯，以及喪禮上羅伯母親的表情。華特似是半夢半醒中度過了值班的餘下時間，強撐著精神熬到早上和拉斐爾開會。上午八點，已經過了就寢時間、迫切渴望睡眠的華特穿行大廳，遠遠望見保羅站在突堤盡頭，將一袋袋行李抬上船。

「早安。」華特探頭進總經理辦公室時，拉斐爾打了招呼。他眼神清明、剛刮了鬍子，儘管和華特居住在同一棟建築，卻生活在截然相反的兩個時區。

「我剛看到保羅帶著所有家當上了船。」華特說。

拉斐爾嘆息一聲。「我也不曉得是怎麼回事，今早他突然進來找我，語無倫次地跟我說他有多麼思念溫哥華——明明三個月前面試時，那小子幾乎是苦苦求我讓他來這邊工作，讓他換一換環境呢。」

「他沒跟你說原因嗎？」

「什麼都沒說。我們會再面試新人。還有什麼事嗎？」拉斐爾問道。被疲勞削弱了自我防禦力之後，華特這才首次意識到，拉斐爾其實不怎麼喜歡他。這份認知落在了他心頭，只發出哀傷的小小「咚」一聲。

「沒有了，」他說，「謝謝你。我就不打擾你上班了。」走回職員宿舍的路上，華特不禁有些懊悔先前對保羅說話時脾氣失控。這許多個鐘頭過後，他開始懷疑自己沒聽出對話的重點：保羅說他欠了債，意思是他非常需要繼續在飯店工作呢，還是有人付了錢唆使他在玻璃上留言？現在想來，這一切都不合理，保羅那段留言明顯是針對阿卡提斯，問題是，阿卡提斯和保羅之間怎會有任何恩怨？

里昂．皮凡夫妻上午退房離開，兩天過後強納森．阿卡提斯也離開了飯店。阿卡提斯離去那晚，華特進大廳上班，卻見本不該值班的卡里爾在吧檯幹活——他說玟森突然休假去了。一天後，她從溫哥華撥了電話給拉斐爾，表示自己決定不再回飯店工作了，於是客房部派了人去將她的個人物品裝箱，收到了洗衣間後頭的儲藏空間。

飯店花大錢重裝了那一片玻璃牆，塗鴉事件也悄然退居回憶位列。春季轉變成了夏季，接著是美妙而混亂的旺季，大廳每晚人滿為患，喜怒無常的爵士四重奏團體不是在大廳娛樂客人，就是在職員宿舍上演種種情緒激烈的戲碼。爵士四人組是和一位鋼琴師輪流演出，鋼琴師雖不幸有抽大麻的壞習慣，飯店還是容忍了他的大麻癮，畢竟全天底下有史以來每一首歌他似乎都能信手彈奏出來。整間飯店都被訂滿了，沒有任何一間空房，職員人數也幾乎翻了一倍，梅莉莎從早到晚駕船在凱耶特與格雷斯港之間來回奔波，直到深夜才得以喘息。

夏季悄悄化為了秋季，接著是冬季月份的沉靜與黯淡，暴雨來得更加頻繁，飯店空了一半，而在季節工離去後職員宿舍也靜了下來。華特白晝睡眠，傍晚上班，享受著在無聲大廳中度過的漫長夜晚——賴瑞站在門邊，卡里爾守著吧檯，來勢洶洶的風雨在夜裡逐漸增強。有時他會和同事們吃頓飯，對夜班職員而言算是晚餐，在日班職員看來則是早餐。有時他會和廚房工作人員喝幾杯、獨自在宿舍套房裡聽爵士樂、在凱耶特與附近地帶散步，或者郵購幾本書，接近傍晚睡醒時閱讀。

春季一個風雨交加的夜裡，艾拉．卡波斯基入住了飯店。她是飯店的常客，是個來自芝加哥的女企業家，喜歡來此逃避所謂「所有的市俗塵囂」。她這位客人之所以特殊，是因為強納森．阿卡提斯曾表明自己不願和她相見。華特不知阿卡提斯避開卡波斯基的理由，老實說他也不想知道，不過當卡波斯基到來時，華特還是照例查看了訂房名單，確保阿卡提斯沒有臨時訂房。這麼一查他才發覺，阿卡提斯已經好一段時間沒來了，此次的時間間隔比以往都來得長。凌晨兩點鐘，華特趁著大廳一片寂靜時用Google搜尋了阿卡提斯，搜到近期一場慈善募捐活動的照片，照片中阿卡提斯身穿無尾晚禮服、臉上掛著燦爛的笑容，一手挽著一名較年輕的女性。女人看上去十分面善。

華特將照片放大。那個女人是玟森——她從頭到腳光鮮亮麗，剪了個一看就要價不斐的髮型，一臉專業級妝容——但無疑是玟森。她身穿一襲金屬長裙，單是那件裙子的價格，想必就等同她在凱耶特飯店當調酒師時的月薪。照片下的說明寫道：強納森．阿卡提斯與其妻玟森。

華特從電腦螢幕移開了目光，望向寂靜無聲的大廳。從玟森辭職至今這一年，華特的生活沒發生任何變化，而這完全是他自己所選、他自己所欲。如今成了全職夜班調酒師的卡里爾，正在和一對剛入住的情侶談天。賴瑞站在門邊，雙手交握在背後，半閉著雙眸。華特離開崗位，走到了外頭的四月夜色中。無論玟森在外國找到了什麼樣的奇異新生活，他都希望她能過得幸福。華特試著想像自己過上強納森．阿卡提斯那種人生——財富、房產、私人噴射機——然而那一切都太不可思議了。夜色凜冽而明徹，雖沒有月亮，天上卻閃耀著動人心魄的星光。從前的華特，那個生活在多倫多鬧區的華特，絕不可能想到自己有天會愛上一個星光璀璨的所在，一個即使在朔月夜裡也亮得能看見自己影子的所在。想要的一切，他都已經得到了。

但是，轉身走回飯店之時，一年前的回憶猛然襲來——你怎麼不去吞碎玻璃——寫在了窗上的字句，令人惴惴不安的謎團。森林在夜裡成了輪廓模糊的偌大黑影。他抱胸抵禦寒氣，回到了大廳溫暖與明亮的懷抱。

四、童話／二〇〇五年—二〇〇八年

燕式跳水

清醒的前提是秩序。離開凱耶特飯店、來到強納森．阿卡提斯位於康乃狄克州市郊那幢大得誇張的宅第後，玟森在短短一個月內建立了生活規律，鮮少偏離軌道。她清晨五點鐘起床，比強納森早了半個鐘頭，下了床就去慢跑，而她回到大宅時，強納森已經出發去曼哈頓工作了。待到上午八點鐘，她已淋浴與打扮完畢，這時強納森的司機就有空檔載她去火車站了——他多次提議直接送她進城，但相較於車陣僵局，玟森偏好火車的動態。下了火車、來到曼哈頓大中央車站，她喜歡在穿行中央大廳時稍稍逗留，欣賞綠色天花板上的星座圖、詢問處上方的蒂芙尼時鐘，以及來來往往的人群。她總是在車站附近一間餐館吃早餐，而後南向朝曼哈頓下城走去，在特定一間咖啡廳喝濃縮咖啡、看報紙，那之後去逛街購物或做頭髮或舉著攝影機在街上散步或以上的某種組合，若有時間她還會去大都會藝術博物館逛一陣子。最後，她會回大中央車站，搭上北上的火車，晚間六點前到家並換上華美的服飾——因為強納森從辦公室回到家，最早也得是六點。

晚間時光玟森會和強納森一同度過，但她總能在睡前空出半個小時去游泳。在她想像中這座財富的王國裡，總有大塊大塊的時間空洞得填補，她隱隱擔心自己在偌大的空洞中漂泊，任由日子在無日程或規劃的情況下逝去。

「人們都爭先恐後想搬進曼哈頓，」她問起為什麼不能直接住在哥倫布圓環那間備用屋時——有時他們買了票去看戲，當晚便會留宿在那裡——強納森如此答道，「不過，我喜歡稍微脫離市俗。」他從小在市郊長大，一向鍾愛郊區的寬闊空間與安寧。

「也是。」玟森說，然而城市對她而言有某種魅力，能與她童年回憶中茂盛的蓊鬱相抗衡。她渴望水泥、乾淨的線條與銳利的角度，僅存在高樓大廈狹縫間的天空，刺目的強光。

「況且，妳在曼哈頓哪能住得開心。」強納森又說。「想想看，妳該會多想念這座泳池啊？」

她會想念泳池嗎？玟森一面游泳，一面思索這個問題。她和泳池之間是敵對關係，每晚游泳不過是為了強化自己的意志力，因為她其實打從心底懼怕溺水。

夜間躍入泳池：夏季玟森穿過反射在水面的宅第燈光，潛到水下；冬季池水會加溫，所以她縱身躍入的是蒸汽氤氳的溫水。她儘量延長潛在水下的時間，考驗自身耐力。終於浮上水面時，她喜歡假裝手上那枚戒指具有真實意義，假裝目力所及的一切都屬於自己：屋子、花園、草坪、供她踩水的這座泳池。這是一座無邊際池，造就了令人迷失方向的延伸錯覺，看上去感覺池水消失在了草坪之中，抑或草坪消失在了池水之中。她最討厭看水池邊緣了。

對於她和強納森之間不成文的契約，玟森是這麼理解的：無論強納森何時要她，無論是在臥室內外，她都不會拒絕；她隨時隨地都會表現得優雅完美——「妳總能為周圍添上優美。」強納森如此說。作為回報，她拿到了一張信用卡，帳單從不出現在她眼前；她得到了充滿美麗屋宅與旅遊行程的生活，換言之就是與過往截然相反的生活。一般人其實不會在對話中用到「花瓶妻」一詞，但強納森可是比玟森老了三十四歲，她很清楚自己的定位。

她為新生活做了些調整。起初，住在強納森．阿卡提斯的宅第裡，感覺就像那種虛幻的夢境——夢中你會在自家廚房發現一道自己未曾注意到的門扉，開了門看到裡頭是一條走廊，通往從沒有人使用的傭人套房，套房另一頭是間無人使用的育嬰室，而同一條走廊上的主臥室竟比你兒時整個家還要大，後來你還會發現一條隱蔽的路線，不必踏足兩間客廳的任何一間、不必踏入樓下的走廊，便能從主臥房走到廚房。

在飯店工作那段時日，玟森在腦中連結了金錢與隱私——最闊綽的客人身邊總是有著最寬闊的空間，他們不是住單一客房而是一整組套房，附加私用露臺，還能夠任意使用高級休息室。然而在現實中，你越是深入財富的王國，身邊就越是擁擠，身邊和家中總是有一堆人，因此玟森只選擇在夜間游泳。白天總有許多人在附近：管家吉爾和妻子阿妮雅同住在車道旁的小木屋；廚師阿妮雅同時是三個當地年輕女工的監督人，負責指揮她們保持屋內整潔、洗衣、收取送貨到府的生鮮蔬果等等；司機住在車庫樓上的小公寓裡；還有個沉默寡言的戶外管理員，負責照料宅第以外的所有事物。每當玟森抬頭，周圍總是有人在掃地、撣灰塵、和水電工講電話，或者在修剪樹籬，成天和他們互動實在累人。但到了夜裡，職員便會退回各自的私生活，玟森終於得以平靜地夜泳，不用感受到來自每一扇窗的目光了。

「看妳這麼喜歡游泳池，那真是太好了。」吉爾說。「泳池設計顧問花了好多時間在設計它，可是我敢發誓，在妳來之前從沒有人用過它。」

初次和強納森的女兒——克萊兒——見面時，玟森正在池裡游泳。這是四月一個清冷的夜晚，蒸汽從水面冒到了空氣中。她知道克萊兒今晚會來，卻沒料到自己破水而出時，一位身穿套裝的女人會像該死的幽靈般隔著蒸汽盯著她，雙手交扣在背後、動也不動地站在那裡。玟森駭然驚呼出聲，事後回想起來此舉並不討喜。克萊兒明顯剛從辦公室過來，是個企業家模樣的女人，看上去接近三十歲。

「妳就是玟森吧。」她拿起被玟森摺好放在戶外躺椅的一條浴巾，以「還不從池子裡出來」的姿態遞了過來，玟森只覺自己別無選擇，只能爬上梯子接過浴巾。她為此感到煩躁，本想多游一會兒的。

「妳就是克萊兒吧。」

克萊兒並沒有回應她這句話，顯然不認為它值得回應。玟森此時穿著相當保守的連身泳衣，用浴巾擦拭身體時卻感到了赤裸暴露。

「很少有女孩子取『玟森』這個名字。」克萊兒稍微強調了**女孩子**三個字，玟森覺得根本沒那個必要。**我又沒那麼年**輕。玟森很想這麼告訴她，因為現今二十四歲的自己感覺一點也不年輕——不過克萊兒有可能構成威脅，且玟森希望能維持和平，於是儘量用不慍不火的語調回話。

「我爸媽是用一個詩人的名字幫我取名的。埃德娜・聖文森・米萊（Edna St. Vincent Millay）。」

克萊兒眸光一閃，視線落在了玟森手上那枚戒指。「好吧，」她說，「爸媽也不是我們能選的。他們是從事哪一行？」

「我爸媽嗎？」

「對。」

「他們死了。」

克萊兒的神情變得柔和了些。「那真的很遺憾。」她們站在原處盯著彼此，一兩秒過後，玟森伸手拿她放在了躺椅上的浴袍，克萊兒則開了口，現在語音比起憤怒更偏向無奈：「妳其實比我小五歲，這妳知道嗎？」

「年紀也不是我們能選的。」玟森說。

「哈。」（不是笑聲，就只是說出口的一個字：哈。）「反正我們都是成年人了。順帶一提，目前這種情況在我看來實在荒謬，但這不表示我們沒法友好相處。」說罷，她轉身回了屋內。

幽魂

玟森母親生前讀了不少詩詞，自己也曾是個詩人。一九一二年，埃德娜．聖文森．米萊十九歲時動筆寫了首名為〈再生〉（Renascence）的詩，那首詩玟森兒時與青少年時期讀過該有上千遍吧。這是米萊為參賽而寫的詩作，作品雖未獲獎，卻以一股不容忽視的能量，將她從新英格蘭貧苦乏味的生活一舉推到了瓦薩學院，而後又將她推入了她從小夢想的那種波西米亞藝術生活：與以往迥然不同的一種貧苦，格林威治村風格的貧苦，再怎麼窮也要和時髦的友人開深夜讀詩會。

「重點是，她憑藉著單純的意志力，讓自己的生活提升到了新的層次。」玟森母親說道。即使是當時的玟森——她大概十一歲左右吧——心中也懷有疑慮，不知這句話是否揭露了母親對於自己生活走向的滿意程度。她曾是個幻想在荒野中作詩的女人，卻不知怎地陷入了養育小孩以及在荒野中持家的凡俗泥淖之中。「荒野」這個概念是一回事，真正在荒野中生活時，你卻不得不面對各種乏善可陳的勞動：每天都得設法找到柴薪、日復一日；為了購買生鮮食材而橫跨誇張的長距離；照料菜園，以及維護園子周圍的圍籬，以免野鹿將園中的蔬菜吃個精光；修理發電機；記得買發電機的燃料；製作堆肥；夏季缺水；因荒野的工作機會實在有限，所以你手頭的存款總是不夠用；設法和你唯一的孩子周旋，因為她不懂你對荒野的熱愛，懷了滿腔怨憤，每週都問你為什麼不能住在荒野以外的正常地方；等等等。

玟森母親在想像女兒的未來時，大概絕不會想到這樣的生活——不對，是設定：玟森手上雖戴著婚戒，實際上卻沒有成婚。「我希望妳待在我身邊，」在最初，強納森曾說，「但我實在不想再結一次婚了。」他太太蘇珊才剛在三年前去世。他們從不提及她的名字。儘管不願和玟森結婚，強納森仍覺得婚戒能創造出關係穩定的印象。「在我這一行，」他說道，「在管理別人錢財的這一行，穩定性就是一切。我如果帶妳去和客戶吃晚餐，那比起美麗的年輕女友，妳還是作個美麗的年輕太太比較好。」

「克萊兒知道我們沒結婚嗎？」克萊兒出現在泳池邊那晚，玟森問道。玟森進屋沖澡後，克萊兒已然離去，強納森則獨自坐在靠南的客廳裡，一面喝紅酒一面讀《金融時報》。「這世上只有兩個人知情。」他說。「就是妳和我。過來吧。」玟森走到他面前的檯燈光線下，他的指尖輕輕描過她手臂，然後他拉著玟森轉身，緩緩拉開了洋裝拉鍊。

但究竟是什麼樣的男人，才會對女兒謊稱自己再婚了呢？在當時，玟森小心翼翼避開了童話故事中一些面向，儘量不去琢磨那些疑問，而後來回想起那些年，那段記憶已蒙上了一層抽象的面紗，彷彿她的靈魂短暫地出了竅。

共犯

他們在曼哈頓中城一間酒吧喝調酒，對方是將數百萬美元投入強納森那支基金的一對夫妻：來自科羅拉多州的馬克與露依絲。在當時，玟森才剛進入財富王國三週左右，初來乍到的她明確感受到了新生活的怪異。

「這是玟森。」強納森一手搭著她後腰說道。

「很高興認識你們。」玟森說。馬克與露依絲大約四、五十歲，而在和阿卡提斯相處幾個月過後，玟森會發現這兩人其實屬於有錢人當中，棲息在西部地帶的某個亞種：他們和其他地區的有錢人同樣富裕，肌膚容顏卻因沉迷滑雪而顯得歷經風霜。

「我們也很高興認識妳。」他們說。在輪流握手時，露依絲瞥見了玟森與強納森的戒指。「天啊，強納森，」她說，「我是不是該祝你們新婚快樂？」

「謝謝妳。」強納森說，語調中的難為情與喜悅顯得無比真誠，在那暈頭轉向的一瞬間，玟森甚至產生了他們真正結了婚的荒誕念頭。

「那，敬你們一杯。」馬克舉杯說。「恭喜你們。真是大好消息啊，真的太好了。」

「介意我問一下嗎……？」露依絲說。「婚禮是辦得很盛大呢，還是小小的……？」

「我們那時候要是辦了婚禮，」強納森說，「那你們的名字絕對是寫在賓客名單的最上頭。」

「我說了你們可能不信，」玟森說，「但我們其實是在市政廳結了婚喔。」

「天啊。」馬克說。然後露依絲說：「我好喜歡你們這種風格。唐娜也要結婚了——就是我們女兒——我的老天啊，那些大大小小的安排、各種旁生枝節、大大小小的糾紛，整件事都讓人頭疼得要命，我甚至想建議他們學你們不告而婚算了。」

「這種做法的確很有效率。」強納森說道。「婚禮安排起來真的太複雜了，我們就是不想把事情搞得那麼麻煩。」

「我還花了一番力氣，才說服他休一天假呢。」玟森說。「他本來想在午休時間跑一趟市政廳完事的。」四人哈哈大笑，強納森伸手攬著她。她感覺得出，強納森對她的即興演出很是讚賞。

「你們有去度蜜月嗎？」馬克問。

「我下週要帶她去尼斯，週末接著去杜拜。」強納森說。

「啊，是了。」馬克說。「我記得你說過，你最愛去那裡了。玟森，妳去過嗎？」

「杜拜嗎？還沒呢，我已經等不及了。」諸如此類。玟森也不想說謊，但她深知強納森對她的期待，且從前身為調酒師的她很習慣演戲式的人際互動，輕鬆脫口而出的謊言令她惴惴不安。強納森走進凱耶特飯店酒吧那一夜，才剛有人在玻璃窗上寫下了恐怖的一句留言，玟森只能站在那裡擦拭酒杯、一分一秒等著這一班結束，滿腦子想著自己怎麼會傻到回這地方來，試圖想像自己餘下的一生卻徒勞無功——她當然可以離開此處，去另一間酒吧工作，那之後再換到下一間酒吧，再下一間，再下一間……問題是，即使離開了凱耶特，也無法改變方程式的骨架。一年一年過去了，玟森人生中的問題卻不變：她知道自己算是聰明人，不過「聰明」並不等同「知道要拿自己這一生做什麼」，而她雖知道大學學歷有機會改變自己的人生軌跡，卻不願實際承擔學生貸款可怖的重量，畢竟她從前有不少調酒師同事都拿過大學文憑，她知道大學學歷可能也無法改變一個人的人生軌跡，等等等，等等等……腦中思緒又在熟悉的領域不斷循環，她受夠了自己這些想法也受夠了自己，而就在這時，強納森走到了吧檯前。他對玟森說話的方式，他顯而易見的財富與顯而易見的好感——玟森看見了一道門，門的另一頭是一種輕鬆許多的生活，或至少是一種不同的生活。她或許有機會住在異國，在一個不是凱耶特的地方，從事調酒以外的事業。她無法抗拒那份機會、那份誘惑。

對別人謊稱自己和強納森已婚雖令她良心不安，卻不足以令她產生逃跑的念頭。**我是為現在的生活付出代價**，她告訴自己，**這是很合理的代價**。

變奏

強納森從不談論蘇珊——他真正的妻子——但也不是完全不能談論過往。有時他心情上來了，就想聽聽關於玟森過去的故事。她小心翼翼地將自己的過去切割、分裝：「我十三歲的時候，」某個星期天上午，她躺在床上對強納森說，「把頭髮染成了藍色，還在學校窗戶上塗鴉，結果被學校停學處分了。」

「是嗎？妳畫了什麼？」

「我說是某個哲學家的遺言，你信不信？我是在一本書上看到的，一看就愛上了那句話。」

「真是少年老成，也讓人毛骨悚然。」他說。「我都不敢問是哪一句了。」

「將我颳起。不覺得它有種美感嗎？」

「情緒化的十三歲女孩是會這麼覺得。」他說。玟森用枕頭丟他。她沒告訴強納森她母親在那之前兩週去世了，沒說她哥哥在附近偷看到她塗鴉，甚至沒說自己有個哥哥。無論是什麼樣的故事，總有許多能被遺漏的細節。

況且，那也不是什麼毛骨悚然的事。隔日下午搭火車進城時，她不禁心想。反倒截然相反呢。她從小就不清楚自己希望過什麼樣的人生，一直以來都在漫無目的地漂泊，但她知道自己想被一陣風颳起、被從人叢中採摘。後來那陣風果真颳來了，當強納森伸出手時，她握住了那隻手，短短一週內從飄著霉味的凱耶特飯店職員宿舍，搬到了異國一間偌大的豪宅。突如其來的改變令她頭暈目眩，她為自己的頭暈目眩感到驚訝，然後又為自己的驚訝感到驚訝。玟森在大中央車站下了火車，讓自己被動融入走下萊辛頓大道的人流。我怎麼會來到這個離家如此遙遠的異星球？然而，異樣的不僅是這個地方，大部分的異常感甚至都不是地點所致，而是金錢造成的。她悠然走到了第五大道，沒什麼特別想去的地方，只不停行走，直到被一面櫥窗內的奶油黃皮革手套吸引了目光。店內每一件商品都令人驚豔，但那雙奶油黃手套彷彿散發了獨特的光輝。她試戴了手套，連瞧也不瞧標價一眼便買了下來，因為在這財富的時代，她手裡的信用卡儼然是不帶重量的魔法物品。

她提著裝著手套的小提包走出了精品店，繼續行走的同時，腦中的思緒逐漸渙散飄遠。那段時日，生活總能令她頭暈目眩，她發現自己不時會想到現實的種種變奏、事件不同的排列組合：舉例而言，在另一個現實中，她在強納森到來前便辭去了凱耶特飯店的工作，回溫哥華飯店工作去了；或者，強納森那天上午選擇叫客房服務，而沒有在吧檯前坐下來點早餐；或者，他在吧檯前坐下來點了早餐，卻沒看上玟森。在某個不同版本的現實中，玟森仍住在凱耶特飯店的職員宿舍裡，每晚為手頭闊綽的遊客調酒，就這樣年復一年。這些假想情境感覺並不比她當下的生活虛假，她有時甚至會心生再真切不過的不安，總覺得其他版本的生活沒了她也照樣過了下去，其他版本的玟森經歷著其他形形色色的事件。

她從以前就養成了讀報的習慣，因為她覺得自己極為欠缺教育，希望能成為有知識、懂時事的人，然而在財富時代，她閱讀新聞報導時往往會被該則事件的反面分散心神。她也許會惶惑不安地想像一個沒發生過伊拉克戰爭的現實，或者喬治亞爆發的恐怖新型豬流感未及時控制下來——或許在另一個版本的現實中，喬治亞流感會演變成無可阻擋的全球瘟疫，導致人類文明崩毀。也許在某個版本的現實中，北韓並沒有試射飛彈，倫敦的炸彈恐攻沒有發生，以色列總理沒有中風。她甚至能將現實倒帶到更早之前：在另一個版本的歷史上，朝鮮半島未曾分裂，蘇聯未曾入侵阿富汗、蓋達組織未曾創立，艾里爾・夏隆年輕時便陣亡戰場，根本沒能當上以色列總理。這樣的遊戲玩著玩著，玟森就會感受到一股暈眩感襲上腦門，不得不中止遊戲。

盾

有錢之後，她最先購買的幾件物事之一，是一臺價格不斐的Canon HV攝影機。玟森從十三歲開始攝影，那時她母親才剛失蹤幾天，奶奶卡洛琳特地從維多利亞市趕來幫忙。奶奶來訪那的一夜，晚餐後玟森獨自坐在餐桌邊——她從母親身上學到了喝茶的習慣，邊喝邊凝望山坡下的水灣，因為母親想必隨時會走上門前臺階來——這時，奶奶帶著一個盒子來到了餐桌前。

「我有一件東西想給妳。」她說。

玟森打開盒子，只見裡頭裝著一臺Panasonic攝影機。她認得這種攝影機，它是可以錄製DV錄影帶的新機型，卻仍意外地沉重。她不確定該拿這東西做什麼。

「我年輕的時候，」卡洛琳說道，「經歷了一些困難，可能是二十一、二歲那陣子吧。」

「什麼樣的困難？」那是玟森數小時以來第一次開口說話，甚至可能是整天下來第一次出聲。黏膩的字句在喉頭卡了一下。

「那件事的細節並不重要。總之，我一個朋友是攝影師，她把一臺沒在用的相機給了我，對我說：『妳去拍照，每天拍幾張照片，試看看心情會不會好一點。』老實說，我覺得她這個想法很蠢，但還是去試了一試，結果還真的感覺好一點了。」

「我不覺得——」玟森說，卻無法將整句話說完。*我不覺得一臺相機能讓我母親回來。*

「我想說的是，」卡洛琳輕聲說道，「當妳覺得受不了這個世界時，可以把鏡頭當成擋在自己和世界之間的護盾。如果妳沒辦法直視世界，那說不定可以隔著相機觀景窗去看世界。我要是對妳哥哥說這樣的話，他大概會笑我，但妳也許能試著去理解我說的話。」

玟森靜默不語，考慮奶奶提出的概念。

「我本來想買一臺三十五毫米膠片相機給妳的，」卡洛琳自嘲地輕笑一聲，「但轉念一想，現在都已經是一九九四年了，現在的年輕人是不是都不拍靜止的照片了？現在應該是流行錄影吧？」

玟森很快便找到了她喜歡的固定形式，一次錄下剛好五分鐘的影像，彷彿一幅幅小小的肖像：五分鐘的凱耶特港邊海灘與天空，後來她搬到姑姑在溫哥華的家，拍下了五分鐘永無止盡的都市近郊、屋子所在的寂靜街道，搭高架列車進市中心時隔窗拍攝的五分鐘，她十七歲時搬到梅莉莎所在的社區，拍下了新奇又駭人的五分鐘錄像——影像中看不見的是，路上有個毒蟲想搶她的攝影機，她只能在街上拔腿狂奔。還有那同一年，五分鐘、五分鐘的溫哥華飯店廚房，攝影機被她擺在一旁架上的塑膠袋裡、設定了計時錄影，玟森則忙著在洗碗槽用熱水沖洗碗盤、將餐具餵入工業用洗碗機。又是五分鐘、五分鐘的凱耶特光景，然後——在遇見強納森之後——五分鐘、五分鐘的格林威治屋無邊際泳池，水面漣漪與草坪融為一體的模樣，之所以拍下這幅畫面，正是因為她厭惡兩者在眼前融為一體的模樣，努力想讓自己堅強起來；在強納森的私人噴射機裡首度橫跨大西洋的五分鐘，她從小窗邊拍攝下方遠處鐵灰色海水中的幾艘船，放眼望去不見陸地。「妳在做什麼？」強納森問道，嚇了她一跳。他方才和伊薇特．巴托利同坐在飛機靠後的位子——巴托利是一位高雅而不近人情的生意伙伴，此次同行前往法國；她主要居住在巴黎，所以強納森讓她搭便車到尼斯，強納森與玟森的目的地則是他在尼斯的別墅。玟森深陷在窗邊一張巨大的扶手椅之中，以為自己身處片刻的孤獨。

「不覺得它有點美嗎？」玟森說。

強納森隔著她湊近窗戶，望向遙遠的浪濤。「妳在拍海景？」

「不論是誰都需要個人興趣嘛。」

「果然，女人總是這麼神祕莫測。」他說道，然後在她頭上落下一吻。

陰影

強納森有道陰影。這是他們抵達尼斯別墅數小時過後，他提起的話題。當時鄰近傍晚，兩人一同坐在露臺上，儘管此時仍是孟春時節，尼斯已是溫暖宜人，舒適的微風從海上拂來。在時差的影響下，玟森的精神有些恍惚，只能試圖用咖啡與早先在浴室裡點的眼藥水掩飾疲勞。強納森那位生意伙伴——伊薇特——悄悄進客房休息了，露臺上只有玟森與強納森兩人。放眼望去，周遭盡是棕櫚樹與超脫塵俗的海藍，玟森也看過不少設定在地中海地區的電影——主題大多是飆車、賭徒與／或007——儘管未曾來過歐洲，眼前的景色卻有種怪異的熟悉感。強納森陷入了沉思的心境。「我這樣說，妳可能會覺得是廢話，」他說，「不過當一個人功成名就了，自然會吸引他人的注意力。」

「正面，還是負面？」

「這個，兩種都有，」他說，「但我是想到負面的。」

「你是想到某個特定的人了嗎？」此時後方一道門開了，阿妮雅用小銀盤端著兩杯咖啡出來。玟森見了她有些訝異，之前根本沒意識到阿妮雅也會來法國，但現在想來，她過去兩三天在格林威治屋確實沒見阿妮雅的蹤影。「謝謝妳，」玟森對阿妮雅說，「我是真的很需要喝杯咖啡。」對方點點頭。強納森默默從托盤上取過自己那杯咖啡，因為對他而言，憑空出現的咖啡已是家常便飯，壓根不必多做評論。

「是啊。」他說。「是有個特定的人，一個特別執著的人。」

他在一九九九年認識了艾拉．卡波斯基，兩人初見的地點竟是凱耶特飯店。他們談論了卡波斯基將資產交由強納森投資的可能性，然而卡波斯基最後（毫無依據地）得出的結論是，僅從強納森無比穩定的投資報酬率看來，他的基金很可能是某種惡毒的設局詐騙。她的言論自然是絲毫不合理，對強納森極不公平，甚至可說是荒誕至極，但強納森又能怎麼辦呢？人們總是會自行下定論的嘛。

「報酬率高，不是代表你做得很優秀嗎？」玟森說。

「確實是啊。我雖不是什麼大天才，自己的工作還是能做好的。」

「那還用說。」玟森說，一個手勢含括了露臺、整幢別墅、它與地中海之間短短的距離、將他們載送至此的私人噴射機，以及這異乎尋常的生活整體。

「我是小有成績沒錯。」強納森說。「總之，卡波斯基直接向SEC舉報我去了。抱歉，我不該在對話中用一些晦澀難懂的簡稱，這樣太失禮了。我指的是證券交易委員會，就是負責監管我這個產業的人。」玟森知道證券交易委員會是什麼，畢竟她花了些心思追蹤財經新聞，但她只默默點了點頭。「他們把我徹頭徹尾調查了一遍，當然是什麼都沒發現。本來就沒什麼好發現的。」

「那你後來還有她的消息嗎？在那場調查過後？」

「我們沒再直接聯絡了，倒是一些和她說得上話的人把她的消息轉告給了我。」

「如果她在到處散布你的不實謠言，」玟森說，「你不能告她誹謗嗎？」

「妳要知道，」他說，「在我這一行，公信力就是一切。我不能讓這件事上新聞，那樣太冒險了。」

「你的意思是，光是醜聞的表象，可能就和實際爆出醜聞的影響同樣糟糕了。」

「妳很聰明嘛。不過，等到證監會那陣風波過去後，我又想了想，發現了問題所在。她想投資的那筆錢，其實是她父親的遺產，她父親當時又剛去世不久。所以說，有時候金錢的問題不只是金錢本身，還牽扯到很多複雜的情緒。」阿妮雅在露臺邊緣忙碌，悄悄擺放入夜後會用到的蠟燭。玟森與強納森之間的對話，她聽見了多少？她是否聽見了，當真重要嗎？阿妮雅會不會絲毫不在乎這些？「艾拉．卡波斯基寄給我的那封信，真的是錯亂到顛狂的地步，」強納森又說，「說到她父親的遺產和名聲什麼的。但我也不得不幫她說句話，現在回想起來，她當時很明顯還沒走出失去父親的傷痛，面對那種悲傷時任誰都可能有一點不理性的。」強納森的亡妻——這不可言明的話題懸浮在兩人之間的空氣中，宛若幽魂；他們互視了一眼，卻沒有道出她的名字。強納森清了清喉嚨。「總之，我之所以告訴妳這些，是不希望妳在網路上看見她的言論或在現實生活中遇見她之後，產生任何的疑問。妳在凱耶特是不是都沒遇過她？」

「在飯店嗎？老實說，我對其他客人大都沒什麼印象，我也只在飯店待了六、七個月而已。」

「然後就被我像一陣風一樣颼走了。」他說著吻了她一口。強納森嘴脣冰涼，口齒帶有咖啡放久後令人有些不快的味道，不過玟森還是對他露出了笑容。

「我覺得，她嫉妒你也是情有可原。」她說。「畢竟不是每個人都能成功。」

（那玟森成功了嗎？無論以何種理性標準去衡量，她都感覺自己現今的生活著實不凡，但另一方面而言，她不是很確定自己當初的目標是什麼，也不知自己是否達成了那模模糊糊的目標。稍晚，她獨自站在露臺上拍攝地中海的美景，心想：也許這樣就夠了，也許不是每一個人都需要懷有具體的野心和目標。我可以當那種到處走訪美麗地點、擁有各種美麗事物的人。也許我可以看遍每一片海洋，錄下五分鐘、五分鐘的影像，也許這份計畫之中就存在某種意義，某種完滿。）

太空人

那年夏天，她在強納森的年度美國獨立日派對上認識了他的員工。派對一路進行到了凌晨，他們包了好幾輛巴士載送賓客，草坪上多了一支宴會承辦團隊組成的軍隊，還有一支穿著雪白制服的搖擺爵士樂團。強納森手下的員工有一百多人，其中五人隸屬資產管理團隊，其餘都是在他的證券經紀公司上班。

「做資產管理的那群人是不是有點冷漠啊？」玟森問道。資產管理團隊五人都站在派對會場邊緣，彼此之間站得很近，其中一人——奧斯卡——試圖用塑膠杯表演雜耍，其他人則在旁觀看。「不對，等一下，」奧斯卡說，「我發誓，我以前真的可以的……」

「他們一直以來都有點離群。」強納森說。「辦公的樓層也是和其他人分開。」

所有人離去後，草坪顯得無比廣袤，圓桌、搖曳不定的燭火、沾了酒漬的桌布、被踏平的草地、地上反射著微弱光線的塑膠杯，全都形成了一片暮色景象。「妳好從容。」強納森說。他們坐在泳池邊，四隻腳泡在水中，周圍是忙著吹熄蠟燭、摺桌布、將髒酒杯收回木箱的派對承辦團隊。*因為那是我的工作啊*。玟森沒有將這句回應道出口。若將現在的生活說成工作，那似乎有點不近人情，畢竟她是真心喜歡強納森。這雖算不上世紀之戀，但也不必是什麼轟轟烈烈的愛情吧？她近來常想，假如你真心享受和另一個人相處的時光，假如你享受和對方共度的生活，也不介意和那人上床，那不就夠了嗎？難道你非得真正愛戀對方，這才算是一段真正的感情嗎？「真正的感情」又是什麼？只要雙方互相尊重，兩人之間存在類似友情的感情，那不就是一段貨真價實的感情了嗎？她也不願花這麼多時間思索此事，但從她這份執著看來，這似乎是個未解的疑問——話雖如此，她仍確信自己能順著這條路走很久很久，或許能走上好幾年吧。七月四日獨立日這晚著實炎熱，此時正巧是一波熱浪的高峰。

「嗯，謝謝你。我有在努力。」汗水沿著她背部滾落。

「妳雖然在努力，表面上卻像不費功夫似的。」他說。「妳不知道，這真的是非常罕見的個人特質。」

玟森凝視著水面閃爍不定的光影，抬頭時見其中一名工作人員在看她，對方是個在一旁調整躺椅的年輕女性。玟森迅速別過了視線。她認真研究過了富人的習性，精心模仿他們的穿著與言語模式，並養成了他們那種漫不經心的神態。然而和家中傭人與宴會承辦團隊相處時，她卻感到坐立難安，生怕和她出身同一顆星球的人們定睛一看，便會看穿她的偽裝。

米芮拉

第一次一同過冬時，他們搭機南下到了邁阿密海灘一間私人俱樂部，參加當地的派對。強納森似乎擁有許多俱樂部的會籍，數量多得驚人。「這是用錢堆疊出的嗜好，」他告訴玟森，「但我從以前就喜歡那種讓人感覺時間慢下來的地方，對這種地方沒什麼抵抗力。」（日後回想起來，玟森總覺得自己當時就該注意到這絲細節：他究竟為什麼希望時間慢下來？除了對生死的籠統認知以外，這句話是否還有某種隱藏的訊息？除了死亡之外，他是否感覺有另一種無可避免的事物，在未來等待著他？）「一些俱樂部還提供了其他的娛樂，」他說，「高爾夫球場、網球場等等。不過，僅僅是坐在私用休憩室裡喝咖啡或葡萄酒，就能帶來某種愉悅。在這種地方，時間的流速總是不同於外頭。」

邁阿密海灘的冬季正式派對，可說是男士晚禮服與繽紛長裙的致命夜晚，在場大多數女賓都比玟森年長許多，男賓即使不是每個人都穿企鵝配色的無尾晚禮服，也都相貌類近——說來有趣，花大錢做保養、習性也相差不遠的人們，竟都長得如此相似。他們大都從出生便生活在這個世界裡，明顯從小就生活在財富的安全網之上，和玟森屬截然不同的物種。身穿一襲銀色長裙的她走在會場中，微笑著對人說自己很高興認識他們，狀似真摯地為不好笑的笑話發笑，認真聆聽索然無味的個人故事，臉上一直維持從前當調酒師時對大方給小費的客人露出的營業用微笑。強納森和邁阿密海灘這些人已經認識十年，甚至更久了，許多女賓都曾是強納森亡妻——蘇珊——的朋友，她們的孩子也都已經和玟森歲數相當或更老了。其中幾人做過失敗的醫美手術，臉頰腫脹、額頭絲毫不動、嘴唇如橡膠般腫得老大，每每和這些人見面打招呼，玟森都會不由自主地瞠目。她大部分時間都待在強納森身邊，直到他和一位潛在投資者到一旁低調談話，這時玟森逕自走向吧檯，前頭有個穿著灼目紫紅連身裙的高挑女人在點琴通寧。玟森早先也注意到了她，她是在場少數和玟森年歲相仿的女性賓客。兩名調酒師同時將兩杯飲料給了她們，她們在離開吧檯時險些相撞。

「啊，糟糕。」玟森說。「我的酒沒撒到妳裙子上吧？」

「一滴也沒有。」女人說。「我是米芮拉。」

「我是玟森。嗨。」

「我正要去露臺透透氣，有興趣的話要不要一起？」

她們來到了勉強稱得上義大利風格的露臺，外頭有幾個和她們同齡或更年輕的女人，不過她們似乎都互相認識，不是聊得暢快就是在埋頭滑手機。玟森喜歡從露臺眺望大海，邁阿密的海水和地中海是相同的藍。

「應該沒有比這更無聊的派對了吧？」玟森平時謹慎一些，但米芮拉周身透出了百無聊賴的氛圍，令她相當自在。

「有啊，去年的同一場派對就是。」

一名穿深色西裝的男子跟隨她們走到了露臺上，站在一小段距離處掃視露臺。

「他是和妳一起的嗎？」玟森問。

「從不離身。」米芮拉說，玟森這才意識到男人是她的保鑣。米芮拉顯然生活在難以企及的高處。

「會不會很有壓迫感啊？整天有人跟著妳的話？」

她們倚著欄杆，將露臺上的所有人收入眼底。其他女人看上去如同一群熱帶鳥類；玟森還是頭一次來佛州，她發現相較於紐約或康乃狄克人，這裡人的服飾鮮豔許多。

「這是個有趣的問題。」米芮拉說。「我剛剛才在想這件事，發現了一個有點恐怖的現象。」

「說來聽聽。」

「有時候我甚至看不見他了。我不想把自己視作那種對別人視而不見的人，但事情就是這樣了。」

「他已經……」玟森不知該如何發問，不過她很好奇那人是在多久之後成為透明人的。她自己仍時時刻刻注意到強納森·阿卡提斯家中的幫傭，一想到自己有天可能再也看不見他們了，她在驚恐的同時卻也感受到了一股誘惑力。「他跟妳很久了嗎？」

「六年了。」米芮拉說。「不是說他個人，是同為保鑣的不同男人。只有前幾個月感覺奇怪而已。」她注視著玟森左手。「妳老公是誰啊？」

「不知道妳認不認識他，他其實不常來這間俱樂部。他叫強納森·阿卡提斯。」

米芮拉微微一笑。「我認識強納森。」她說。「我男友就是跟著他投資的。」

***

米芮拉之所以有隨身保鑣，是因為她男友費薩是沙烏地阿拉伯王子。十年前，他某個親戚的女友曾被綁架勒贖，他自己也從此變得有些偏執了。

「那他未來會當國王嗎？」派對過後那週，玟森和米芮拉在曼哈頓碰面時，她提問道。

米芮拉與費薩一年中大部分時間都住在蘇荷區一間挑高公寓。

米芮拉笑了笑。「怎麼可能。」她說。「沙烏地阿拉伯的王子可是多達六千個。」

「那公主有多少個？」

「沒什麼人會去數公主。」

那之後，費薩與米芮拉、強納森與玟森四人就不時會相約共進晚餐。費薩是個極端高雅、四十多歲的男人，偏好訂製西裝與開了最上面兩顆釦子的白襯衫，從不打領帶。他沒在工作，他說自己之所以和米芮拉長居紐約市，是因為這裡令他感到自由。他並不厭惡自己的故鄉利雅德，但能住在一個沒有遍地親戚的城市裡，感覺還是很不錯的。他覺得，在世界的這一邊，他多了一些自在生活的空間。但話雖如此，他還是無法忍受紐約的冬季，所以曾在某一年花一整個二月在邁阿密海灘那間俱樂部學高爾夫，他就是在那裡認識強納森的。

費薩從以前就是家族中的異類，只有他這個兒子喜歡上爵士俱樂部，喜歡晚間去看歌劇，還有閱讀法文與英文文學期刊；只有他這個兒子和家人保持半個地球的距離，且對婚姻毫無興趣，遑論為父母生下孫子女了。但後來他開始跟著阿卡提斯投資，將阿卡提斯介紹給了幾個家人，他們的投資項目全都表現出眾，些許挽回了費薩在家中的敗家子形象。顯然，這在費薩心中意義深重。

米芮拉與費薩曾在倫敦住了幾年，後來在新加坡短居，最後決定久居紐約。「在那些地方，我的生活也沒什麼不同。」玟森問起此事時，米芮拉說道。這是她們認識一兩個月過後的事了，玟森帶米芮拉去逛大都會藝術博物館，參觀了她個人最愛的展區。玟森並沒有受過正規的藝術教育，卻對肖像畫深有感觸，尤其當畫像主角是看上去相當平凡的人之時——像是你搭地鐵可能會遇到的路人，只不過身上穿著過時的服裝。

「那幾座城市給人的印象很不一樣啊。」玟森說道。

「是很不一樣，但我的生活沒什麼差別，就只是換個背景而已。」她瞄了玟森一眼。「妳不是有錢人家的孩子吧？」

「不是。」

「我也不是。想聽聽我對錢的見解嗎？我之前在想，為什麼我在新加坡的生活會和倫敦差不多呢？想著想著，我就發現了：財富就是它自己的國度。」

玟森儘量不去想的一件事：米芮拉和玟森之間的差別在於，米芮拉是和她真心愛著的男人同居在財富的國度裡。從她注視費薩的眼神，從費薩走進房間時她神情一亮的模樣，就能看得再清楚不過了。

投資者

若說財富自成一國，那在財富王國裡，還存在另一些國民，玟森對這些人的印象就差得多了。一晚，她、強納森和來自洛杉磯的音樂製作人——雷尼·澤維爾——共進晚餐。前往餐廳那一路上，強納森沉默不語，似乎心不在焉。「他是我最重要的投資者。」走進餐廳時，他悄聲對玟森說，然後他瞥見了用餐區另一頭的雷尼與妻子，頓時露出大大的笑容。雷尼身穿一看就很貴的西裝與球鞋，頭髮刻意弄得亂糟糟的。他太太蒂芬妮生得傾國傾城，話卻不多。

「我們其實是在一場拍賣會上認識的。」玟森試著和她閒聊時，她說道，那之後便幾乎一句話也沒再對玟森說了。她從前是歌手，但現在不再唱歌了。晚餐快要結束時，強納森不知用什麼方法和蒂芬妮聊了起來，喝得太多的雷尼則轉向玟森，自顧自地說起了多年前一個同樣有志成為歌手、曾和他合作的女孩。

「問題是，」他告訴玟森，「就算妳把機會擺在別人眼前，有些人還是看不出來。」

「說得很對。」玟森說，然而聽了雷尼的發言，她不禁感到心虛。她的確喜歡和強納森相處，但無可抵賴的事實是，當初強納森走到凱耶特飯店的吧檯時，她確實看見並把握了眼前的機會。

「她是很有潛力沒錯，真的很有潛力，可是一個人連近在眼前的機會都看不見？那就是致命的缺陷了。」

「那她現在在哪呢？」玟森問道。聽雷尼的語氣，那女孩似乎已經消失很久了，玟森心中萌生了一點擔憂。

「安妮卡啊？誰他媽知道。我從二〇〇〇年就沒再看到她了——也可能是二〇〇一年吧。」雷尼又替自己倒了杯紅酒。「妳真想知道她去哪了？她後來回加拿大，跟朋友玩一些奇奇怪怪的電子音樂去了。」

（「可是呀，問題是，」蒂芬妮正在對餐桌對面的強納森說，「網購首飾的時候，真的很難看出它有多粗。」）

「你都沒再和她合作了嗎？」

「沒啊，還不是因為她太他媽蠢了。我告訴妳啊，那個女孩子叫安妮卡，我第一次見到她的時候她還很年輕，整個人美得驚人。真的是美得驚人。不是非常有才華，但也夠了。身材很棒。嗓音就還好而已，可是我告訴妳，這也不是什麼大問題。她會寫詩，所以她寫的歌詞也不錯。她會拉小提琴，這在流行音樂界就是沒他媽用處的樂器，可是這也無所謂，至少她有音樂背景。所以啊，我們開始跟她合作，目標是先出一張專輯，我們想辦法包裝她，把她推銷給大眾。我剛剛也說了，她真的很美，而且不只是美，她還有點特別，有一種少見的特質，可以說是真的很性感但不是很明顯的那種，妳懂嗎？就是說，不是很露骨的那種，有一點點神祕的感覺。」

「神祕？」

「有點高冷，但不是冰山女王那種高冷，比較像，這個，聰明的那種高冷，這在某些女孩子身上還算吸引人。」他的目光短暫落在了玟森胸口。「總之，我們這項計畫進行到一半了，已經在找伴唱樂團和編舞了，結果她就突然來找我們，跟我們說：『我不幹了。』我們根本是：『不好意思，妳說啥？』我跟合伙人都很驚訝。我們不是幫她安排好計畫了嗎？我們還花錢讓她上聲樂課、吉他課，幫她找人作曲，幫她僱了私人健身教練。不管是哪個音樂家，哪個錄音歌手，都願意為了她這種大好機會殺人放火。我們跟她指出這一點，她就說，是啊，她懂，她很感謝我們的努力，可是我們侵犯了她的藝術完整性。」雷尼頓了頓，啜了口紅酒。「很搞笑吧？」

玟森微微一笑，不確定這之中的搞笑之處在哪。（「喔，那個啊？它好像是黃玉吧。」蒂芬妮對強納森說。「旁邊那一圈是碎鑽。」）

「我們說，妳的什麼？妳的完整性？妳才二十一歲，哪來什麼完整性。應該說，好啦，說不定她個人是有完整性，我是說作為人類，可是藝術完整性？開他媽玩笑，她根本就只是個小女孩而已嘛。」

「所以，後來怎麼了？」

「我剛剛也說了，她後來就回加拿大去了。我有一天用Google搜她，妳猜她現在在幹嘛？坐他媽的小貨車在加拿大巡迴，去那種小不拉幾的俱樂部表演，還有去妳聽都沒聽過的小鎮音樂節表演。妳看吧？就是個不懂得看準機會，不懂得把握機會的人。至於我呢，我當初遇到妳老公的時候，知道他這個基金是怎麼運作的時候啊，那就是天大的好機會，我馬上就把握住了。」

「雷尼，」強納森出聲，打斷了話說到一半的蒂芬妮，「我們還是別拿這些無聊的投資瑣事來惹太太們厭煩吧。」

「我只是想說，我這筆投資的表現可是比想像中好太多了。」雷尼舉杯。「總之，安妮卡。她的事我也不介意，因為我告訴妳，我這個人可以預知未來。」他微笑著用一隻手指輕敲額頭。「她總有一天會回來找我的。」

「那是自然。」玟森說。說來奇怪，此時強納森雖注視著蒂芬妮，對著她連連點頭，玟森卻確信他正聚精會神聽著雷尼與她的對話。在她看來，雷尼似乎有什麼強納森不願他揭露的祕密。

「這幾年，甚至是這幾天，她又會回來找我了。我敢拿錢賭她會回來。」

「那還用說。」今晚的聚餐怎麼還沒結束呢。玟森的臉越來越累了。

「到時候她會說，嗨，還記得我嗎，我們本來不是要一起出專輯嗎，然後我就會說，是啊，我們本來是要一起出專輯沒錯，可是那已經是過去式了。都已經五、六年前的事了，妳以為妳還二十一歲嗎。」

池畔

「跟我說說妳家鄉的事吧。」臨近尾聲的某一天，米芮拉說道。財富時代只持續了不到三年，最後那個夏季——時代終結前六個月——費薩花幾週回利雅德陪伴剛診斷出癌症的父親，那段期間米芮拉養成了習慣，幾乎每天下午都會搭車到格林威治。玟森與米芮拉總是悠哉地消磨時光，在池子裡游泳，或者在酷暑下癱躺在池邊陰影中，米芮拉的保鑣則坐在聽力範圍外的室外椅上讀報或看手機。

「我小時候，家門口的馬路兩頭都是死路。」玟森說道。「這基本上就能總結我的童年了。」

「妳把攝影機放下，行不行？害我都緊張起來了。」

「我不是在拍妳，只是在拍那邊的樹而已。」

「是沒錯，可是那些樹很無聊啊，它們又沒在做什麼。」

「也是。」玟森說，而後笑著收起了攝影機，但僅僅錄了三分二十七秒的影像就要中斷攝影，她感到渾身不對勁。她也知道，自己每一次錄影都必須精準地錄下五分鐘影像，很可能是未經診斷的強迫症所致，不過她也從不將之視為嚴重的問題。

「一條路怎麼可能兩頭都是死路？」

「就是一條只能搭船或水上飛機才到得了的路。妳想像看看，水灣邊一排房子，周遭除了森林和水之外什麼都沒有了。」

「妳家裡有船？」

「有些人家有，我們沒有。我從前早上上學都得搭郵船，到了水灣另一頭的碼頭會有校車來接我們，載我們去最近的城鎮。一直到我十三歲，我們家才有電視可以看。」

「所以以前沒有電視可以看？那是什麼意思？」米芮拉看她的眼神，像在看一個自稱來自火星的怪人。

「意思是，我們收不到訊號。」

「那如果妳開了電視，會發生什麼事？」

「那就只會看到雪花雜訊而已。」玟森說。

「每一臺都是雜訊喔？」

（一段回憶：十三歲，因塗鴉事件被學校強制停學，拿著一本書坐在廚房窗邊，然後抬頭看見爸爸下了水上計程車走上山坡，懷裡彆扭地抱著一口箱子，臉上帶著燦爛的笑容。「妳看我媽買給我們的東西。」他說。「他們打了電話給我，叫我去哈迪港的電器行取貨。」卡洛琳奶奶當天上午就離開了凱耶特，準備回歸自己的生活，過幾天再回來，但現在看來，她走之前留了一份禮物給他們。

是電視機！數月前，水灣上游的格雷斯港剛建了一座基地臺，凱耶特有史以來第一次能收到訊號。媽媽是絕不可能允許他們買電視的，可是已經由不得她了，因為她已經消失三個星期了。爸爸和玟森切換了幾個頻道，經過形形色色的雜訊過後，螢幕上出現一個房間，兩個操著美國口音的女人在說話，其中一人留了棕色長髮、戴眼鏡，另一人則是一頭蓬鬆的白金髮，身上穿著緊身服裝。

「《**WKRP**辛辛那提》（***WKRP in Cincinnati***），」爸爸說。「以前在八〇年代，我也常看

這個。」

其中一個女人說了句笑話，爸爸三週以來首次哈哈大笑。辛辛那提在什麼地方？電視上的城市散發著柔和微光，類似金髮女演員雲朵般蓬鬆的頭髮。後來，玟森從高高的書架上取下一本地圖集，找到了那個地方：南方最近的國家中央一個小點。她查找英屬哥倫比亞西南部的地圖，但凱耶特當然是小到根本沒畫出來了。）

***

在米芮拉的故事中，有一棟雙層公寓，附近盡是長得一模一樣的雙層公寓，地點則是克里夫蘭市遠郊，屋子一側是大片大片的玉米田，另一側是高速公路。她母親打兩份工，父親在坐牢，米芮拉和姊姊每天在家獨處好幾個鐘頭，一起看電視。她們放學後會一起從校車站走回家，進了門之後上鎖，那之後就不准再出門了。她們會把Hot Pocket餡餅加熱了當晚餐吃，有時會寫功課，有時不會。「其實也沒妳想像中那麼糟。」她說。「我運氣很好，一直沒遇上什麼壞事，就只是很無聊而已。妳小時候父母都在身邊嗎？」

「我十三歲時，母親溺水死了。」一見米芮拉只默默點頭，玟森有些感激。也許從今以後，她只結交單親家庭的孩子就好。「我爸從前是樹農，所以學期間常去偏遠地區的營地工作，一去就是好幾個星期。我後來就去溫哥華的姑姑家住了。」

對話偏離了兩人的出身，玟森也沒什麼意見。凱耶特的一切都難以形容，或者是玟森無法輕易言說的事物，況且凱耶特的一切都無聊透頂或令她難為情，也不值得多提。米芮拉說起了她和費薩相識的經過：米芮拉先前試圖走模特兒這一行，卻走得不遠。問題出在——這是她經紀人的解釋——米芮拉美則美矣，卻是一種尋常的美。她的臉除了漂亮以外毫無特色，而根據經紀人的說法，從當前的局勢看來，模特兒光是美麗還不夠，他們還必須長相奇特。那段時期，業界成功的模特有的眼距異常地寬，有的五官稱不上漂亮卻有某種難以言喻的亮眼特質，有的生了一對招風耳。和費薩初次見面時，米芮拉的模特兒事業走不下去了，開始嘗試走演藝路線，卻也是路途坎坷。她雖有一些天分，但丟進有些許天分、年輕漂亮的女人堆裡，她也無法鶴立雞群。和費薩相遇那一晚，她穿著一件向室友借來的名貴連身裙去參加派對；數小時前，她剛和經紀人的助理通過電話（經紀人已經不肯接她的電話了），過去也曾懷有演員夢的助理委婉地告訴米芮拉，她上回試鏡的那個角色又落選了。被拒絕還真是累人，米芮拉站在窗邊，凝望洛杉磯鬧區的夜景，赫然意識到自己已對這種生活疲憊不堪。她心裡想著，也許是時候去讀書了，學些有助於找到好工作的東西，可是姊姊當初就是這麼選的，如今姊姊卻被沉重的學貸壓得喘不過氣來。米芮拉想了想，覺得求學的報酬和債務這份代價實在不成比例。她站在那裡，試著想像接下來的人生時，費薩出現在她身邊，經過精心打扮的男人手裡拿著兩杯葡萄酒，於是她心想：何不選你呢？

「我們也是在喝酒時認識的，」玟森說，「只不過我當時是調酒師。」
米芮拉笑了笑。「不意外，難怪妳調的酒這麼優秀。」
「謝謝。那是我人生中一個奇怪的節點，當時我父親剛去世不久。」米芮拉愕然瞠目。雙親其中一人離開子女的人生並不尋常，但雙親俱逝又是另一回事了。「我必須回家鄉處理後事和整理他的遺物，當地一間飯店又剛好有職缺，我就決定在那裡待一陣子。」
「他怎麼了？」
「心肌梗塞。」
「很遺憾。」
「謝謝妳。」玟森不愛想父母的事。
「妳說的就是強納森名下那間飯店嗎？我聽他說過飯店的事。」
「對，就是那一間。我本以為住在那裡，生活會比較簡單，結果還不到一個月我就發現自己錯了。我小時候的好友也在那裡工作，幾個月後我哥哥也來了，跟著在飯店工作，然後，就是，我又和從一出生就認識的那幾個人住在同一個地方了，感覺有那麼點悶。」
「我都不知道妳還有哥哥。」
「他一直都沒怎麼參與我的人生。」玟森說道。「我們已經好幾年沒見面了。」
「所以，妳去到荒郊野外生活，結果因為哥哥也在，妳就決定離開了？」

「不是，我……當時發生了一件怪事。」她說。「是這樣的，飯店大廳有一面朝向海景的玻璃牆，有天晚上我在值班，大廳裡有個客人——是個失眠的男人——他坐在扶手椅上讀書或工作之類的，然後就突然叫了一聲，從椅子上跳起來。我一看，就發現有人在玻璃外側寫了很恐怖的一句留言。」

「是什麼？」

「那句留言嗎？你怎麼不去呑碎玻璃。」

「真是瘋了。」米芮拉說。

「是吧。然後過了一分鐘，我哥保羅的晚餐休息時間結束了，他走進大廳。留言一看就是他寫的，他一副躲躲閃閃的模樣，甚至不敢直視我的眼睛——」

「他怎麼會——？」

「我也不知道。我差點就開口問他了，但轉念一想，無論他怎麼回答都無所謂。不管在什麼情況下，寫這種留言都很糟糕吧？」

「我還真想不到什麼合理的藉口。」米芮拉沉默片刻。「這句留言當然是很嚇人沒錯，但我沒有很懂，它為什麼讓妳這麼不舒服？」

「我母親死時，」玟森說，「我知道她是溺水死亡，但我不知道她為什麼溺水。她平時經常划獨木舟，也很擅長游泳。」

「妳認為，那可能不是意外。」

「我認為，我永遠都不可能知道答案了。」她們都靜了半晌，庭院邊緣的樹上，蟬鳴震耳欲聾。「況且，我離開也不只是因為那件事。我是剛好產生了懷疑，看著自己的人生，心裡在想：真的就這樣了嗎？我還以為會不只如此的。」

「我也有過懷疑人生的時候。」米芮拉說。「所以妳原本就打算離開，然後強納森剛好就走進了酒吧？」

「可能只過了兩個小時，甚至不到吧。那是凌晨五點了，我光為了撐開眼皮就灌了兩杯濃縮咖啡。」

「敬咖啡一杯。」米芮拉舉杯。

「我常說，要是沒了咖啡，我實在不知道自己的人生會變成什麼樣子，這句話不是說假的。」玟森說道。

孤單的男人走進酒吧，看見了機會。機會走進酒吧，遇見了調酒師。孤單的調酒師工作到一半抬起頭，窗上的留言令她恨不得拔腿奔逃，因為調酒師的母親是在划船時失蹤的，她從小就對所有人說那是場意外，卻永遠無法得知事情的真相，怎會有瞭解這其中不確定因素的人——例如保羅，他再清楚不過了——在窗上唆使他人自殺，玻璃窗另一側還是那閃爍不定的海水……但實際上令調酒師絕望的並不是塗鴉本身，而是她即使離開此處，那也只能前去下一間酒吧，然後再下一間、再下一間、再下一間，總之那個男人——那個機會——就是在此時朝她伸出了手。

「信不信我是在這裡長大的？」第一場對話中，強納森問起她的來歷時，她這麼說道。她幫強納森送上餐點後，兩人竟輕鬆地聊了起來。

「在凱耶特這裡？」

「嗯，先是在凱耶特，後來去了溫哥華。」

「真的是座好城市。」他說。「我一直想在那裡住一段時間。」

離去時，他悄悄遞了張摺起的紙鈔給她——她看也不看便道謝收下了——結果那竟是一張百元美鈔，對摺的鈔票夾著一張名片，上頭多了一行草草寫下的手機號碼。百元美鈔？事後回想起來，她為此羞窘至極，但她也一直很欣賞強納森明確表達自身意圖的方式。他們之間的關係打從一開始就是場交易，在他召喚時玟森便會出現，也會一直得到優厚的報酬。

何不選你呢？

蘇荷區

在財富王國度過的最後一個夏季，玟森與米芮拉選在一個溫度接近副熱帶氣候的午後碰面，她們在費薩和米芮拉位於蘇活區的挑高公寓待了一陣子後決定外出購物，也不是特別需要買什麼，就只是太過無聊而已。天上烏雲密布。接近傍晚時分，她們漫無目的地走在泉街上，兩人方才已經各花了數千美元買服裝與貼身衣物，玟森正在欣賞停在街道對面的一輛黃色藍寶堅尼，米芮拉忽然開口說：「好像要下雨了。」她們加快腳步卻已然太遲，第一聲驚雷響起，大雨滂沱而下，米芮拉拉起她的手跑了起來。玫森大笑著——她最愛突遇大雨的感覺了——米芮拉則不想被大雨毀了髮型，但跑到街角時她臉上也浮現了笑容。她拉著玫森進一間濃縮咖啡吧，兩人在室內默默站了片刻，享受冷氣捎來的涼意，一面撥開眼前的溼髮一面檢視被雨淋溼的購物袋。米芮拉的保鑣也在片刻後跟了進來，拿出手帕擦拭額頭。

「那麼。」米芮拉說。「我們停下來喝杯咖啡吧？」

「喝。」此時的玫森已在北美大陸東岸住了兩年半，卻仍未習慣夏季雷雨的狂暴，以及突然間暗得發青的天空。她們在窗邊找了張很小很小的咖啡桌，坐在小桌邊喝著小小杯的咖啡，溼答答的購物袋全堆在了腳邊。兩人凝望窗外落雨，陷入泰然的沉默，而在觀看雨景的同時，玫森發現自己已經很久沒感到如此安寧了。事實上，在遇見米芮拉之前，身處財富王國的她一直感到極為孤獨。

「妳會不會覺得，逛街購物其實非常無聊？」話語說出口時，玫森有些慚愧。她之所以能這麼說話，完全是因為米芮拉同樣出身貧寒家庭。從前幾個不同版本的玫森化成了幽靈，聚在小桌邊盯著她身上這套漂亮的衣服。

「我知道這樣說不太得體，」米芮拉說道，「但購物的新鮮感真的很快就消失了，好不可思議。」不知為何，此刻她抬起頭、光線打在了面龐，玫森竟聯想到兒時一段童詩。那是小學圖書館裡的鵝媽媽童詩小書，她最愛的一段詩句被她反覆讀過無數遍，以致她五、六歲時便將那句詩牢記於心：她俊俏，她亮麗，她是來自黃金城市的女孩……

「一開始感覺像是某種補償。」玟森說。「回想起以前不得不在繳房租和買菜之間二選一的時候，妳就會想：『現在我買得起這件裙子了，所以世界又恢復了平衡。』可是過一段時間……」

「過一段時間，妳會發現自己裙子真的買夠了。」米芮拉接著說。「費薩要是知道我的購物癮有多嚴重，大概會把我抓去勒戒吧。」

但當然，服裝並不是重點。事後，玟森在回格林威治的火車上心想。讓她繼續存在於這種怪異新生活、繼續居住在財富王國之中的，並不是身邊這許多物質。不是她的衣服、物品、包包和鞋子；不是美麗的家園、外出旅遊的機會；不是強納森的陪伴，但她是真心喜歡他；甚至不是慣性。讓她在財富王國駐足的，是往昔難以想像的狀態，不必花心思在錢上面的狀態。這就是財富能買到的東西：不再天天想著錢的自由。一個人若從未體驗過匱乏的生活，就絕不可能理解這份深刻的體悟，無法理解這份自由對生活偌大的改變。

玟森到家時，強納森在客廳等著她。他本在工作，見玟森走進客廳，他便蓋上了筆記型電腦。「小可憐。」他說。「我剛才還在想，妳是不是在外頭淋雨了。」玟森微微顫抖，溼衣服被冷氣吹得發涼。沙發椅背掛著一條羊絨毯，強納森將電腦放在一旁的咖啡桌，攤開了毛毯等著將她裹入懷中。「過來吧。」他說。「我來讓妳暖起來。」

五、奧莉維亞

一個陰沉沉的八月天，畫家站在蘇活區一隅的遮雨棚下時，玟森與米芮拉正巧從旁經過。街道對面，一亮黃色藍寶堅尼在午後霧霾中反射了亮光，強烈的存在感幾乎使它活了起來，整輛車盈滿了震顫不止的種種可能性，彷若來自未來的東西。奧莉維亞之所以來到這條街，是因為藍寶堅尼後方那道門，是她在五〇年代晚期進過一次的門扉，當時強納森·阿卡提斯的兄長在徵求人體模特兒。而在二〇〇八年夏季，奧莉維亞站在了馬路對面的紅色遮雨棚下，因為天空很顯然即將降下傾盆大雨。她吃著巧克力豆餅乾，也不顧自己攝入的糖分晚點是否會讓她昏沉睡去——或許是在某處的長椅上、在地鐵、在電影院、在她等會可能去的任何一處——允許心神陷入回憶。一九五八年的她踩著明快的步伐走到那道門前，身上穿著新買的風衣外套，她深信自己穿上那件外套後，足以媲美她最喜愛的那部法國電影裡的女星；二十四歲的年輕人總有辦法讓自己相信這種事情。對講機傳出一段滿是雜音、模糊不清的語音，她說：「是我。」她發現自己無論去到哪一棟樓房，無論按下哪一家的門鈴，這句話總能讓她輕鬆進門。她爬上四層樓梯，來到了路卡斯的工作室。

路卡斯·阿卡提斯和其他所有人一樣，竭力想逃離都市近郊、平庸的生活、百利髮霜與灰色法蘭絨西裝，而此時的奧莉維亞已經見過夠多假畫家，足以辨明畫家同類的真偽了。一九五八年的路卡斯致力繪製一系列的裸體人像：女人與男人——但大多是女人——每一位都坐在沙發上，沙發則是明黃色，與半個世紀後停在他們外那輛藍寶堅尼色調相同。和畫中的模樣相比，現實中的沙發髒多了。

畫作本身令人著迷，不過奧莉維亞好笑又失望地發現，路卡斯本人可說是集所有藝術家的刻板印象於一身：過長又故意撥亂的頭髮，沾了顏料的白襯衣，同樣沾了顏料的工作靴——許是靴子的主人想對異性突顯自己的畫家特質。他抬頭望來，舉手梳過頭髮的動作被奧莉維亞看在了眼裡，看上去像是在鏡中練習多次的動作。

「能幫妳服務嗎？」他問。

「聽說你在徵模特兒。」

「我就想聽妳說這句話。」他上下打量她，臉上緩緩浮現了慵懶的笑容。他是個深深自滿的男人。「我沒法付太多錢。」

「在報酬方面，我倒是有個提議。」

「喔？」

奧莉維亞有時會想——即使在現今，在分割畫面另一側的二〇〇八年，站在遮雨棚下吃第二片巧克力餅乾、感覺自己的意識開始飄遠、血糖如幻想中勢必墜落的熱氣球般節節攀升、搖搖晃晃地在空中等著急促下墜——她有時會想，假若能對三十歲以下的所有人……不對，四十歲以下……假若能對四十歲以下所有男人女人發布一份公告，讓所有人明白對話中出現「提議」一詞時沒必要抬眉，那該有多好。「如果大家能停下這個動作，」二〇〇八年的她喃喃自語，「那就感激不盡了。」

薄紗另一側的一九五八年，她等到路卡斯的眉毛歸位，這才接著說道：「老天，不是那種提議。我是說等價交換。」

對方一臉納悶。

「我的名字是奧莉維亞・柯林斯。」她看著路卡斯對她姓名產生反應。她在藝術界小有成就，雖不是什麼驚天動地的大人物，但十四街以南的畫家社群當中，有某個特定的群體認得她的姓名。她在畫廊辦過展覽，這已經是大多數頂著滿頭蓬亂長髮、乳臭未乾的小狗狗難以觸及的高度了。「我是畫家，」她不必要地自我介紹道，「我也在徵模特兒。」

「好喔，所以妳的意思是……」

「你畫我，我畫你。」她說。「我在畫新的肖像系列。」

路卡斯走到房間另一頭，來到擺滿各式雜物的窗檯前，從兩個改用作花瓶、插著快枯死的雛菊的顏料罐之間，抽出了一盒香菸。他敲了敲菸盒，抽出一支菸點上，吸氣、吐息的同時凝視著奧莉維亞，這都是看了太多電影的吸菸者不知該說什麼時拖延時間的動作。如果能發布針對吸菸者的另一份公告：你不可能當不洗澡的窮苦藝術家，同時還硬要模仿卡萊・葛倫；你那些優雅的吸菸動作只會被襯衣與髒兮兮的頭髮搶去風頭，兩者的組合實在不怎麼有趣。

「有趣的提議，」他說，「但我沒在當模特兒的。」

「也是，畢竟模特兒需要某方面的大膽。」奧莉維亞聳肩說道。一九五八年的她十分重視一件事，那就是絕不能讓任何人看出她對任何一件事物的重視程度。「不是每個人都當得了人體模特兒的。」果不其然，她看見對方如遭抨擊。「那麼，你要是改變了心意。」她在一片廢紙上寫下自己的電話號碼，留在了路卡斯的工作桌上，點頭道別後轉過身。「順帶一提，你畫得很不錯。」她在門口拋下這一句，作為臨別前的最後一擊。

二〇〇八年，兩個年輕女孩朝她走近。她們是提了好幾袋戰利品的購物者，兩人都二十多歲，同樣有種富貴的美貌——換作在五十年前，奧莉維亞不僅會畫這類女孩，還會將她們引誘上床。那兩人在聊些沒營養的話題，討論各自想買的牛仔褲，但這時其中一人的目光飄遠，奧莉維亞順著她的視線望去，發現她凝視著街道對面那輛明黃色藍寶堅尼，欣賞它在暴雨來臨前幽光下的絢爛。

「我也看見了。」奧莉維亞喃喃說道，不過她的聲音很輕，路過的兩人都沒朝她看來。也許她根本就沒說出口吧。天上爆發了驚雷，兩人在滂沱大雨中跑遠了。

路卡斯來找她時，家中並不只有奧莉維亞一人。她已經花了數日從各個角度描繪她朋友——蕾娜塔——的樣貌，問題出在蕾娜塔的眼神，當她直視奧莉維亞時，眼神會透露出擔憂與純真，但望向別處時，眼神卻會變得清冷而自信，二者判若兩人。究竟該在畫中展現出蕾娜塔的哪一面呢？

「好，我想到鬼故事的主題了。」蕾娜塔說。這是她們偶爾會玩的小遊戲，她們都從小愛聽鬼故事，所以蕾娜塔擺姿勢感到無聊時，就會想一些新奇的點子編故事。「一個人被車撞死了，之後那個交叉路口就開始鬧鬼，只不過鬼不是被撞死的人，而是那輛車的鬼魂。」

奧莉維亞後退片刻，仍在琢磨眼神的問題。「所以，這是一輛幽靈車的故事？」

「駕駛人在車禍以後罪惡感太重了，結果他的罪惡感就凝聚成了幽靈車。」

「我喜歡。」

那天畫室裡很冷，奧莉維亞主要在畫蕾娜塔的臉部與肩頸，所以蕾娜塔身上披了件浴袍，但懶得繫上腰帶。奧莉維亞聽見朋友兼鄰居迪亞哥的聲音從走廊傳來，他快速敲了門進屋，結果奧莉維亞轉頭就剛好看見蕾娜塔的胸部映入路卡斯眼簾，路卡斯驚愕地愣在了當場，試圖用浮誇的幾聲咳嗽掩飾過去。

「被顏料味熏到啦？」

「那個味道可是會上頭的。」蕾娜塔說，慵懶的語音總是聽起來像嗑藥恍惚的狀態——她也經常嗑藥與精神恍惚沒錯，只不過今天沒有。

「你來了，我很高興。」奧莉維亞對路卡斯說道，這是她在那年頭的慣用臺詞。（唯有在日後回想起來時，才會揭示的道理：美貌很可能腐蝕一個人的人格。當你生得貌美，那只需幾句熟練的臺詞與燦爛的笑靨，便足以輕鬆度過好些年，而那些年不巧正是你建立人格的歲月。）「我們再幾分鐘就好了。」

路卡斯尷尬地站在門邊，奧莉維亞感受到他仔細觀察她的作品。奧莉維亞早料到他會來，因此將自己近期最優秀的七幅肖像畫擺在了房間各處。她最近在實驗超現實主義背景：

畫主角時嚴格遵守十八世紀寫實主義——或者說，她儘量貼近了十八世紀的寫實主義；她無時無刻不在面對自己技術上的限制——至於畫作背景則融合了狂亂的紅、紫、藍，室內景象崩解成了抽象的無形，以及光線全然不合理的風景。在她此前剛完成的肖像畫中，迪亞哥輕鬆地坐在一張紅椅上，一條手臂掛在椅背上，然而椅子末梢逐漸失去了形體，融入了牆壁，其中一隻椅腳下還形成了一灘紅色，彷彿顏料也從背景流了下來。

「那椅子是流血了？」路卡斯問道，下巴朝迪亞哥那幅肖像畫的方向一扭。

「把浴袍脫了吧？」奧莉維亞對蕾娜塔說。蕾娜塔翻了個白眼但沒有反對，裸露的肌膚成功使路卡斯閉上了嘴，他也全然忘了那張流血的椅子。（即使到多年後，到數十年後，直到二〇〇八年仍令奧莉維亞困擾的疑問：那張流血的椅子當真是好主意嗎？她從事藝術創作至今，真有過任何一個好主意嗎？過去半世紀以來，奧莉維亞生活中寥寥無幾的常數，就包括這樣的自我懷疑。）「你願意坐坐的話，」奧莉維亞對路卡斯說，「我們再半小時就結束了。」

「二十分鐘。」蕾娜塔說。「我還得去接小孩。」她離開後，路卡斯取代她坐上了椅子。從方才那句流血的椅子過後，他就再沒出聲了。

「你今天穿得太多了。」奧莉維亞說道，但出口的話語比預計的柔和許多，絲毫不凌厲。也許她能成為較溫柔的一個人，她心想。那段時日，她的外殼還真是剛硬。「你能脫下上衣嗎？」

路卡斯聳了聳肩，接連脫下牛仔外套與襯衫。他身形纖瘦，肌膚蒼白得難看，一看就是僅在室內活動的生物。他看著奧莉維亞著手作畫，奧莉維亞則想著他的作品，想著他筆下肖像畫中乾淨的線條、克制的畫風。在某些方面，路卡斯可說是荒誕可笑，然而本質上他是個認真嚴肅的人——奧莉維亞明白，他是個非常刻苦且嚴肅的人。她畫得很快，簡短而迅疾的筆觸與慣常風格大相逕庭。本希望她草草勾勒出肖像的表面後，或許能將路卡斯看得更清楚一些，也許某種潛藏的特質會變得顯而易見，她也能藉此深入探索，讓這幅畫成為更鄭重的一幅作品。然後，她真看見了什麼：後退一步檢視畫布時，她看見了路卡斯面龐的陰影——她也在其他人臉上見過相同的陰影——以及他雙臂彆扭的姿勢。

「左手臂轉向我這邊。」她邊說邊示範動作。

路卡斯微微一笑，沒有挪動，但在他伸手拿起上衣時，奧莉維亞瞥見了一絲細節，後來將之添到畫上。她重畫了他的手臂，最終版本中，路卡斯攤開了手掌，手肘內側以一道道陰影的形式繪出了瘀青的靜脈。

五個月後的畫展開幕活動上，他在門邊堵到了她。「我真想殺了妳。」他說得和顏悅色，旁觀者只會以為他在稱讚奧莉維亞的作品。在他們聽力範圍內，兩三人悄悄湊近了些，好奇地偷聽。「順帶一提，我說的可不是什麼奇葩喜劇的臺詞，不是什麼『他們只是一開始對彼此印象很差，之後就會由恨生愛』。我想說的是，要是給我機會，我可能真的會動手殺了妳。」

「刀口舔血過活，之後也必然死於刀下。」奧莉維亞舉杯說道。

「妳以為自己很了不起嗎？滿口他媽的罐頭臺詞。妳畫得根本不精確，」他說，語音添了一絲哭腔，「妳就是他媽的騙子。」然而短短十月過後，他將在德蘭西街一間餐廳後頭用藥過量而亡。在他走到結局前不久，奧莉維亞去看了他一場畫展，那是辦在雀爾喜一間倉庫的集體畫展。那晚的活動絲毫沒能引起奧莉維亞的興趣；夜裡氣溫冰寒刺骨，室內溫度也太低了，人們握著一杯杯廉價葡萄酒瑟瑟發抖。有幾人認出了奧莉維亞，她看見他們笑容之下的妒意，內心感到了渺小又空洞，滿心只想回家。那些年，她的生活就是如此：有些夜晚美麗難忘，卻也有些夜晚充斥著極致的痛苦，痛楚不知為何在表層之下陣陣脈動——在這樣的夜裡，她能夠理解路卡斯與蕾娜塔用針筒使自己麻木的理由。她在倉庫最深的角落找到了路卡斯，以及他的三幅畫作。他近期的新系列都不畫人，只有空空蕩蕩的街道，也不是特定哪幾條街道，就只是尋常街景而已。奧莉維亞猜那也不是特定某一座城市的街景。

「我喜歡這幾幅。」奧莉維亞說，算是在向他賠罪。路卡斯身邊還有個小孩子，男孩穿著球鞋與牛仔褲，沒有紮上衣。多年後回想起來，她與強納森・阿卡提斯初見面時，令她印象最為深刻的就是那件沒紮的上衣——不知為何，那個畫面勾起了她心中的酸楚。這孩子從頭到腳寫滿了「郊外居民」幾個字，卻故意沒紮衣服，想要顯得更隨意、更接近下城的風格，因為他還不到十四歲卻又迫切想融入群體。然而，上衣腰部附近的布料有了深深的皺褶，想必在他出門之前，一直是好好紮在褲腰裡的。

「真的很謝謝妳啊。」路卡斯語調平板地回道。

「你這位小朋友是誰呀？」

「我弟。強納森，這是奧莉維亞。奧莉維亞，強納森。」

「很高興認識妳。」強納森・阿卡提斯說。面對周遭陌生的一切，他雙眼睜得圓滾滾的。「妳不喜歡我哥哥的畫嗎？」

「我剛說了喜歡啊。」

「妳的演技差勁得要命。」路卡斯說。「就連小孩子也看得出妳不喜歡。」

奧莉維亞實際上並不喜歡路卡斯的新作品，它們不過是愛德華・霍普（Edward Hopper）風格的衍生作品，主題也再明顯不過，只差沒在畫布寫上紅色的「孤獨」兩個大字了。

「你說得對。」奧莉維亞對強納森說。「我的確不是特別喜歡你哥哥的畫。」

強納森蹙眉。「那妳為什麼要說妳喜歡？」

「只是客套而已。」她說。「不好意思，我先走了。」她雖不理解路卡斯努力的目標，卻清楚看見了他行進的方向，看見他比先前更枯槁的面容、慘白的氣色。她看不出費心思和路卡斯互動的好處。（她二十多歲時，就是這麼想事情的：*我看不出做這件事的好處*。日後，她會為此感到羞愧。）死亡已在他身上扎根，任誰都看得出他已經一隻腳踏進棺材了。事後回想起來，奧莉維亞記得自己相當同情他的弟弟，弟弟不久之後就會成為家中的獨子了。

路卡斯的喪禮規模不大，地點在他父母位於格林堡鎮的家附近，只有和他關係最親近的親友出席。他去世至少一個月後，奧莉維亞才終於得知消息。日後想來，路卡斯險些被她遺忘在了回憶的長河之中，不過是混亂而迅速衰退的十年間，又一隻墜亡的可憐麻雀。只不過，那之後四十年——沒錢、沒銷量的四十年；硬著頭皮打電話向姊姊莫妮卡借錢繳房租的四十年；在一間間沒太大差異的辦公室，打了一份又一份臨時工的四十年；在朋友迪亞哥手下賺外快，將他進口的銀首飾拿到市集上賣的四十年；藝術沙漠中的四十年——某一次懷舊畫展的主題是一九五〇年代紐約下城的藝術家，那次也展出了奧莉維亞的作品，那之後人們突然又對她的畫產生了興趣，雖只是曇花一現的熱潮，不過她那幅《路卡斯與暗影》竟在拍賣會上賣了二十萬美元，她可是從未想像過自己能一次擁有這麼多錢。

「妳應該拿去投資。」莫妮卡說。某個夏日午後，她們坐在奧莉維亞新租的房屋後院，房子位於蒙蒂塞洛——不是維吉尼亞州那知名的蒙蒂塞洛地區，而是紐約上州的蒙蒂塞洛村。蒙蒂塞洛村裡，大街兩旁的建築都被木板封死，巨大的沃爾瑪超市、陸軍／海軍／海軍陸戰隊招募辦公室、賣義肢的店面、賽車場，全都沒有營業。奧莉維亞在村莊外圍租了間小房子，它原先屬於多間平房組成的群落，不僅空間小，屋頂還需要換新，但能夠離開城市、來到此處，她仍十分愉悅。在八月酷暑中，後院簡直成了熱帶地區，各種植物在溼熱的氣候下茂密生長，而在莫妮卡來訪的那天午後，奧莉維亞只覺昏昏欲睡。她直到一年後才會診斷出血糖問題，不過此時她也注意到，只要吃了碳水化合物，接下來一兩個鐘頭就很難保持清醒。觀察到此現象後，她開始故意攝取碳水化合物，享受臨近傍晚時在躺椅上打盹的樂趣。但在今日，她喝了一大口濃濃的冰茶，試圖用咖啡因與冰塊抗拒睡意，因為莫妮卡前幾年說過，她覺得奧莉維亞不是很好的傾聽者，而當對方沒有專心傾聽時，莫妮卡會感覺自己很渺小。奧莉維亞是在貝果下肚後才想到了這點，不禁為她刻意讓自己嗜睡的行為感到懊悔。

「人要怎麼……一般人都是怎麼投資的？」金錢在奧莉維亞眼中很是神祕，不過莫妮卡退休前是個律師，在日常生活的運籌帷幄這方面擅長許多。

「這個嗎，投資也有各種不同的方法，」莫妮卡說道，「不過我朋友蓋利之前在他開的俱樂部認識了一個男的，我最近就是透過這個人在做投資。」

在奧莉維亞心目中，她自己並不是個過分迷信的人，但她從以前就相信宇宙會對人傳達一些訊息，她也喜歡花心思注意一些規則或徵兆。那麼如此看來，幫助莫妮卡投資的人竟是路卡斯的弟弟，這之中想必也存在某種特殊的意義吧。

「你可能不記得我了。」撥電話給強納森時，她如此說道，然後立刻就後悔了。這句臺詞的問題在於，它之所以能在奧莉維亞年輕時達到不錯的效果，是因為年輕時的奧莉維亞貌美動人，且在她自己看來，她帶有幾分算計的霸道性格也十分有魅力，因此她那句開場白便成了諷刺，怎麼可能有人不記得她——喔，是啊，就只是一個貌若天仙、年輕有才的藝術家，不過是在畫廊辦過展覽而已，有什麼特別的。然而近期，她發現這句臺詞有時會使對方陷入委婉的沉默，這才赫然意識到人們很多時候還真不記得她了。（鬼故事主題：女人老了，脫離了時間洪流，發現自己竟成了隱形人。）

「我們在路卡斯的畫展見過面。」他輕聲說道。「下雪的那一晚。」

下雪的那一晚。奧莉維亞在內心重複道，然後她愕然發現自己眼裡盈滿了淚水。當初路卡斯死去，她並沒有哭泣。她當然是有那麼點難過——她畢竟不是冷血無情的怪物——只不過奧莉維亞向來心不在焉，而且她和對方也不熟。然而這許多年過後，那可憐又可悲的景象襲上了心頭：在與她印象中迥然不同的紐約市，在簡直像是陌生城市的紐約市，她踏出了冰寒的夜晚，進入燈光明亮的畫展會場。回憶將那間充滿無謂嫉妒心與卑劣渴望的所在，轉變成了藝術與光明的殿堂，各方各面都明豔燦爛，牆上色彩繽紛，藝術家洋溢著才華與青春，而路卡斯——年輕、優秀、注定不幸的路卡斯——與小小的強納森——他那時應該只有十二歲左右吧？——就在那裡等著她走近。

「你的記憶力真是驚人。」她說。

「那是因為妳很有記憶點，妳就是那個不喜歡我哥畫作的美麗女人。」

「如果我沒那樣說就好了。我應該更體貼一些的。」然後，儘管原先只打算請對方抽出幾分鐘時間和她透過電話談談，她卻在衝動之下說道：「你願意找時間和我見面吃頓午餐嗎？我最近到手了一筆錢，希望能向你請教一些投資相關的問題。」

「我非常樂意。」他說。

那之後好些年，他們又見了幾次面，有時奧莉維亞會去他辦公室坐坐，有時他們會相約共進午餐。她總是十分期待和強納森的午餐；強納森親切且對他人的事很是關心，口才也非常好，最後也總是會主動買單。他喜歡聊路卡斯，總想聽奧莉維亞所有關於路卡斯的回憶，瞭解兄長從前在紐約的神祕生活。「我哥比我大十歲。」他說。「我很愛他，但是對小孩子來說，十年簡直就像星系與星系之間的距離。我一直覺得自己不是很瞭解他。」

「其實呀，」奧莉維亞說，「我和姊姊只差三歲，但我也一直覺得我不是很瞭解她。」

「我們總可能不夠瞭解身邊最親近的人。不過，我相信妳還是比我更瞭解我哥。」

「真是悲傷的想法。」奧莉維亞說。「希望他生前身邊有過幾個真正懂他的人。」

「我也是。但妳和他還算熟吧，畢竟妳畫過他。」

「我們確實當過彼此的人體模特兒。」

「那他也畫過妳了？我之前也在好奇這件事。」

「他畫過我。」慵懶的回憶中，那是個炎熱的七月午後，她裸身坐在他的黃色沙發上。

「告訴你，我還真不曉得他幫我畫的那幅肖像後來怎麼了。」

強納森微微一笑。「真的啊？」

「真的。他一個下午就把我的肖像畫完，兩三個月後參加某一場團體藝術展，就把畫給賣了。它尺寸挺小，好像長短都只有一英尺，所以大概也沒賣多少錢。不知道是被誰買走了。」

「那就表示，妳可以恣意幻想它的去處。」他說。「只要是妳能想到的人，都有可能是那幅畫的新主人。妳的肖像可能就掛在那人家裡呢。」

「我最喜歡的好萊塢演員。」她說，想到就有些開心。

「有何不可呢？」

「那真是謝謝你了，強納森，我很樂意想像那幅畫掛在安潔莉娜．裘莉家客廳的畫面。」

「我有件事想告訴妳。」他說。

「什麼事？」

「我把妳幫路卡斯畫的畫像買下來了。」他說。

奧莉維亞當時在吃沙拉，她小心翼翼地放下叉子，擔心自己一不小心餐具脫手。「是嗎？」

「上個月剛買的。我聯繫上了在拍賣會買下那幅畫的人，他也願意轉賣給我。一開始，我其實有點痛苦，」他說道，「看到他不健康的模樣，手臂上的瘀青。但後來我花了些時間和那幅畫共處，我才發現，我愛它。妳捕捉到了我哥的某種神韻，就和我記憶中的他一樣。我把畫掛在我的曼哈頓公寓裡了。」

「它能到你手裡，我很開心。」奧莉維亞說。她從未想過，自己竟會深受感動。

二〇〇三年某一日，他來赴午餐的約時，手上少了平時那枚婚戒。強納森和蘇珊已是數十年的夫妻了，不過奧莉維亞沒見過蘇珊——但話說回來，她上回和強納森見面又是什麼時候了？這麼一想，她才發覺上一回共進午餐已是一年多前了。

「你沒戴戒指。」她說。

「喔。對。」他沉默片刻。「我下了決心，終於把它摘下來了。」他的語調，他看著沒了戒指的手的眼神，總感覺……奧莉維亞明白，蘇珊不在人世了。

「很遺憾。」她說道。

「謝謝。」沉痛的小小笑容，然後他將注意力轉向了菜單。「很抱歉，我現在還沒平復心情，沒法好好談這件事。妳嚐過這間店的比目魚料理嗎？」

***

強納森・阿卡提斯被捕的三個月前，曾邀她一同乘著他的遊艇出遊。這是二〇〇八年九月，他們從紐約航行到查爾斯頓，奧莉維亞也在此行中初次見到了強納森的續絃妻子——玟森——她是個優雅又友善的人，還露了一手調酒的好功夫。

「她真可愛。」晚餐後，奧莉維亞對強納森說。玟森進船艙調酒了，甲板上只剩他們兩人，夕陽餘暉逐漸黯淡。

「是吧？我真的很幸福。」

「你是在哪找到她的？」

「英屬哥倫比亞一間飯店的酒吧。」他說。「她當時是調酒師。」

「難怪她這麼擅長調酒。」

「我覺得，無論她致力做什麼，都能做得很好。」

奧莉維亞不確定該如何回應，所以只點了點頭，他們一時間靜了下來，傾聽水浪與引擎的聲響。遊艇正行經北卡羅來納州一片少有人煙的地帶，岸上只有零星幾處燈火。

「那還真幸運，」奧莉維亞終於開口說，「做什麼都擅長。」她自己從小就只擅長那一件事而已，甚至連那件事可能也做不好。《路卡斯與暗影》過後，她也沒賣出幾幅畫，她在五〇年代過後的作品無人問津，而且說實話，她已經很久沒作畫了。繪畫一度抓住了她的身心，長達數十年，但如今它放開了她，她不再對繪畫有任何興趣，或者是繪畫對她不再有任何興趣了。她告訴自己，萬物都有終結的一天，總有一幅畫會成為她最後的作品，但問題是，如果不再是畫家，那她又是什麼呢？每每想到這個疑問，她便感到心緒不寧。

「我走進酒吧，看見了她，」阿卡提斯說，「心裡就想：她好漂亮。」

「她真的是明豔動人。」

「然後，我發現和她說話時感覺很開心，我心想：何不呢？就是說，如果不必孤獨，那也許就不該孤獨。」

幾乎長年獨處的奧莉維亞，此時也不知該如何回應。

「說來有趣，」他說，「她有種獨特的天賦。」

「什麼天賦？」

「她能看見特定情境中的需求，然後做出相應的改變來適應情境。」

「那她是在演戲了？」奧莉維亞越聊越感到不安，總覺得強納森口中的女人融入了他的生活，幻化成了他想要的模樣。這不是在表演隱身術嗎？

「也不完全是演戲，比較像是一種受意志力驅使的實用主義行為。她下定了決心要成為特定的某一種人，然後就做到了。」

「好有趣。」奧莉維亞禮貌地說，不過她實在想不到比變色龍更無趣的事物了。她暗自下了定論：玟森雖美好，卻不是什麼正經的人。從很久很久以前——將近二十歲時——奧莉維亞便開始在腦中將他人分類，人只有正經與不正經兩種。她在當前生活中遇上的難關就是，她已不確定自己究竟是哪類人了。玟森此時端著下一輪調酒回到甲板，岸上，南北卡羅來納州的點點燈光悄然流轉。

第二部

六、反面的人生／二〇〇九

即使是恆星之火也終將湮滅。文句刻在了阿卡提斯床鋪旁的牆壁，細小的刻痕與細長的字跡，使人遠遠望去只以為那是牆上的汙痕或油漆裂紋，位置卻正好讓阿卡提斯翻身面對牆壁時看得一清二楚。他向來對地球科學沒什麼興趣，但他當然也知道太陽是恆星，這本就是眾所周知的常識——那麼，這句話的意思是什麼？是世界終有一天會終結嗎？若是如此，那何不直接這樣寫算了？阿卡提斯實在沒耐心研究詩詞。

「喔，那是勞勃茲寫的。」同房的獄友告訴他。「就是在你之前睡這邊的傢伙。」海茲頓在服加重竊盜罪的十到十五年徒刑，他話太多了，成天緊張兮兮地動個不停，但似乎沒什麼惡意。他的歲數恰巧是阿卡提斯的一半，老愛談論自己出獄後一切會多麼不同，前頭還有一大段人生等著他，諸如此類。他先前也曾在對話中提起那位勞勃茲。「被轉去醫院了。」海茲頓說。「心臟出了什麼毛病。」

「他是什麼樣的人？」

「勞勃茲啊？老傢伙，可能六十歲了吧。抱歉。我不是說你老。」

「沒關係。」獄中的時間流速不同於曼哈頓或康乃狄克州的都市近郊。在獄中，六十歲就算老了。

「很講理的一個人，從來沒跟其他人鬧過什麼衝突。我們都叫他教授。他戴眼鏡，整天都在看書。」

「什麼樣的書？」

「封面有火星辣妹、爆炸星球的那種。」

「是這樣啊。」阿卡提斯試著幻想自己來到這間牢房前，房中囚徒的生活：戴著眼鏡、一本正經的勞勃茲忙著閱讀科幻小說，消失在了關於外星球的故事之中，海茲頓則在一旁嘰嘰喳喳講個沒完，邊扳手指邊來回踱步。「他是為什麼進來的？」

「他都不愛說這個。其實他什麼都不愛說，整個人都很安靜，就喜歡坐在那邊盯著空氣看。」

這意外地勾起了一段回憶，是關於母親的回憶。路卡斯死後那三年，阿卡提斯有時放學回家，便會看見母親完全靜止地坐在客廳，注視著虛空，彷彿在看一部只有她看得見的電影。

「他是得了憂鬱症嗎？」阿卡提斯問道。

「兄弟，這可是監獄，大家都嘛憂鬱。」

那阿卡提斯憂鬱嗎？確實，在某方面而言相當憂鬱，不過從最初的震驚中恢復過來後，他在獄中的生活並沒有想像中差。他是在二〇〇八年十二月被捕，六個月後來到了南卡羅來納州佛羅倫斯市郊的新家——這是一間中度戒護的聯邦矯正機構，官方名稱是FCI佛羅倫斯中度一號。別將它和FCI佛羅倫斯中度二號混淆了，兩者雖然技術上屬於相同戒護等級，但後者的環境實際上嚴苛許多；套句泰特的說法，中度一號是給嬌羞的小花朵兒待的地方。泰特觸犯了兒童色情製品相關的法條，在服五十年徒刑，換作在其他任何一間監獄裡，大概剛入住那一週就會死於非命。中度一號關的是太過脆弱、可能無法和一般囚犯同住的受刑人：兒童性侵犯、黑警、羅病者、名人、戴眼鏡的嬌弱駭客，以及間諜。相同建築群裡，還有一間高度戒護監獄，另外還有醫院。醫院令阿卡提斯恐懼不已，因為那是老人進了就再也出不來的地方。

到院子裡放風時，他偶爾會想到那位勞勃茲。監獄院子的特別之處，在於它無可救藥的乏味，綠草上縱橫交錯著一條條水泥小徑，小徑是設計讓受刑人在可移動的時段用最有效率的方式在不同建築物間穿梭。旁邊有一片與之分開的娛樂區，該區設有慢跑道，美學方面則同樣匱乏。所有人都穿著卡其色與灰色制服，只有獄警除外，他們穿的是海軍藍與黑色制服。附近所有建築都是帶有少許藍色部分的米灰色。柵欄外，遠處是空地與樹林之間的一道樹線，每一棵樹都和草地的綠色一模一樣。阿卡提斯的第一印象是，這裡的色彩不夠豐富。他實在無法想像，這地方居然和……和曼哈頓那樣的地方存在於相同的世界，所以有時在穿行院子時，他會假裝自己身處外星球。

有時會有記者寫信給他。「被判一百七十年徒刑，是什麼感覺？」他們會這麼問。他並沒有回應這個問句，因為他知道脫口而出的回答會顯得無比瘋癲：感覺像精神錯亂一樣。二十五歲的某一天，阿卡提斯一早醒來就發了高燒，當時他獨居在七十街一間公寓，屋裡沒有任何退燒藥，所以他只得跌跌撞撞地出門，朝最近一家雜貨店走去。他千辛萬苦買到了阿斯匹靈，渾身滾燙地踩著搖來晃去的人行道走回公寓、上樓來到家門口，卻被如何開門這個問題給考倒了。他手裡握著一把鑰匙，門上有一道鎖，他抽象地明白這兩樣東西應該吻合在一起，可是怎麼也搞不懂該如何開門，這下他知道自己已是精神錯亂了。他在那裡站了多久呢？五分鐘，十分鐘，半小時。誰知道呢。他最終還是設法進屋了。

三十七年後，在曼哈頓的法庭上，法官唸出那個數字——「一百七十年」——他忽然感到天旋地轉，時間如潮湧般抽離，朝那不可能的目的地、朝著不可思議的二一七九年流去。他明白自己將在獄中度過餘生，然而這就和二十多歲時那片刻的精神錯亂一樣：**餘生與監獄**這兩個物件說什麼都無法吻合，鎖與鑰匙形成了無可理解的方程式。

來此之前，他從未注意過蒲公英這種小草，不過在院子令人窒息的一陳不變之中，草地上一簇簇鮮黃小花幾乎有了震撼人心的效果。鳥兒也是一樣——換作在外頭，牠們不過是能輕易融入背景的小鳥，知更鳥、渡鴉、燕雀等等，然而在獄中，牠們降落在草地上然後再次飛遠、翩然進出界線的模樣，卻顯得不可思議。牠們是來自另一個世界的使者。監獄其實禁止餵食鳥類，但還是有些人偷偷讓食物碎屑掉落在草地上。

幾個曾在高度戒護監獄待過的獄友老愛說，FCI佛羅倫斯中度一號不過是間鄉村俱樂部；雖然稱不上什麼俱樂部，但它確實沒有阿卡提斯當初想像的那麼差。許多獄友年紀都大了，沒什麼耐心玩愛恨情仇的遊戲，而且也沒人想被轉去高度戒護區。這裡沒人談論自製小刀，沒人試圖在院子裡弄死他，唯一一點惡意就是獄中的白人民族主義小團體，但他們也只是一起運動而已，其他人無視他們就是了。他們知道要是太高調或惹是生非，就會被轉去高度戒護區，幾年前全國各監獄的雅利安兄弟會成員就是被集體送進了高度戒護監獄；所以小團體頂多也就同步伏地挺身，或浮誇地說些榮譽規章、群體團結之類的話。另一個小團體，是由一對聯手幹了大規模保險詐騙的兄弟為首，他們總是在最喜歡的小角落裡和手下幾個蝦兵蟹將待著。即使在獄中，那對兄弟手下還是有員工，有人會幫他們跑腿、洗衣服，換取合作社裡的商品。除此之外，院子裡總是有一些年輕獄友不停順時針慢跑，還有老獄友在同一條跑道上走著。年邁的黑手黨黨員時常邊晒太陽邊聊八卦。

阿卡提斯繞著院子慢跑、舉重、做伏地挺身，短短六個月內便達到了有生以來的體能巔峰。他和一些人不同，不會儘量規律而平淡地日復一日、希望能讓時間流動得快一些；他尊重那種人的生存手段，不過他個人的原則是每天做至少一件不同的事。即使年紀大了，沒有工作的必要，他仍申請在獄中工作，被分派去打掃食堂。他研究出了跑腿系統的規則，每月付十塊錢給另一名獄友，讓那人負責幫他洗衣服。從前在外面的世界，他向來沒時間讀書，但現在他加入了讀書會，和一個似乎只聽過F·史考特·費茲傑羅這一位作家的狂熱青年教授討論《大亨小傳》、《美麗與毀滅》、《夜未央》。在這裡，他有了休息的機會，能夠隨著秩序與規律過活，五點起床、五點十五分點名、六點吃早餐等等，一天穩定行進至下一天。在外頭的世界，他經常夜不能寐，整晚躺在床上擔心自己有天被關進牢裡，但真正進了監獄，他竟在一次次點名中間的時段睡得很香。每早醒來，知道最糟的情況已然成真，他體驗到了某種美妙的輕鬆舒坦。

「我一直在想一個問題。」其中一名記者說道。她名叫茱莉・傅利曼，正在寫一本關於他的書，他深感受寵若驚。「這樣說吧，在被逮捕前很長一段時間——長達幾十年——你手裡都握有大量的資源。」

「確實。」阿卡提斯說。「我以前非常有錢。」

「然後，你剛才又告訴我，你從很久以前就料想到自己會被逮捕了。你明知自己有天會被捕，那為什麼不趁早逃到國外呢？」

「老實說，」他說，「我從沒想過要逃。」

話雖如此，這並不表示他毫不後悔。他後悔當初還沒被捕入獄時，沒能充分欣賞和自己往來的人們。成年過後，他就再也沒真正結交朋友了，只會和投資者相處與社交，但其中也不乏他真心喜愛的人。他從以前就非常喜歡奧莉維亞，和她相處時，阿卡提斯總感覺自己深愛的兄長雖已離世，和自己之間的距離卻並不遙遠。還有費薩，他總能長篇大論地談論二十世紀英國詩詞、爵士樂的歷史等話題，阿卡提斯也總聽得津津有味。（如今費薩死了，但這件事沒有多想的必要。）他甚至有點懷念幾個不太熟的投資者，有些甚至是他只見過一兩面的人，例如里昂．皮凡，那位和他在凱耶特飯店喝酒談天的航運業經理——談論自己不瞭解的產業，總是能帶給阿卡提斯樂趣。還有泰倫斯．華盛頓，一位在邁阿密海灘那間俱樂部遊憩的退休法官，他似乎對紐約市的歷史瞭若指掌，阿卡提斯也和他聊得很愉快。

如今，和他發生交集的人們，大都不是他尊重的人。其中當然也有少數例外——統領龐大犯罪帝國的黑手黨員、當了十年雙面間諜的傢伙——不過相較於入獄服刑的黑幫教父與精通三種語言的前間諜，獄中最多的還是尋常暴徒。阿卡提斯也明白，自己這份高人一等的態度有些雙重標準了，不過你知道自己和其他人同樣是罪犯，這是一回事，想要和一群不識字的成年男人互動交流，那又是另一回事了。

「錢這種遊戲，感覺有兩種不同的玩法。」吃早餐時，內米羅斯基說。他是因一次失敗的銀行搶劫案入獄，已經待了十六年。這人從小學四年級過後就沒再受過教育，基本上就是個文盲。「一個是大家都懂的玩法：你找個糞工作一直幹下去，領你的死薪水，怎麼賣命都賺不夠——」他朝同桌所有獄友一點頭。「——可是還有另外一個等級的玩法，一個完全不同的金錢遊戲，它跟我們平常的玩法完全不一樣，像是什麼祕密的遊戲一樣，只有一些人知道要怎麼玩……」

內米羅斯基並沒有錯。事後，阿卡提斯繞著院子娛樂區慢跑時，暗自心想。他確實懂得金錢遊戲的玩法——不對，金錢可說是一整個國度，這個王國的鑰匙就握在他手裡。

他並沒有告訴茱莉．傅利曼，不過到了早已來不及遁逃的今日，阿卡提斯卻經常想到逃亡的生活。他喜歡在白日夢中妄想某個平行世界的生活——也可以說是反面的人生——在那個世界裡，他成功逃到了阿拉伯聯合大公國。是啊，何不逃去阿聯呢？他非常喜歡阿聯，尤其是杜拜，喜歡那種幾乎完全在室內度過的生活，即使外出也只是坐上漂亮的流線型汽車，由專業司機載你穿梭在美麗的室內與另一個美麗的室內之間。上一回去杜拜是二〇〇五年，他是和玟森同往。玟森似乎對那裡的奢華嘆為觀止，不過如今想來，她或許至少有一部分是在演戲，畢竟她受充分的金融動機驅使，有必要維持快樂的表象。這不是重點。總之，在反面的人生中，那場聖誕節派對前後數小時都與現實大相逕庭：聖誕派對當天，克萊兒進辦公室見他時，他設法打發了女兒。他裝作不知克萊兒在說些什麼，從頭到尾保持困惑但不失禮貌的態度，直到她放棄並離去為止。若是為了逃避監獄生活，那稍微對女兒進行煤氣燈操縱也無妨。在那個反面的人生中，他絲毫沒有坦白，心防絲毫沒有突破。那晚，他帶著玟森去參加聖誕派對，然後一同離開會場，一同回到曼哈頓那間公寓。他若無其事地親吻她、對她說晚安，絲毫沒有透露自己的計畫。玟森就寢後，他仍然醒著，一面喝咖啡一面做準備，凝望著紐約中央公園的漆黑樹海，以及更遠處的城市燈光，將自己再也無緣見到的景象烙印在腦中。他徹夜等待窗戶清潔工上工，到了黎明破曉之時，清潔工站在懸掛平臺上，沿著高樓外牆逐步上升。

此時是清晨，第一道曙光灑落公園，清潔工並沒有認出他。是啊，他們怎會認得他呢？他可是在夜裡剃了平頭，戴上墨鏡與棒球帽，而且最關鍵的是，他穿了一身和清潔工制服相似的白衣，肩頭掛著體育用品袋。他開窗對清潔工說話。「可以載我下去到街上嗎？」他問道。他們起初自然是拒絕了，但他在這間公寓裡放了五千美元現金，此時全都給了他們，還順便送了兩瓶絕讚的列級酒莊葡萄酒——產自他在波爾多最愛的那處莊園——然後又將玟森的鑽石手鍊與耳環送了出去——她仍在臥房裡熟睡著。然後，他說服他們：他只是想搭便車到地面而已，就這樣。幾分鐘就過去了，也不會有任何人知曉。這可是大把大把的金錢，他們還將品嚐此生最美味的兩瓶酒。

他們是誰？不重要，就叫他們清潔工A和B吧。假設他們是兩個未經世事的年輕人，或者他們已見過世面，但必須賺錢養家餬口。窗戶清潔工的薪資大概不高——除非其他人都不敢爬上高樓大廈的玻璃牆，他們是在高薪誘惑下選擇從事這份工作的？總之，這不重要，反正五千元可不是什麼小數目，那就假設他們收了錢吧。阿卡提斯爬出窗戶，進入晨間的寒涼，在緩緩下降至人行道這一路上，A與B對他沉默而尊敬，他能感覺到兩人對他的敬佩，他竟如此有先見之明，打扮得和他們一樣——也不是完全一樣，畢竟窗戶清潔工不會穿正裝襯衫，但也足夠相像了。遠遠望去，他們就只是站在吊掛平臺上的三個白衣男人，在紐約這座玻璃城市裡是再尋常不過的景象，且現在旭日光輝映在了高樓的玻璃上，也沒人能直視他們了，他的計畫就是如此精妙縝密。他們在刺目光線中下降，他爬下來，謝過A與B，然後招了輛計程車朝機場駛去。數小時過後，他搭上飛往杜拜的班機——當然是頭等艙——坐在能夠大幅度後躺的座位上，感覺像是身處配備了床鋪與電視的私人小包廂。在反面的人生中，遠在大西洋高空的他讓椅子躺平，陷入無憂無慮的睡眠。

而在FCI佛羅倫斯中度一號，燈光亮起，凌晨三點鐘的點名鈴響震耳欲聾，他半睡半醒地下了床，用機械式的動作穿上拖鞋，心思仍半存在於另一個世界，對面床鋪的海茲頓也跌跌撞撞地下床。在反面的人生中，他不曾被逮捕，遑論判刑，更不需要半夜下床點名。（走廊傳來獄警的叫喊聲——「起來起來起來」——然後其中一人手持計數器在門前停下腳步，幾分鐘過後點名結束，終於能回床上睡覺了。）在反面的人生中，他將所有存款轉移到了海外的祕密戶頭，超脫了美國政府的掌控。等到女兒聯絡聯邦調查局時，他已遠走高飛。杜拜和美國之間並沒有引渡協約。

他的錢足夠他在杜拜無限期定居，享受平靜的生活，在涼爽的室內躲避戶外的酷熱。該住飯店呢，還是別墅？飯店好了。他可以住在飯店裡，叫一輩子的客房服務。住別墅還得僱幫傭，太令人頭疼了。他這輩子已經受夠幫傭了。

「我想問問關於你女兒的事。」第二次見面時，茱莉．傅利曼說道。

「抱歉，」他說，「我不想談她的事。還是別打擾克萊兒的隱私吧。」

「也是。既然這樣，那我想問問關於你太太的問題。」

「妳是指蘇珊，還是玟森？」

「我想從玟森問起。她會來這裡探望你嗎？」

「不會。其實，我……」再接著說下去或許不太明智，但除了她以外，還有誰能問？如今會來探監的人，也就只有記者了。「不好意思，能不能請妳暫時別做筆記？」

她將原子筆放在桌上。

「這其實有點尷尬，」他說道，「可以的話，我想麻煩妳幫我保密，但我想請問妳知道她在哪嗎？」

「我自己也在找她。我很想採訪她，不過她不知去了哪裡，總之現在非常低調，我沒找著她。」

也許搭窗戶清潔工的便車下樓過於戲劇化了，他當然也能在聖誕派對過後給玟森一個晚安吻，跟她說他必須出去和投資者喝幾杯，別熬夜等他了。他可以派車送玟森回家，自己逃到國外。不對，他必須先回格林威治拿護照——但既然能改寫歷史、遠走他鄉，那護照的問題自然也阻撓不了他。在反面的人生中，也許他就是那種時時將護照帶在身上的人，給了玟森晚安吻之後，就能直接招計程車開往機場了。

在反面的人生中，克萊兒去杜拜探望他，見到他時也很高興。儘管不贊同他的行為，女兒還是能同他拿此事說笑，父女倆可以輕鬆歡快地交談。在反面的人生中，向聯邦調查局打報告的人並不是克萊兒。

克萊兒一次都沒來監獄探望他，也不肯接他的電話。

剛入獄那一個月，他寫了封信給克萊兒，她卻只用兩張法庭紀錄回覆——那是最初的一場聽證會，當時阿卡提斯只能一再重複「有罪」兩字，重複了一次又一次。他記得自己站在那裡重複這兩個字，只覺胃中翻江倒海，背上汗水涔涔流下。當時說出口的語句轉換成了白紙黑字，看上去片段而怪異，像是寫得很差勁的詩詞或劇本。

法庭：對於本訴訟第一罪項，你提出的答辯是有罪，還是無罪？

被告：有罪。

法庭：阿卡提斯先生，請提高音量，讓我清楚聽見你的回答。

被告：抱歉，庭上。我做有罪答辯。

法庭：對於本訴訟第二罪項，你提出的答辯是有罪，還是無罪？

被告：有罪。

法庭：對於本訴訟第三罪項，你提出的答辯是有罪，還是無罪？

被告：有罪。

法庭：對於本訴訟第四罪項，你提出的答辯是有罪，還是無罪？

被告：有罪。

法庭：對於本訴訟第五罪項，你提出的答辯是有罪，還是無罪？

被告：有罪。

法庭：對於本訴訟第六罪項，你提出的答辯是有罪，還是無罪？

被告：有罪。

法庭：對於本訴訟第七罪項，你提出的答辯是有罪，還是無罪？

被告：有罪。

法庭：對於本訴訟第八罪項，你提出的答辯是有罪，還是無罪？

被告：有罪。

法庭：對於本訴訟第九罪項，你提出的答辯是有罪，還是無罪？

被告：有罪。

法庭：對於本訴訟第十罪項，你提出的答辯是有罪，還是無罪？

被告：有罪。

法庭：對於本訴訟第十一罪項，你提出的答辯是有罪，還是無罪？
被告：有罪。
法庭：對於本訴訟第十二罪項，你提出的答辯是有罪，還是無罪？
被告：有罪。

七、航海者／二〇〇八年—二〇一三年

海王星昆布蘭號

二〇一三年八月，一個雲朵如爆米花的明媚晴天，玟森離開了陸地。第一次看見海王星昆布蘭號是在紐華克港，她在海港警衛的陪同下走到大船前，感覺在舷梯旁等了很長一段時間，心情既緊張又興奮。附近也有其他人，不過他們並不在玟森的視野內，不是在上方高處的起重機駕駛室，就是在駕駛滿載貨櫃的卡車。她本就知道自己將去往何處，該上的課程她都上過，該讀的書也讀過了，然而這個世界的規模仍令她震驚。海王星昆布蘭號的船身是一面垂直陡峭的鋼鐵高牆，起重機的高度勘比曼哈頓高樓大廈。她知道船上每一口貨櫃箱可重達六萬七千英磅，但起重機卻能輕而易舉地將它們從平板貨車上拎起來，那無重量的假象竟給人一種優雅的印象。玟森站在由毫不掩飾的工業與大型器械組成的風景中，在這座港口，人類沒有任何立足之地，她感覺自己變得越來越渺小了。然後，迎接她的人來了，兩個男人沿著白鋼階梯從甲板下來，花了好一段時間才來到玟森面前。他們踏上陸地並對她自我介紹：喬福瑞．貝爾與菲利斯．曼多札，三副與廚房服務人員，分別是她的同事與上司。

「歡迎登船。」曼多札說。

「嗯，歡迎。」貝爾說。他們和她握了手，港口警衛自己回車上開走了。曼多札走在前頭領路，貝爾提著她的行李箱跟上，但玟森其實不需要他幫忙提行李。

「妳來了真好。」曼多札說。上樓梯這一路上，他滔滔不絕地告訴玟森：他特別指定要聘請曾在多問餐廳工作的助理廚師，因為他自己已經在海上待了太久，還真需要一些新菜色和新想法。他希望玟森不介意今晚上工。（她並不介意。）見玟森是加拿大人，他心裡很高興，因為這些年來他最喜歡的幾個同事都是加拿大人。玟森沒有打斷他的長篇大論，因為她此時只想默默將周圍一切收入眼底，欣賞高高俯瞰碼頭的甲板，腦中不停想著：**我來了，我居然真的來了**。曼多札帶領她走進住宿艙，走下一條窄小的工業用走廊，這裡令她聯想到溫哥華與溫哥華島之間來回的渡輪內艙。

「花一點時間整理行李吧，」曼多札說，「我過幾個鐘頭再回來叫妳。」貝爾從提議幫她提行李之後便一直沉默不語，此時他以意外地輕柔的動作將行李箱放在房內，微笑著帶上了房門。

房間多少符合玟森的預期，空間狹小，比起美觀更注重功能性，櫥櫃全是仿木材質，牆壁則都刷了白漆。房裡有一張窄床、一個衣櫃、一張書桌、一張沙發，所有家具不是嵌在牆內就是釘死在地面。她有自己一小間衛浴，房間還有一面窗戶，不過她沒有拉開窗簾——她希望拉開窗簾那一剎那，透過窗戶看見的景象能是遼闊汪洋。外頭傳來不絕於耳的碰撞聲、輾磨聲與吱呀聲，起重機將貨櫃箱放入貨物艙，在繫固結構上高高堆疊。玟森從行李箱取出私人物品——衣物、幾本書、攝影機——整理東西的同時，她發現自己正想著貝爾。她向來不信一見鍾情這回事，卻相信人與人之間有可能一見認定，即使是初見面也能認知到對方會是自己人生中重要的存在。這種感覺，就像是在舊照片中認出一張熟悉的面孔：在許多張無意義的臉所組成的海洋之中，只有一張臉逐漸聚焦、變得清晰。你。

把行李箱清空後，她拉上行李箱拉鍊將它收入衣櫃，然後轉向床上那疊床單、被毯，以及被用舊的枕頭。她鋪了床，在床上坐了一會，慢慢習慣這間臥房。此時此刻，她不由得想起了強納森在格林威治的宅第、巨大的主臥套房，以及白白浪費掉的數英畝地毯與空間。奢靡也是一種弱點啊。

玟森費了好一番力氣才終於來到此處，先前可是經歷了訓練、讀書、考證照等層層關卡，因此當曼多札回來叫她、帶她參觀了船上的廚房區域——也就是她接下來無數日的工作地點——她幾乎不敢相信自己當真來到了此處，來到了船上，離開了陸地。她竭盡全力才忍住傻笑，曼多札則喋喋不休地說著自己的餐飲規劃：按規定，船上幾乎每一餐都會供應薯條，大概估算下來可能五頓晚餐中有四頓會出現薯條，這是因為船員們愛吃，而且馬鈴薯很便宜，用來控制預算再合適不過了；每週吃兩頓印度香米飯也是同樣的道理。剛上船那第一班，玟森腦中滿是雜七雜八的資訊和薯條，以致稍晚清潔收工後，她才赫然發現船已經駛離了紐華克港。她腳步踉蹌、滿身油汙、疲憊不堪地來到了甲板上，前臂被油炸鍋濺出來的油滴燙出了星星點點的小傷，這時她發覺戶外空氣變了，溼氣已被不帶陸地氣味的涼風吹散。他們在南下前往查爾斯頓的航線上，遙遙望去，美國東岸化成了右舷一連串的點點燈光。她走到大船另一側凝望大西洋，漆黑大洋只有遠方船隻的寥寥亮點，以及即將降落東岸城市的幾架飛機。在那一瞬間，玟森心中浮現的想法是：她再也不想回岸上居住了。

「妳為什麼想出海啊？」第一次對話時，喬福瑞・貝爾問道。當時玟森已經在海上度過一週左右，貨櫃船才剛離開巴哈馬群島，展開了橫渡大西洋的漫長旅程，朝南非伊莉莎白港駛去。喬福瑞在她結束輪班時來到了廚房，問她想不想一起散散步。他帶玟森來到整艘船上他最喜歡的位置，此處是C層甲板的一角，他之所以喜歡，是因為這裡是監視器死角。「真的把這句話說出來了，聽起來好像我不懷好意一樣，」他說，「可是妳會不會覺得，在船上生活最大的問題就是沒有隱私？」

「這樣說也對。」玟森說道。「那是烤肉爐嗎？」甲板上擺著一件四腳撐地的奇怪管狀物，被鍊條鎖在了欄杆旁。

「喔，對啊，」他說，「不過已經好幾年沒用了。」他對玟森解釋道，在船上開烤肉會實在毫無樂趣：試想，二十個男人站在鋼製甲板上，試圖邊吃熱狗和雞肉邊在強風中閒聊，後方還有貨櫃箱堆疊而成的一堵高牆。不對，他這樣沒解釋清楚。不是二十個男人，而是二十個同事，二十個困在海上好幾個月、天天朝夕相對、早已受夠了彼此的同事，而且他們甚至不能喝啤酒助興，因為船上不准飲酒。不過呢，他還是很喜歡這層甲板，他說。

玟森也很喜歡，這裡除了如影隨形的引擎聲以外相當安靜。她從欄杆上方探出身子，俯瞰下方的海水。

「可以來到看不見陸地的地方，感覺真好。」她說。四方天際都是連貫的海天一線。

「妳還沒回答我的問題，我可注意到囉。」

「喔對，你問我為什麼出海。」

「好吧，這個開場白不是很高明。」他說。「可能還有點太無聊了，畢竟我們現在就站在船上。可是要認識別人，總要從某個問題問起嘛。」

「這個故事有點奇怪。」玟森說。

「太好了，我已經好幾個月沒聽到精采的故事了。」

「是這樣的。」玟森說。「我之前跟一個男的在一起，後來分手時，情況有點複雜。」

「是這樣啊。」他說。「妳如果不愛說這個，那我也不會多問。」

玟森看得出，他窺見了這則故事的概要，故事線如冰山般潛藏在水下。此時，面前展開了兩種可能性，兩種選項：她可以冒著被鄙視的風險，告訴對方自己從前和罪犯交往，或者也可以當一個神祕兮兮的人，到時沒有人想和她說話，因為她一張口就在暗示自己藏了一些黑暗的祕密，卻怎麼也不肯說出口。「不會，沒事。其實，那也不太……我離開陸地，也不完全是因為他做過的事。」她說。「之所以離開陸地，是因為我一直碰到不該撞見的人。」

「這就是陸地的問題了。」喬福瑞說。「陸上就是人太多。」

陸地上的最後幾夜

起初，她還以為自己能設法熬過財富王國的滅亡，繼續留在她鍾愛的城市裡，在此建立新的生活。強納森最後一場聖誕派對的隔天，她一早醒來發現身邊沒人，自己瑟瑟發抖著躺在曼哈頓公寓的床上，羽絨被已滑到了地上。她起身沖澡，泡了咖啡，然後花幾分鐘時間凝望中央公園的風景。此時她已知道強納森將被逮捕，知道這將是自己最後一次欣賞眼前的美景。強納森在備用公寓裡留了一個漂亮的小行李袋，奶油白主體色之上還有一些棕色皮革裝飾。衣櫃裡，屬於她的那一側有兩件晚禮服，或許還能賣錢，此外保險箱裡還有五千美元現金與一些首飾。她將現金與首飾放入行李袋與外套口袋，小心翼翼地捲起兩條禮服長裙、放入行李袋，然後再加了兩套換洗衣物。

她把咖啡帶進浴室，正伸手要拿裝有化妝品的亮漆盒子，卻停下了動作。和強納森在一起這段時日，她從不略過化妝這一步驟，看見素顏的自己感覺很是奇怪。然而此時，在今天早上，她的假丈夫也許即將被捕、也許已被警方拘留，此時她看上去不像平時的自己，似乎也不錯。玟森一面喝咖啡，一面端詳自己在鏡中的倒影。她發現，在不久前的某一時刻，她已悄然越過了某條界線，進入生命中的下一個時代。這個時代的她在疲勞時看上去不僅是疲勞，還顯得稍微老了一些。她年近二十八了。

她在抽屜找到了指甲剪，開始有條不紊地一綹綹剪下頭髮，隨著髮絲掉落，她的頭立刻感覺輕盈許多，還有些冷。半小時過後，她最後一次走出這幢建築時，大廳接待員愣了一下，臉上的笑容這才歸位。經過第一間美容院，玟森就進去修了頭髮——「不會是妳家小孩趁妳睡著時偷剪的吧？」造型師憂心地問道——然後又進藥妝店買了一副中度老花眼鏡，戴在了視力並沒有任何問題的眼睛前。玟森在藥妝店鏡中審視自己的倒影：戴上眼鏡、少了妝容、頭髮剪短後，她覺得自己看上去像是截然不同的人了。

短短一週內，她在哈德遜線上一座離大中央車站不遠的都會衛星城鎮裡找到了新住所。這是一間傳統的傭人套房，實際上就只是別人家車庫樓上的小居住空間，房間一角硬是隔出了衛浴，另一角則裝設了迷你廚房。她睡覺就用直接擺在地板上的彈簧床，衣櫥是從慈善二手商店花四十美元買來的，房裡還有一張房東給的牌桌，以及她在收垃圾日從街上撿回來的一張椅子。這樣就夠了。強納森被捕那三週內，她在雀爾喜區找到一份調酒師的工作，但工作時數不足以滿足她餬口的需求，於是她另外在下東城一間餐廳找了份廚房學徒的工作。她比較偏好當廚房學徒，因為調酒說到底就是一種表演，大眾天天進出你的工作地點、看著你的一舉一動，她每一次抬頭都會看見出現在吧檯前的新面孔，在恐慌的瞬間以為對方是從前某個投資者。

一年半過後，她又見到了米芮拉，但只有那麼一次而已。二〇一〇年春季，玟森在雀爾喜那間酒吧值班時，米芮拉和六、七個人一同走進了店裡。米芮拉的頭髮高高梳成了阿福羅頭，口紅是消防車般濃豔的色號，身上穿著一套乍看下簡便、明眼人才看得出是高價產品的服裝——那件長袖運動衫要價七百美元，那條牛仔褲的破損是由底特律工匠悉心弄破的，那雙磨損的靴子零售價則高達一千美元，等等等。她整個人從頭到腳都熠熠生輝。

「都是常客。」奈德順著玟森的視線望去，對她說。他是玟森在酒吧最好的朋友，個性十分溫和，正在攻讀詩詞的藝術創作碩士學位，卻不愛談學業的事。他們那晚都有班，不過店內人潮並不洶湧，似乎不需要兩個調酒師同時上工。

「真的？我從沒在店裡看過他們。」帶位的女服務生正領著米芮拉一行人走向後方角落的雅座。

「因為妳平常禮拜四都沒排班啊。」

一名身穿閃亮藍西外的男子，手臂掛在了米芮拉肩頭。玟森渴望被米芮拉看見，同時卻也恨不得躲起來。她曾三度試圖和米芮拉通電話：一次是強納森被捕的隔日，另兩次是她得知費薩的死訊之時。三通電話都被轉到了答錄機。

「妳還好嗎？」奈德問。

「很不好。」玟森說。「介意我休個五分鐘嗎？」

「不會，妳去吧。」

玟森悄然從廚房後門溜出去，在這條街上走了一小段路。街道對面的樹上幾乎是一夕間開滿了櫻花，花團錦簇的模樣有種爆炸般的視覺效果，宛若懸浮在黑暗中的煙火。一根菸總不可能抽一輩子，當她回到店內時，米芮拉和其中一個朋友離開了雅座，兩人挪到吧檯前聊天了。無論米芮拉想對她說什麼，無論她過去兩年演練了什麼樣的指控或譴責，如今都能對玟森說出口了。然後玟森便可以告訴米芮拉，她對米芮拉的歉意已經超脫言語能表達的層次，如果她早先知情——甚至是懷有那麼一點猜疑——那當然會對米芮拉說，當然會立刻就告訴米芮拉，她還會自己致電聯邦調查局舉報強納森。**我以前不知情**，玟森很想告訴她，**我什麼都不知道，但我真的、真的很抱歉**。對話結束後，她們又能各奔東西，或許心裡的負擔能稍微減輕一些，之類的。

「妳好，」米芮拉說，對著玟森露出了禮貌的微笑，「你們這裡有下酒的點心嗎？」

「喔，超棒的主意。」她朋友附和道。這位朋友和玟森、米芮拉年歲相仿，也是在三十與四十歲之間某個難以界定的位點，漂得極淡的頭髮剪成了方方正正的短髮造型，類似一九二〇年代的飛來波女郎。

「下酒的點心。」玟森重複道。「呃，有，綜合堅果還是鹽味蝴蝶餅？」

「綜合堅果！」飛來波女郎說。「老天啊，太好了，我正需要這個。這杯馬丁尼真的有夠甜。」

「不然，」米芮拉注視著玟森雙眼說，「我們兩種各來一份吧？」

「當然好。綜合堅果和蝴蝶餅，馬上就來。」這是一場夢吧？

「我已經幾百萬年沒吃綜合堅果了。」飛來波女郎對米芮拉說。

「那妳可是錯過了一大美食。」米芮拉說。

玟森有種靈魂出竅的詭異感覺，她默默觀察自己的雙手將綜合堅果與蝴蝶餅倒入小鋼碗。**我夢到妳走進我的酒吧**，卻不認得我。她輕輕將兩個碗放在吧檯桌上，擺在從前的摯友面前，對方只說了聲謝謝，看也不看她一眼，然後又回去和另一人聊天了。「紐約這地方就是這樣，」玟森轉頭退開時，米芮拉的朋友說道，「大家都會有離開的一天。我以前還真心以為自己會是例外呢。」

「所有人都以為自己是例外。」

「也是啦。我只是覺得，我那些朋友從十年前就開始一個個搬走，搬去亞特蘭大、明尼亞波利斯之類的地方，我一直以為自己會是留下來在紐約定居的那一個。」

「不過密爾華基那份工作比較好吧？」

「如果去那邊，我就可以住大公寓了。」飛來波女郎說。「說不定還可以住在獨棟的房子裡。不知道耶，這樣感覺好沒有新意喔，二十幾歲住紐約市，年紀大了就搬走。」

「是沒錯，但大家這麼做也是有原因的。」米芮拉說。「妳不覺得，在紐約以外的任何地方生活，都比較輕鬆嗎？」**看看我**，玟森心想，**注意到我，叫我的名字**。然而米芮拉完全無視了玟森，和她形同陌路。

「嘿，不好意思。」米芮拉說。

玟森摘下了眼鏡，這才轉身面對她。

「米芮拉。」她說。

「能再來一杯馬丁尼嗎？」彷彿根本沒聽見自己的名字。

「當然可以。妳現在那一杯是什麼呢，米芮拉？星期天早晨嗎？」

「不是，就只是普通的柯夢波丹而已。」

「妳不是不愛喝柯夢波丹嗎？」玟森說。

「喔，我也再來一杯午夜西貢，謝謝。」飛來波女郎說。

「馬上來。」玟森回道。難道玟森當真和過去相差十萬八千里，就連這位曾是她摯友的女人也認不出來了？不，這很有可能是米芮拉對她的報復，是對方故作不認識她的模樣。或者，米芮拉可能和玟森處境相同，只能在偽裝下生活，只不過米芮拉的偽裝比她完整許多，還包括刻意不認出從前認識的任何人這一部分。或者，玟森可能是瘋了，也許她腦中沒有一段記憶是真的。

「一杯柯夢波丹，一杯午夜西貢。」玟森將兩杯調酒放在了吧檯桌上。

「謝謝妳了。」米芮拉說。玟森別過頭時，聽見酒杯相碰的脆響。她倒出了櫃檯上小費罐裡的錢。

「現在結帳下班還有點早吧？」奈德好奇地瞅著她。此時吧檯前除了米芮拉與那位朋友之外，沒有別人了，她們聊得很是熱絡。

「奈德，真的很對不起，但你今晚得自己關店了。」玟森將小費分成了兩堆，其中一堆收入自己的口袋。

「怎麼了？妳不舒服嗎？」

「不是，我要直接離職了。很抱歉。」

「玟森，妳不能就這樣——」

「我能啊。」說罷，玟森拋下他擅自離去了。相較於從前，在阿卡提斯過後，她變得冷酷許多。她從廚房後門離開，離去時米芮拉一次也沒抬頭看她。換作是過去的她，還真無法想像米芮拉擺出如此冰冷的態度，但話又說回來，她們不是演員是什麼？妳不是有錢人家的孩子。在另一段人生中，在一段難以想像的人生中，米芮拉曾如此對玟森說。假如她們能巧妙地融入財富時代，是因為她們能夠成功地偽裝自己的過往與出身，那如今米芮拉成功地假裝自己不曾認識玟森，又有什麼好意外的？偽裝不正是她們兩人共同的專長嗎。

那晚，玟森徒步走到曼哈頓下城，來到那間俄羅斯咖啡廳。和阿卡提斯交往那些年，她經常光顧這間店，但若有任何人將她和從前那位貴婦畫上等號，他們也絲毫沒表露過什麼。那晚輪到她最喜歡的經理上班，對方是個三十多歲、名為伊麗埃娃的女人，說話帶有一點俄羅斯口音，有一回還不小心透露自己是在某樁刑事案件中提供證詞，因而換得了美國綠卡。

「妳沒有外套？」伊麗埃娃走到玟森的桌邊問。「妳會凍死的。」

「我剛辭了工作。」玟森說。「外套忘在員工休息室了。」

「妳工作到一半直接走人啊？」

「對啊。」

「那我們招待妳一杯紅酒吧？」

「謝謝妳。」儘管這家店的紅酒難喝得要命，玟森仍道了謝。這地方的重點並不是酒，而是它的氣氛。在暖洋洋的室內、昏黃的燈光下，咖啡與起司蛋糕的香氣瀰漫在空氣中，擴音器播著妮娜·西蒙的歌曲……玟森胸中的束縛感終於逐漸消退了。這裡是財富王國與當前生活之間唯一的共同點。

「那麼，」伊麗埃娃帶著紅酒回來時，對她說道，「接下來有什麼打算？再找一份調酒的工作嗎？」

「不了，我還有在另一家店打第二份工。」玟森說。「我會想辦法增加在那邊的工作時數。」

「那是在廚房上班吧？喔，所以妳想當大廚，自己開餐廳？」

「不是。」玟森說。「我覺得，我想出海。」

玟森母親二十歲出頭時，曾出海工作過。玟森從前經常央求母親說她年輕時的故事——玟森父親的人生軌跡相當平直，先是在西雅圖近郊度過了毫無波瀾的童年，接著短暫讀了會哲學，那之後輟學找了份栽樹的工作；玟森母親的過去就神祕多了。玟森母親兒時生活在加拿大草原上一座小鎮，過得十分悽慘——玟森有幾個阿姨、一個舅舅，還有一對外祖父母，不過母親似乎毫無帶玟森去見這些親戚的意圖——十七歲時，玟森母親東行去了新斯科細亞省，一面在餐廳當服務生一面寫詩。到了十九歲，她在加拿大海岸巡防隊一艘船上當廚房服務人員，那艘船是負責維護數條航線上的航標。她深愛那份工作，同時也痛恨那份工作。她看見了極光、航行經過了冰山，卻也片刻都躲不過刺骨的寒冷，甚至認為自己可能會活活死於幽閉恐懼症的窒息感，所以她做了兩輪之後便辭去工作，和新交的男友一同開車橫跨加拿大。她是個安定不下來的人；短短一年內，那位男友就到溫哥華學醫去了，玟森母親則暫居凱耶特，寫一些詩投稿到小眾文學期刊，作品偶爾可以登上期刊版面，她另外也搭郵輪通勤、搭便車進哈迪港幫人清掃房屋維生。後來，她愛上並嫁給了住在同一條路上的有婦之夫——玟森的父親——懷上了玟森。當時，她還只有二十三歲。

玟森母親說什麼也不肯談論自己的原生家庭。「他們不是好人。」她總是說。「甜心，他們的事不值得我說出來，所以拜託妳別問了。」不過，在她願意分享的幾則故事當中，玟森最想聽的就是隨海岸巡防隊出海那段時期的事跡，她一再求母親重複那些故事，直到它們感覺成了玟森自身的回憶。她不曾去過那片海岸，腦中卻存有極光在冬季天空中浮動變幻、暗灰海洋中宛如沉默高塔的冰山等畫面。後來在母親消失後，玟森開始試圖將母親放入腦中那個畫面——母親遙望著冰山，母親仰面觀賞極光——然而，二十、二十一歲的母親究竟是什麼樣的人呢？在你自己還未存在的時代，父母是長什麼模樣呢？太難想像了。在玟森的回憶中，母親永遠擱淺在了三十六歲，那年母親走進十三歲玟森的房間，吻了吻她的頭頂——玟森的視線幾乎沒離開手裡的書本——說道：「甜心，我出去划獨木舟兜風，晚點見。」——然後最後一次走下了樓。

遇見米芮拉的隔天，玟森搭火車回城裡，搭上南行的地鐵一路坐到了底站，在城市邊緣的白沙灘上站了好一段時間，靜靜錄下水浪的畫面。這是個陰冷的日子，但冷空氣令人心曠神怡。遙望天邊，一艘貨櫃船正緩緩駛過。她想著母親，然後看著遠方那艘船時，她不禁想起了在凱耶特飯店度過的最後幾個夜晚之一。那是在初遇強納森過後一兩天，那晚強納森在吧檯前吃晚餐，她在和他談天時，另一位客人走了進來，是個和太太一同入住飯店的男人。玟森不記得男人的名字了，卻記得對話中一個細節：「我是做航運業的。」聊到工作時，他如此對強納森說道。玟森之所以記得那句話，是因為他明顯深愛自己的工作，玟森立刻就看見了他在提起航運業時的喜逐顏開。多年後這個寒冷的春日，海邊的玟森放下了攝影機，靜靜看著那艘船駛過天際。如果要應徵海上的工作，那會很難嗎？

「泰國。」二〇一三年秋季，海王星昆布蘭號上的喬福瑞．貝爾重複道。「為什麼休假要去泰國？」

「因為我沒去過。」玟森說。

「也是個挺實在的理由。不過大部分的人上岸休假，都會回家。」

「可是，家又在哪裡？我沒想賣慘，」玟森說，「但現在，我覺得陸地上已經沒有我的家了。」

「妳不會是把海神昆布蘭號當成家了吧。」喬福瑞說。「妳也才剛出海兩個月吧？」

「三個月了。」

這三個月來，她半夜在船艙中醒來、沖澡，接著開始為全船準備早餐，長時間在無窗戶的廚房裡烹調料理，天氣較差時整個廚房都會隨浪濤顛簸起伏。她有時在雨中、在陽光下到甲板散步，有時和喬福瑞同床共枕，有時加班。她在辛苦勞作與無夢的睡眠中度過了三個月，隨海神昆布蘭號完成為期六十八天的航行週期：從紐華克南下至巴爾的摩與查爾斯頓，從查爾斯頓開往巴哈馬群島的弗里波特市，從弗里波特開往南非伊莉莎白港，北上至荷蘭鹿特丹與德國布萊梅港，最後再橫渡大西洋回到紐華克。船上大多數男性——玟森是唯一的女性——都會連續出海工作六個月，再一次休假三個月，玟森也決定效法他們。

喬福瑞微微一笑，但沒有抬頭。他在摺小小的紙鶴。玟森說過他的房間太單調，他也認同了玟森的看法，所以他們摺了許多小紙鶴，用他的窗簾竿掛了起來。「我以前對航海有好多浪漫的幻想，」他說道，「我是說小時候。就是去看看世界那類的想法，妳也懂的。結果我發現，世界上大部分地方都長得差不多，就是一個又一個貨櫃碼頭而已。」

「話是這麼說，但你還在這裡。」

「我還在這裡。人被吸進這個世界以後，就很難再離開了。妳過生日的時候我送妳的那本書，後來有看嗎？」他舉起一隻紙鶴，在指間轉了轉，然後遞給了玟森。

「我很喜歡，快看到一半了。」玟森用針刺穿紙鶴——針取自船上雜貨店買來的針線包——將釣魚線穿了過去。

「我就知道妳會喜歡。既然看到一半了，那妳應該已經看到他們去釣鳥的部分了吧？」

「有，我好喜歡書裡描述的畫面。」喬福瑞送了她一本由重建哥倫比亞號船長與船員寫的故事集——重建哥倫比亞號是一艘美國商船，曾在一七九〇年代繞地球航行一周。那本書中描述了一幅令玟森難以忘懷的畫面：一七九〇年的最後一天，在距離阿根廷海岸兩百英里的海上，天空中滿是翱翔的信天翁。船員們齊聚在甲板上，將鹹豬肉當餌料掛上魚鉤、拋入海中，釣上一隻隻俯衝至水面的大鳥。

「我也很愛。那是我十六歲讀過的書，那之後我就迷上了出海這個想法。」最後一隻紙鶴他怎麼也摺不好，只得皺眉將紙攤平，從頭來過。「想聽一個有點悲慘的故事嗎？」

「好啊。」

「有一次我聽父親說，他以前的夢想是當飛行員。這時候妳就要問了，這個故事為什麼悲慘？」

「因為你告訴過我，他是礦工。」玟森站在椅子上，把紙鶴一隻隻掛上窗簾竿。平時喬福瑞也不會關窗簾，因為他的窗戶總是被外頭堆積如山的貨櫃箱擋著。「這還真的很可怕呢，喬福瑞。明明夢想是飛行，結果卻……」

「我不想因為自己沒有出海而後悔。」

「我完全理解。」

「妳喜歡嗎？」他又舉起一隻紙鶴，是摺得有些歪斜的橘色紙鶴。

「我喜歡什麼？你的摺紙嗎？」

「不是，我是說這全部。在海上生活。妳的人生。」

「嗯。」話語說出口時，她才意識到了其中的真實性。「我喜歡這一切。我愛這一切。我這輩子還是第一次過得這麼快樂。」

八、反面的人生／二〇一五年

在反面的人生中，阿卡提斯走在一間無名的飯店裡。窗外景色不停變幻，因為他一再改變心意，無法確認自己身處哪一間飯店。他記不得這些地方的名稱，但飯店內一些細節與印象卻無比清晰。假設是前檯邊有著巨大白色樓梯的那一間飯店好了，就是套房內有全景落地窗、旁邊地上還有內嵌式熱水池的那一間。既然是這間飯店，那窗外景色就是沒有任何一絲陰影的淡藍海洋，海水與白天在刺目的天際交會。

「這些白痴，還以為自己是武僧了。」邱吉威說，頭歪向了娛樂區另一邊。只見五個較年輕的白人正在同步做健美操。「說什麼榮譽守則之類的，蠢死了。」

「這個嗎，每個人都得遵守某種守則的吧。」阿卡提斯說道。他有點怨對方將他硬生生扯出了反面的人生。

「我知道是人都需要一點生活架構，」邱吉威說，「就是要有歸屬感、家人的感覺，好啊，這我都懂。我只是覺得，一個人犯了兒童色情那種罪被抓進來蹲五十年，那就沒資格跟我說什麼榮譽守則之類的鬼話。」

***

那名兒童色情犯——泰特——剛進佛羅倫斯時，身上並沒有刺青，他當時還是個肌膚蒼白、全身軟綿綿的人，戴了眼鏡，皮膚也沒有任何圖案。如今，他背上多了個小小的萬字符刺青。「有些人從一出生就有家庭。」他說。「但也有些人得多花一些力氣去找家人。」這是他在食堂裡的發言。阿卡提斯平時可是耗費了大量精力不去想家人，此時他放任自己的思緒飄遠。反面的人生其中一個好處是，那裡沒有泰特這號人物。那不然，假設是另一間飯店好了，不是大陸上遠眺天際那一間，而是人造海島上的那一間——他不記得島嶼叫什麼了，只記得它形狀像棕櫚樹。假如是在那座島上的飯店，那窗外景象便是棕櫚葉狀陸地之間的死水，對面岸上是一排樣式俗豔浮誇的豪宅，在熾熱的空氣中隱隱浮動閃爍。他喜歡這間飯店的套房，房間裡空間大得離譜。玟森經常泡在那個熱水池裡。

不，不對，那是真實的記憶，而不是反面的人生。反面的人生中並沒有玟森。在阿卡提斯看來，記憶與反面的人生兩者之間的區隔十分重要，然而這條界線似乎越來越模糊，成了一道可滲透的隔膜。回憶中，套房裡的冷氣開得極強，強得玟森都無法保暖了，所以才總是泡在熱水池裡。而在反面的人生中，她根本就不在那間套房裡。

反面的人生中，阿卡提斯別過頭不再看對岸那排豪宅，離開了套房，沿著寬敞的走廊走向電梯，一路上踩著廊上那條花紋繁複的地毯。他進了滿是深色鏡面的電梯，然而電梯再次開門時，映入眼簾的竟是凱耶特飯店的大廳，只見玟森與夜班經理華特一同坐在皮革扶手椅上。這是一段記憶：阿卡提斯被捕前一年，他們曾一同回到凱耶特。他記得自己凌晨五點醒過來，發現床上只有他一個人，於是出去尋人，然後看見她在大廳和華特交談。

之所以記得這一幕，是因為玟森抬頭時，臉上面具微乎其微地滑脫了，那一瞬間阿卡提斯在她臉上瞥見了近似失望的神情。見到他，玟森並不高興。然而在這時，記憶與反面的人生出現了分歧：現實生活中，阿卡提斯尷尬又淺薄地和他們聊起了時差；反面的人生中，他的目光飄向了窗戶——以英屬哥倫比亞的清晨五點鐘而言，外頭似乎太過明亮了，陽光的性質變得全然不同——因為他再次回到了杜拜，回到了那座棕櫚樹人工島，凝望著狹窄水灣對面的那排房屋，大廳也已空無一人。

獄中其他人是不是都有著反面的人生？阿卡提斯在他們臉上找尋線索。他從前一向不對其他人感到好奇，此時也不知該如何開口發問，但看見其他獄友凝望遠方，他不禁好奇他們究竟神遊到了何方。

「你有沒有想過多重宇宙這回事啊？」二〇一五年年初的某一日，他開口問邱吉威。他還是自由身時，曾經聽過關於多重宇宙的說法；當時的他對此不屑一顧，只覺得這種想法著實荒謬，但此時他卻深受多重宇宙論吸引。邱吉威其實也算不上朋友，不過他們經常同桌吃飯，因為他們同屬一個鬆散的小團體——再也不可能恢復自由的一群人——也同屬另一個鬆散的紐約人團體。這些小團體被戲稱為「車子」，阿卡提斯相當喜歡這種稱呼。我們都坐在同一輛車上。有時他和邱吉威或其他終身監禁的獄友相處時，會不由得心生一絲兄弟情誼，但他當然是絕不可能將這種話宣之於口，而且花太多心思想這件事也只會讓自己憂鬱而已。

（我們都坐在同一輛車上，車子拋錨了，再也不可能開到世上任何一個地方。）無論是多重宇宙論或其他人提到的什麼稀奇議題，邱吉威都必定聽過，因為他這個人成天都在看書與寫信。邱吉威從前是美國中情局與蘇聯國家安全委員會的雙面間諜——真心不騙——如今被判了無期徒刑，他正好藉此機會多看書。

「誰沒想過呢？在某個平行宇宙裡，我沒有被逮，還在莫斯科買了間漂亮的公寓。」邱吉威說。

「是我的話，我會住在杜拜。我喜歡那裡。」

「這件事我已經從頭到尾想過幾次了。在平行宇宙裡，我會娶某個寡頭的女兒當老婆，她說不定還會是超模喔？生兩三個小孩，養一條黃金獵犬，在沒有引渡協約的溫暖國家買一棟避暑別墅。」

「是我的話，我會住在杜拜。」他瞥見了邱吉威投來的眼神，這才意識到自己已經說過這句話了。

「阿卡提斯先生，你今天感覺怎麼樣？」醫師看上去太過年輕，當真是醫師嗎？

「我最近記憶力不太好，也沒辦法專心。」他並沒有說出產生幻覺的部分，因為他不想吃一堆強效抗精神病藥物，而且進了醫院的人往往就回不來了。況且，確切而言他產生的也不是幻覺，較像是一種悄悄逼近的不真實感，感覺事物的邊界正在崩潰，現實滲透進了反面的人生，反面的人生也滲透進了真實的記憶。但或許醫師能想想辦法，也許醫師開的藥不會讓他化為行屍走肉，卻能阻止或至少延緩退化——假如他當真在退化的話。在這方面，他想努力保持客觀與冷靜。

「好，那我接下來會問你一些簡單的問題，這樣應該有助於瞭解你目前的狀況。能告訴我今年是西元幾年嗎？」

「你不會是認真的吧？我的情況沒那麼嚴重吧。」

「我沒說你嚴重，這就只是一些常規問題，篩檢潛在記憶問題用的。今年是幾年？」

「二〇一五年。」阿卡提斯說。他已經在獄中待六年了嗎？感覺不太可能。或許，他不該嫌棄棕櫚樹島那間飯店外的風景。白沙灘、無雲晴空下一路延伸至天際的蔚藍海洋，那樣的景色就只有藍與白，單純的兩個顏色，寧靜歸寧靜，你看久了卻很有可能無聊致死。但棕櫚樹島飯店外的景色就不同了，水灣對面有好幾間巨大的房屋，那之中也存在某種活力。其中一幢豪宅是粉紅色，他會有印象，是因為他和玟森曾嘲笑過它的顏色。它不是那種高雅的淡粉色，而是次水楊酸鉍胃藥那種誇張的亮粉色。

「現在是幾月？」

「十二月。」阿卡提斯說。「我們是在阿聯過聖誕節的。」

醫師小心翼翼地保持面無表情，默默記了一筆，阿卡提斯這才注意到了自己的錯誤。

「抱歉，我剛才想到別的事情了。是六月。二〇一五年六月。」

「很好。你知道今天的日期嗎？」

「知道啊，是十七號。七月十七號。」

「我接下來會跟你說一個人名和一個地址，」醫師說道，「過幾分鐘，我會請你幫我重複這個名字和地址。準備好了嗎？」

「好了。」

「瓊斯先生，倫敦塞西爾街二十三號。」

「好，記住了。」

「離現在最近的整點是幾點？」

阿卡提斯環顧四周，但房裡沒有時鐘。

「離現在最近的整點。」醫師重覆道。「儘量猜猜看就好。」

「嗯，我是和你預約十點，你讓我多等了一會，那我猜十一點好了。」

「請從二十倒數到一。」

他從二十倒數到一。那座奇怪棕櫚樹島的細節有些模糊了，它究竟是一座島呢，還是好幾座小島拼成了棕櫚樹的形狀？無論如何，那是他初次造訪阿拉伯聯合大公國時，和蘇珊一同入住的飯店。他們在餐廳裡隔著餐桌牽手，用餐區還有一口碩大的水族箱，裡頭養了條鯊魚。這是她診斷出病症前的最後一年，就表示在那段美好的回憶中，蘇珊已染上了微不可查的疾病，惡性細胞悄然在她的肝臟與胰臟增生，卻仍無人發現。老天啊，她好美。她當然比玫森年長許多，但說句實在話，能有個不是自己女兒年紀的伴侶，能有個讓你不必躲藏的伴侶，感覺真的很好。他記得自己握著她的手，和她談論那些投資人。「雷尼・澤維爾當然很清楚自己在幹什麼了，」她說道，「你要是以為他在瞎矇，那你也太好騙了。」

「倒著把一年十二個月的英文名稱說出來。」是醫師，強行入侵了他的回憶。

「December、November、October、September、August、June、July……May、April、March。February。January。」想著飯店裡那一刻，想著身邊有個同謀者的喜悅。「妳覺得我們能持續下去嗎？」他問她。甜點送上桌了：阿卡提斯吃的是巧克力蛋糕配冰淇淋，蘇珊則是一盤新鮮水果。

「請複述我剛才說的人名和地址。」醫師說。

「什麼？」

「地址是？」

「是朱美拉棕櫚島。」阿卡提斯面露微笑，因終於憶起這個名稱而沾沾自喜。「絕對是朱美拉棕櫚島，就在杜拜。我不記得有沒有街名和門牌號碼了。」

***

走出醫師辦公室時，他內心有些忐忑。他知道自己答錯了最後一題，但還不是因為他在這裡的生活太過枯燥，有時就是得花一兩分鐘抽離反面的人生、回歸現實——不正是如此嗎？「我只是走神而已，沒有失智。」他喃喃自語，聲音大得被陪同他回牢房的獄警聽見了，那人瞟了他一眼。還不是因為他在這裡的每一日都和前一日相差無幾，他才會一再陷入回憶，或陷入反面的人生，不過眼見回憶與反面的人生開始交融，他仍感到隱隱的不安。

在合作社排隊時，腦中浮現一個令他毛骨悚然的念頭：當他在獄中死去，反面人生中的他也會同時死去嗎？

不在反面的人生時，他常作一種特定的夢，夢中什麼事都沒發生，他卻感受到了逐步攀升的恐慌。在夢裡，他知道有人逐漸接近了，然後某天晚間，他吃完晚餐在牢房裡讀報——這時他醒著，沒在作夢——就聽見了一道清晰的語音：「我在這裡。」

他抬起頭。海茲頓已經來回踱步整整一個小時了，但方才說話的並不是海茲頓。阿卡提斯沉默了很久，終於努力擠出一句話。

「你相信世上有鬼嗎？」阿卡提斯儘可能故作輕鬆地問。

海茲頓露齒一笑，顯然被這個問題逗樂了。海茲頓這個人總是閒不下來，渴望和別人談天說地。「不曉得耶，兄弟。我一直想要相信世界上有鬼，如果他們真的在到處飄，那不是很酷嗎？可是我覺得，鬼這種東西其實不存在。」

「你有遇過能看見鬼的人嗎？」他沒告訴海茲頓，費薩此時正站在牢房一角。阿卡提斯從剛才就一直努力說服自己這是幻覺，費薩當然不可能出現在這個房間裡了，因為：一，這裡可是牢房；還有二，費薩早就死了。話雖如此，費薩卻顯得無比真實，真實得嚇人。他穿著他最愛的那雙金色天鵝絨拖鞋，站在牢房窗下，伸長了脖子仰頭望月。

「我以前認識一個傢伙，他跟我發誓他見過鬼。可是他看到的那個鬼，是他某一次搶劫的時候不小心弄死的人。」

「你信他嗎？」

「才不信。唔，可能有點信吧。應該說，我不覺得那真的是鬼，大概就只是他良心不安而已。」

費薩的身影微微閃爍，如同故障的全息影像，然後一閃而逝。

九、童話／二〇〇八年

船

玟森與阿卡提斯共度的最後一個九月，兩人一同「揚帆航行」了一趟——這是阿卡提斯的說法，但其實他們是在一艘沒有船帆的大船上悠閒地度過了幾天。他邀了他朋友奧莉維亞，聽他的說法，那位朋友從前似乎認識強納森的兄長。入夜後，三人一同用了晚餐，然後在甲板上吹著徐徐微風喝酒。玟森向來儘量保持清醒，一杯調酒能喝上好幾個鐘頭，不過她喜歡幫其他人調酒。

「我們才剛說到妳呢。」玟森在船艙內調好新一輪酒飲，端回甲板上時，便聽奧莉維亞如此說道。

「那希望你們至少捏造了一些有趣的謠言。」玟森說。

「哪有捏造的必要呢。」強納森說。「妳本來就是個有趣的人。」他微微一點頭，從玟森手裡接過調酒，並將另一杯交給奧莉維亞。

「妳感覺真像年輕時的我。」奧莉維亞說道，口氣明顯帶有誇讚意味。

「喔。」玟森說。「我很榮幸。」她瞄了強納森一眼，見他忍著笑。奧莉維亞啜著飲料，凝望大海。

「這太美味了。」奧莉維亞說。「謝謝妳。」

「謝謝妳喜歡。」玟森對奧莉維亞頗有好感，看得出強納森也是同感，然而奧莉維亞在某方面卻令玟森感到哀傷。她身上那條連身裙過於隆重，口紅顏色過於鮮亮，頭髮明顯剛修剪過，她注視著強納森的眼神也過於專注，整體顯得太過熱切了。妳的內心想法都表露無遺了，玟森很想告訴她，別讓任何人看出妳是多麼努力啊。但是，玟森當然不可能去指教一個年齡是自己兩、三倍的女人。

「你們平常會去布魯克林音樂學院嗎？」半晌過後，奧莉維亞開口問道。「我前陣子聽姊姊說起她在那裡聽的一場表演，這才想到我已經好幾年沒去看音樂表演了。」

「妳也知道，可以的話我都儘量不過河去布魯克林區的。」強納森說。

「傲慢的傢伙。」奧莉維亞說。

「被妳說中了。但話說回來，我前些天才剛想到了布魯克林。我當時在看一份不動產銷售資料，有個朋友在考慮該不該買下那間挑高公寓，總之我看著那間華麗的公寓，那是曼哈頓大橋旁一個很漂亮的社區，那層公寓本身就有四千平方英尺，我看著看著心裡就在想：這地方是怎麼了，這可不是我從前認識的那個布魯克林。感覺像是一座全然不同的城市了。」

「而且還有音樂學院。」奧莉維亞說。「我姊姊莫妮卡對我說起了她之前去看的一場表演，我這才意識到，上回去看表演是什麼時候了？二〇〇四年嗎？還是二〇〇五？」

「那不如我們一起去聽音樂吧。」玟森這份提議不怎麼熱誠，然而一個月後一個陰霾的十月午後，回到了陸地上、感冒在家休養的玟森不禁心想：是不是該對強納森提議週末晚間去參加什麼活動？也許可以給他一份驚喜，買票去看戲？想到此處，她的思緒飄回了先前和奧莉維亞的對話。她上網查詢布魯克林音樂學院，結果找到了哥哥。

水中的梅莉莎

沒想到保羅突破了重重難關，作為作曲家與演奏者獲得了些許成功。十二月初，他將在布魯克林音樂學院連續表演三晚，節目名稱是「遙遠的北方土地：實驗片配樂」。玫森和他已經三年未見了，上一回相見還是一同在凱耶特飯店工作的最後一輪夜班。布魯克林音樂學院網站上，照片中的他顯得很是狂熱：他站在舞臺上，周圍盡是些玫森看不懂的器材——電子琴，以及有著許多刻度盤與旋鈕的神祕箱子——飛速移動的雙手變得模糊。他上方的投影幕上，是一張玫森依稀認得的照片，那似乎是凱耶特的海岸線，一片陰天下的礫灘與墨綠色常綠樹。

在《遙遠的北方土地》中，作曲界新秀保羅．詹姆斯．史密斯展示了一系列神祕的自製影片，每一段片長剛好是五分鐘，都是作曲家童年在加拿大西部郊區所攝。在此，影片與原創音樂融為一體，令人目不轉睛的同時，模糊了不同音樂類型之間的界線，並挑戰了我們對於自製影片、荒野等事物的成見——

玟森閉上雙眼。她向來沒有小心留存自己拍攝的影片，有時錄完又會用新的影片覆蓋過去，有時錄完就塞進一個個箱子裡，堆在兒時的房間。她離開凱耶特過後那些年，她不在的那段期間，保羅是不是多次去探望了他們父親？應該還算頻繁吧？他沒理由不去搜刮玟森的個人物品。回神時，玟森發現自己已坐在戶外的泳池邊，默默盯著池水，腦中卻沒有走出宅第的具體記憶。

在遙遠的童年，一個夏末午後，她和母親曾一路將保羅送到哈迪港那座小機場，送他搭上螺旋槳飛機飛往溫哥華，那之後他還得轉機飛回多倫多。當時的玟森應該十歲左右。保羅那一整天都很討人厭，無論她說了什麼，保羅都對著她哈哈大笑，後來到了機場，他也只是草草揮手便轉身離去，頭也不回地加入了安檢隊伍。事後，和母親一同回家的路上，玟森一直安安靜靜的，心裡有點難過。

「保羅那孩子，」在格雷斯港突堤碼頭等水上計程車時，母親張口說道，「他似乎總認為妳對他有所虧欠。」玟森記得自己詫異地抬頭，看向了母親。「妳並不欠他什麼。」母親又說。「他那所有的遭遇，都不是妳的錯。」

二〇〇八年，池邊的玟森聽見了腳步聲，抬頭就見阿妮雅拿著毛毯走來。「我想說妳可能需要蓋條毯子。」阿妮雅說。「外頭很冷。」

「謝謝妳。」玟森說。

阿妮雅蹙眉。「妳在哭嗎？」

接下來那兩個月，玟森實在難以履行自己與強納森之間的契約，難以維持輕鬆歡脫的氛圍，但強納森似乎未注意到異常。二〇〇八年最後數月，他天天都忙於工作，不是在辦公室，就是關了門待在書房裡。經過書房外那條走廊，可以聽見他講電話的聲音，不過玟森總是聽不清楚確切的字句。和她在一起時，強納森顯得疲倦而心不在焉。

十二月初，玟森轉了幾次火車，終於來到布魯克林音樂學院前的臺階。原本還不知該如何對強納森解釋自己週四晚間為何不在家，結果他率先傳了簡訊說那天會加班到很晚，打算在曼哈頓那間備用公寓過夜。玟森提早來到表演會場，在外頭逗留半晌，就近觀察布魯克林區富裕地段的剖面圖：人們穿著各自族群的制服，集結在了人行道上，女人穿了平底靴、用複雜的手法繫了圍巾，男人則留了鬍鬚、緊身牛仔褲勾勒出了難看的線條。玟森愉悅地看著他們和同伴會面並成雙成對，兩人、三人、四人一組從她面前走過，遲來的人則匆匆繞過轉角跑來，急匆匆地道歉並連連抱怨紐約地鐵。最終，玟森讓自己隨著最後的人潮，順流被引入演奏廳，找到了她在前排的座位，然後照例在演出開始前擤鼻子、拆了顆喉糖以防萬一、關閉手機，總之就是儘量不去思索自己即將看見的事物。

「妳認識這個藝術家嗎？」鄰座的女人悄聲問道。她看上去八十多歲了，白髮抓成了刺蝟頭，儘管打扮得高雅大方，卻難以掩飾她的病色。玟森看見了她骨瘦嶙峋的身形，以及她雙手止不住的顫抖。

「不認識。」在玟森看來，這在技術上也是事實。她曾經認識哥哥，但那已是過去的事了。此時，周遭燈光漸暗。

「我昨晚已經來聽過一次了。」女人又說。「我覺得他真是太優秀了。」

「喔。」玟森說。「那我也很期待他今晚的演出。」

「妳認識這個藝術家嗎？」片刻過後，女人重複了方才的問句，一股憐憫刺入玟森的心。

「認識。」玟森說。周圍掌聲響起，抬頭時，她看見哥哥走上舞臺。保羅比從前瘦削，容顏明顯老了許多，玟森看不出他那套黑西裝與深色細領帶是不是刻意的諷刺，只覺這身打扮令人聯想到了殯葬業者。他朝觀眾一點頭，對鼓掌的眾人露出笑容，玟森認為這是出於發自內心的喜悅。接著，保羅在一架電子琴後方坐了下來，舞臺燈光也逐漸黯淡，直到他身上幾乎沒有照明了。他上方的投影幕亮了起來，白色背景上是黑字標題──「水中的梅莉莎」──而後白色背景化成了一條海岸線。玟森認出了凱耶特那座突堤碼頭邊的海灘，畫面滿是像素顆粒，顏色也過飽和了，水與天藍得過分，水灣中的一座座小島則呈不自然的綠色。起初，保羅的音樂聽上去就只是白噪音，類似切換到兩個電臺之間的無線電廣播。他在電子琴上彈奏一連串的音，數秒後那些音以大提琴音的形式播了出來，他又加上了一段靜靜迂迴游移的鋼琴音，時而操作電子琴、時而操作擺在了譜架上的筆記型電腦，按按鈕與踩踏板使聲音重複循環與扭曲變形，儼然是單獨一人的樂團。白噪音般的背景聲開始搏動，構成穩定的節拍。臺上，銀幕陡然爆發了生機，一群孩童飛奔越過了畫面。玟森從他們的臉看出，他們在大聲笑鬧，不過影片並沒有播出聲音。她記得這段影片，這是失去母親後的第一個夏季，當時她已在溫哥華住了十、十一個月——在姑姑家地下室看電視，消磨了漫長的無數個鐘頭，以及長時間搭公車上學——暑假回家和爸爸相聚。她站在海灘上錄下那群游泳的孩子，也就是凱耶特在一九九五年前後的未成年族群全員：一個她不記得叫什麼名字的小女孩——艾米？安娜？——在水邊停下了腳步，咯咯笑著但不敢下水；年紀稍大的雙胞胎——卡爾與蓋利——在畫面一角到處潑水；玟森的朋友梅莉莎也在，她那時十四歲了，瘦小的模樣卻較近似十二歲女孩。梅莉莎的淺金色頭髮、黃色泳衣，影像的顆粒感與過飽和特性，使她顯得容光煥發。她在水中翻筋斗，浮上水面時哈哈大笑。這段影片的三年過後，她將搬去溫哥華就讀英屬哥倫比亞大學，和玟森同住在市中心東端那間破爛得嚇人的公寓；她將在二十世紀最後一夜和玟森與保羅外出跳舞；十九歲的她將會染上毒癮，退學後回凱耶特和父母同住，努力振作起來；那之後一年，她將作為司機與園藝助理，受僱於凱耶特飯店……然而在影片中，這一切都仍是無法想像的未來，她不過是魚兒般在水中靈巧游動的孩子。音樂有種不停變動的不穩定性，玟森聽得不太舒服，感覺像是噩夢中試圖逃跑雙腳卻動彈不得時的背景音樂，而現在雜音中還多了一些交疊的人聲。

舞臺的投影幕下方，保羅飛快地調整器材的刻度盤，同時用電腦螢幕追蹤影片的進度，不時彈奏電子琴。玟森感覺到了右側的動態，轉頭就見鄰座的女人頭靠在胸前睡著了。玟森悄然起身回到了大廳，此處明亮的燈光、大理石與長椅組成了紮紮實實的現實，令她恨不得如釋重負地落淚，然後她逃到了外頭的冬季寒氣之中。她徒步跨過曼哈頓大橋，一路走到了大中央車站，路上一直試圖穩住心神。對哥哥提告的想法浮上心頭，但她能證明什麼嗎？從玟森小時候起，保羅每年暑假與隔年聖誕節都會去凱耶特，她無法證明那些影片不是保羅自己錄製的。若採取法律行動，想來很難——甚至是不可能——瞞過強納森，而她理應是強納森平靜的避風港，不該捲進任何的風波或摩擦。回格林威治的火車上，她在窗戶上瞥見了自己的倒影，默默闔上雙眼。她明明從十七歲就開始自己繳房租了，怎麼如今卻如此依賴另一個人？當然，這個問題的答案再明顯不過，也令她心生鬱悶：之所以陷入依賴的陷阱，自然是因為依賴他人比獨立生存輕鬆得多。

噩夢

接下來那一週，強納森的工作時間長得讓玟森幾乎沒機會見到他了——算是一點小確幸吧——她只需在很短的時間內故作輕鬆。她讀報想使自己分心，報上卻是接二連三的經濟崩潰事件。她考慮過是否該回布魯克林，在音樂廳後臺門外堵人，但一想到要再一次見到保羅她又覺得噁心。

隔週星期三，玟森連續三晚第三次被噩夢驚醒。此前數週她就睡不安穩了，噩夢則是令她惶惑不安的新麻煩。她確信過去幾晚都是作了同一場夢，卻只依稀留下了下墜的印象，災難將至的預感持續到了白晝。玟森盯著天花板看了好一會兒，身旁的強納森依然熟睡著，然後她終於下了床，摸索著穿上了運動衣——衣服早先被她摺好了放在床邊一張椅子上——又在黑暗中繫好跑步鞋的鞋帶，從廚房門邊的掛鉤上取下她那串鑰匙。這是她愛玩的小遊戲，她總是挑戰自己在不開燈的情況下更衣、出門，享受不被任何人看見的喜悅。

在財富王國裡，維持苗條身材很是重要，但即使不必維持身材，她仍會外出跑步。她喜歡凌晨的市郊，陽光灑落之前，外頭仍保有些許神祕感。此時已是十二月初，不過這一週相對暖和，氣溫一直沒降到零下。她快步走下長車道，經過吉爾與阿妮雅的小屋——窗戶沒透出燈光——走到宅院外頭的死胡同，隔著樹木瞥見了鄰家兩幢大宅的點點燈光。終於走到一條真正的街道，一條真正通往外界的街道時，她慢慢跑了起來。她喜歡社區在黎明前的寂靜，此時其餘人都仍在睡夢中，街道隱藏了許多祕密，兩旁房屋的窗戶也漆黑無光。強納森應該不贊同她在外頭的黑暗中獨自行動，不過這幾條路在玟森心目中並不危險，況且她鑰匙環上還掛了一小瓶防狼噴霧。待她回到宅第時，時間到了凌晨四點，屋外仍一片漆黑。她留了張字條給強納森——他直到五點半才會起床——然後淋浴、穿衣，叫了輛計程車去搭清晨五點鐘的火車。

清晨，火車上其他乘客大多是金融業的瘋子，每個人在各自手機的小螢幕照耀下，眼中閃爍著狂熱的亮光，忙著和不同大陸的聯絡人發送與收取訊息。玟森獨自占了一排座位。一段時間過後，夜色逐漸褪去，為暗影與朦朧晨光讓步，城鎮從一簇簇光點轉變成了屋頂的重重輪廓。保羅怎麼能做那種事——她發現自己仍為此耿耿於懷——他怎能這樣偷盜她的東西？但玟森累得沒力氣順著這條思路想下去，她飄到了介於睡與醒之間的薄暮狀態，看著城鎮出現後又消失在樹林之間，循環往復。火車駛進大中央車站時，她陡然驚醒。

在財富王國的最後一天上午，她到大中央車站左近一間飯店，在飯店的餐廳吃了早餐。她在書店消磨了一個小時，花了些時間在幾間店裡逛逛，又到雀爾喜一間濃縮咖啡吧喝咖啡看報紙。一個奇異的瞬間：她踏出濃縮咖啡吧，溶入一支旅遊團，一群觀光客跟隨高舉著紅雨傘的領隊前行，然後在那短短一瞬間，她在人群中瞥見了母親的身影。儘管只有一閃而過，她卻看得十分真切——及腰的棕色長辮、溺水那天穿的紅色開襟毛衣——隨後人潮湧動，母親的身影消失無蹤。玟森在人行道上站了良久，目送那群遊客走遠。她這是產生幻覺了嗎？她一面穿行灰色城市朝上城走去，一面仔細注意其他瘋癲的跡象，但她沒再看見任何明顯不真實的事物了。冬季的中央公園色彩單調，深色樹木在無色的陰空下滴著水。

她走到大都會博物館門前臺階時，接到了強納森的電話。

「今晚是聖誕派對。」他說。「要不要七點半左右來辦公室，我們一起走過去？」

「七點半正好。」玟森說。「很期待今晚的派對。」其實她完全忘了聖誕派對這回事，她原先打算穿去的洋裝仍掛在格林威治宅第的臥房衣櫃裡，曼哈頓那間備用公寓裡沒有合適的服裝。不過，金錢時代再過幾小時才會終結，所以玟森的處境也算不上危急，她還能在最愛的這幅畫前多逗留一段時間。她先前愛上了湯姆・艾金斯（Thomas Eakins）的《沉思者》（*The Thinker*），那幅巨大的畫中，一名看上去三十多歲的男人身穿深色西裝，雙手插在口袋裡，迷失在了深沉的思緒之中。過去數週，玟森一再回到這一間展廳，站在這幅畫前，不知為何內心深受觸動。母親一定也會喜歡的吧，她心想。

轉身準備離去時，她看見了自己認識的男人。他方才也在欣賞同一幅畫，站在了靠後的位置。

「奧斯卡。」她說。「你是我先生的同事，對吧？」

「我在資產管理部門上班。」他們握了握手。「很高興再見到妳。」

「我知道這是老土的搭訕臺詞，」玟森說道，「不過我是真心想問你，你常來這裡嗎？」

「不常，可以的話我想更常來逛逛的。我大學修過幾門藝術史課程。」他補充道，似是非得為自己的存在提出合理解釋。短暫閒聊後——「希望能在今晚的派對見到你」——兩人分道揚鑣。那本是一次平凡無奇的互動，之所以在玟森腦中留下印象，是因為她首次想到了自己與強納森交往的種種限制。整體而言，她喜歡和強納森交往，沒有太多意見，然而近期她發現自己心中萌生了一個念頭：如果能愛戀上一個人，該有多好。即使沒能愛上一個人，至少和一個真正吸引她、她也不虧欠的人上床，那也是不錯的。她招了輛計程車前往薩克斯高檔百貨公司，花了些時間在明亮奪目的燈光下試衣服，一小時過後，她帶著一條藍色天鵝絨洋裝與黑色漆皮鞋走出了百貨公司。這一天仍有好幾個小時等著她去消磨。別去想保羅——他多半是在某處的工作室裡，忙著作曲搭配從她這裡偷去的影片。她又招了輛計程車，去往下城的金融區，在一間她特別喜愛的咖啡廳逗留一會。她在那間俄羅斯咖啡廳待了兩個鐘頭，一面喝卡布奇諾，一面閱讀《國際先驅論壇報》。

待到下午五點鐘，她已坐立難安，於是收拾了東西踏入室外的雨中。她決定再找一間咖啡廳。可以到中城那一帶，在強納森辦公室附近找個地方待著，以便剛好準時和他會合。然而她走在了進入滾球綠地車站的樓梯間，腦中卻赫然冒出無比真切的信念：如果進了地鐵，她就會死。她對此毫無疑問，這就如她自己的姓名一般無庸置疑。玟森掉頭跌跌撞撞地跑上樓，擠開了反向走來的大群通勤族，迫切想在昏厥前找一張長椅坐下來。她此生還未昏厥過，但想必就是這種感覺了，就是這恐怖的暈頭轉向，彷彿站在了深淵豁口的邊緣。**我該問問母親的。**她心想，緊接著是同樣不理性的：**母親就在地鐵裡等我。**

玟森設法找到了最近的長椅，上氣不接下氣地坐了下來，數分鐘過後才回過神來，想到要撐開雨傘。她感覺在那裡坐了很久，低低舉著雨傘、不讓路人看見她的面容，竭力緩過氣來，竭力遏止自己的哭聲。假如她開始出現恐慌發作的症狀——她未曾有過恐慌發作的經驗，但方才在樓梯間那應該就是了吧——那她的狀態顯然惡化得相當嚴重，自我身心的凝聚力不如從前，各個系統都開始故障了。她很靜、很靜地坐著，直到呼吸和緩下來，聽著雨點打在傘面的滴答聲，看著行人的腿腳來來去去。

口袋裡的手機震動了起來，螢幕上顯示強納森接待員的號碼。「喔，我很好，謝謝。」她回應了對方的問句。「妳呢？」

「那個，聽我說，」接待員沒有回應，而是逕直說了下去，「阿卡提斯先生想問您，能不能稍微提前來辦公室這邊呢？他說這件事十萬火急。」

「當然沒問題。」強納森所謂的十萬火急，大概是想請玟森替他挑選聖誕派對用的領帶吧。「請幫我轉告他，我馬上就來。」

在尖峰時段的曼哈頓，汽車無疑是最差的一種交通工具了，但玟森不願再冒險進入滾球綠地地鐵站，於是她坐上計程車，在壅塞的車陣中亦步亦趨地朝上城方向行駛，陰暗的街道慢動作從旁經過，直到離辦公室一英里處，忍無可忍的她終於選擇下車行走。妳只是太累了。她告訴自己。妳沒出什麼大問題。任誰連續三晚不睡覺，都可能突然恐慌發作的。任誰在經歷了保羅那件事之後，都會有點膽戰心驚的。進了格拉蒂雅大樓滿是鏡面的電梯，她迅速撥開面前的溼髮，儘量不去仔細審視自己濃濃的黑眼圈。電梯門開了，十八樓企業風格的美輪美奐映入了眼簾。

「阿卡提斯夫人，午安。您可以直接進去。」強納森的接待員說道。她名叫席夢。短短數月後，她將成為檢方的關鍵證人。

玫森走進辦公室，就見強納森交扣著雙手坐在辦公桌後方，全然靜止的樣態立刻引起了玫森的注意。他彷彿成了一尊蠟像，一尊強納森．阿卡提斯的蠟像。辦公室裡不只有他們兩人，他女兒克萊兒抱頭癱坐在沙發上，沙發另一頭則坐了一名六十歲上下的男人，他腰間有些軟肉，頭髮漸顯銀白，身上穿著一套昂貴的西裝。

「你好。」玫森說。她想不起男人的名字。

「阿卡提斯太太。」他語調平板。「我是哈維．亞歷山大，妳先生的同事。」

「喔，是了，我們見過面。」玫森和他握了握手。大家這是怎麼了？哈維哭喪著臉，彷彿在出席喪禮。強納森仍緊緊交扣著雙手，玫森此時注意到，他用力得指關節泛白。玫森與克萊兒彼此之間沒有好感，但她們素來維持了禮貌的表象，玫森走近時克萊兒也總會抬起頭或出聲打招呼，不會這麼無視她。

「這是怎麼回事，你們都沒人要告訴我呀？」玫森問道。她儘量維持輕鬆的語氣，因為輕鬆是她的職責之一。

「請關上門。」強納森說。玫森照做了，然而他沒再說下去，他和房裡另外兩人似乎都無法直視她，於是玫森為自己設下了一系列的小任務，暫時從中尋求庇護。她把薩克斯購物袋放在衣帽架旁，脫下外套掛了起來，脫下手套掛在購物袋上，事情都做完後她在其中一張訪客座椅上坐下、翹腳，靜靜等待。所有人沉默不語地坐在辦公室裡，彷彿在演舞臺劇，卻沒有任何人記得下一句臺詞。

「總得有人告訴她的。」克萊兒說，玟森這才駭然發現，克萊兒已淚流滿面。

「告訴我什麼？」

「玟森。」強納森開口，卻似乎無法再說下去了，掌心覆在眼前按了一按。他也哭了嗎？玟森握緊了椅子扶手。

「告訴我。」她說。

「玟森，聽我說，我的企業——不是全部，克萊兒所在的證券經紀公司那部分沒有，不過資產管理部門，它全都……」他又說不下去了。

「你破產了嗎？」玟森近期也仔細追蹤了新聞報導，此時已到二〇〇八年最後數週，股價崩盤、銀行倒閉成了家常便飯。

「豈止是破產！」克萊兒的語音多了分歇斯底里。「他媽的豈止是破產。」

「我們所有人都該注意一點，」哈維說道，「我們今天在這裡說的每一句話，很可能到時都得在法庭上複述出來。」他語音十分平靜，雙眼盯著對面牆上一幅畫，畫中是強納森那艘遊艇。他的神態有種詭異的事不關己。

「直接告訴她就是了。」克萊兒說。

「小心點。」哈維說，語調依舊淡漠。

一段痛苦的沉默過後，強納森選擇以問句開場。「玟森，」他說，「妳知道龐氏騙局是什麼嗎？」

第三部

十、辦公室大合唱／二〇〇八年十二月

一

我們已越過某條界線，這是不爭的事實，不過事後回想起來，那條界線的所在實在很難定義。或者，我們每個人都有著各自不同的界線，或者各自在不同時間點越過了同一條界線。新來的接待員——席夢——甚至對界線的存在一無所知，直到阿卡提斯被捕前一天，也就是二〇〇八年聖誕派對當天，她才恍然認知到了界線的所在。接近中午時，恩利柯走向我們的辦公桌，通知我們：阿卡提斯要所有人一點鐘在十七樓會議室集合。這種事情從未發生過。我們平時只會默默實踐《不成文的協議》，從不談論此事。

阿卡提斯在一點十五分走進會議室，在會議桌前的主位坐了下來，過程中一次也沒對上任何人的視線，然後說道：「我們的資產流動性出了問題。」

會議室的空氣被瞬間抽乾了。

「我安排了向證券經紀公司的借貸。」他說。「我們走倫敦那條管道把錢轉進來，再把電匯紀錄登記為在歐洲交易的獲益。」

「這筆貸款夠嗎？」恩利柯靜靜問道。

「暫時還夠。」

此時有人敲了門，席夢端著咖啡走進會議室。沒有人知道該往何處看才好。席夢才剛來三週而已，並沒有參與《不成文的協議》，但她立即注意到了異狀。會議室內的空氣流竄著某種能量，彷彿雷暴將至。她敢肯定，在自己走進來之前，剛有人說了極為駭人的話。唯有榮恩回應了她的微笑，喬艾只茫然盯著她，奧斯卡則目不轉睛地盯著桌上的便箋本，在席夢看來他似乎雙眼含淚。恩利柯與哈維盯著前方空氣。她進房時阿卡提斯對她點頭打招呼，接著就一直盯著她，直到她離開為止。席夢為所有人倒了咖啡，自行走出會議室、關上房門，卻沒有馬上走遠，而是在走廊上靜靜地等待。感覺房內寂靜了很長一段時間，沉默不自然地無盡延伸。

「聽著，」阿卡提斯終於出聲說道，「我們這裡是做什麼的，在座所有人都再清楚不過。」

事後，我們其中幾人會假裝沒聽過他這句話，不過席夢的證詞符合有聽到這句話那幾人的陳述。假裝沒聽到的人當中，還有幾人假裝不知道界線的存在——「我和阿卡提斯的投資人同樣是受害者。」喬艾對法官說道，然而法官不認同她的觀點，判了她十二年徒刑。光譜的另一個極端是哈維．亞歷山大，他不僅會全心全意承認席夢那份證詞的真實性，甚至還會在罪惡感所致的心醉神迷狀態下，承認一些他未受指控的罪行，涕泗滂沱地坦承自己曾虛報開支、偷竊辦公室用品，困惑不已的調查人員則一面做筆記，一面和聲將話題拉回他們正在調查的犯罪事件上。

不過，對我們這些在會議中聽清了阿卡提斯那句話的人而言——對承認自己聽見了那句話的人而言——那句聲明象徵了最後的越界，或者更確切而言，它象徵了一種時間上的分水嶺。從此刻開始，我們不再能選擇性忽視周遭地貌、假裝自己並非早已越界了。我們這裡是做什麼的，所有人當然都再清楚不過了；我們又不是白痴——榮恩除外。我們理了理面前的文件，或者目不斜視地盯著筆記本，或者盯著空空如也的空氣、幻想著遠走他鄉（奧斯卡），或者凝望窗外、制定了明確且可行的逃亡計畫（恩利柯），或者凝望窗外、想著現在逃去哪都太遲了、還是聽天由命吧（哈維），或者妄想著船到橋頭自然直（喬艾）。

榮恩不解地環顧四周。他經常表現出納悶的模樣，這點我們其他人都注意到了，他似乎當真不曉得我們這裡是做什麼的。事後回想起來，他的態度著實荒謬：我們不就是在搞龐氏騙局嗎？不然他以為我們在幹什麼？當我們內部幾人談論《不成文的協議》時，他難道以為我們在說別的嗎？總之，他就是如此困惑。他默默環顧四周，清了清喉嚨，而後說：「可是，我們倫敦辦公室那邊已經有好多筆交易和獲益了。」

這句話之後的沉默，居然比之前的沉默更加駭人。倫敦辦公室未曾執行過任何一筆交易，因為倫敦辦公室實際上就只有一名員工，一名同時操作五個電子信箱的員工，主要負責將錢款匯到紐約、營造出公司在歐洲進行多筆交易的假象。

「很有道理呢，榮恩。」哈維說。他和善的語音夾雜了難以言喻的哀傷。

會議在幾分鐘後結束了。阿卡提斯在格拉蒂雅大樓的十七樓與十八樓各有一間個人辦公室，會議結束後，他留我們枯坐在十七樓那陰鬱淒涼的小辦公空間，獨自上樓，回到十八樓那截然不同的世界去了。樓上整層都屬於阿卡提斯的企業，是閃閃發光的所在——十八樓的人們確實在從事符合客戶預期的工作，也就是推薦與交易股票等證券。十八樓的員工多達百人，聯邦調查局日後也會得出結論：十八樓的證券經紀公司絲毫未觸犯法規。至於十七樓的我們則沒有替客戶投資金錢，而是在幹見不得光的勾當，這根本上的無序也反映在了辦公空間上。十八樓的無數張玻璃辦公桌整齊對稱地排列在了深銀色地毯上，十七樓則鋪了看不出顏色、年過三十的地毯，牆上油漆斑斑駁駁，桌椅都是二手貨，旁邊還堆著如山高的文件箱。

強納森．阿卡提斯在十八樓踏出電梯時，正巧看見席夢和一名投資者在閒聊。大多數投資人只有在預約後才許進辦公室，尤其是奧莉維亞．柯林斯這等投入資金低於百萬美元的小資客戶，不過阿卡提斯向來很喜愛她。奧莉維亞從前認識他兄長，和數十年前亡去的路卡斯有過幾面之緣。在席夢看來，此時阿卡提斯見到奧莉維亞——七十四歲的她穿了一身黑，只有一條巨大的綠松石色圍巾除外——他明顯地皺起了臉，臉上這才浮現笑容。

「親愛的奧莉維亞，妳好啊。」阿卡提斯用法國人打招呼的方式，虛吻了她兩邊面頰。

「我剛好來你們辦公室附近，就來瞧瞧你了。」奧莉維亞說。

「妳特地來看我，我很高興。來杯咖啡嗎？」

「那就謝謝了。」

席夢泡了咖啡、端進阿卡提斯的辦公室，這時奧莉維亞正在描述某一場畫展——席夢日後如此告訴調查人員——至少，聽上去應該是畫展。面對致命的百無聊賴，席夢喜歡和自己玩些小遊戲：幫忙泡咖啡時，她有時假裝自己在舉行神祕的咖啡儀式，失敗的代價高得嚇人，她必須無比慎重、無比精準地完成儀式的每一個步驟。為阿卡提斯與奧莉維亞倒咖啡時，席夢正忙著執行她的神祕儀式，將托盤正正好擺在桌子中央，將瓷杯正正好擺在杯墊中央，等等等等，然後——她還是頭一回遇到這種事情——阿卡提斯竟舉起一隻手指打斷了奧莉維亞的獨白，直接對席夢下指令：「席夢——奧莉維亞，真的很抱歉打斷了妳，妳說的事情真的非常有趣，我等等還想聽妳詳細說完——席夢，今晚能不能麻煩妳留下來加班，幫我完成一項專案？」

「當然可以。」席夢說，然而走回自己的辦公桌那一路上，她卻感到灰心不已。她相當肯定，她這種受薪僱員領的是死薪水，公司並沒有為她提供加班費，就表示超脫朝九晚五範疇的任何工作都算是無償勞動。幾分鐘過後，奧莉維亞離開了阿卡提斯的辦公室，臉上帶著受傷的神情——她已經習慣了一次與強納森閒聊一小時以上的特殊待遇——辦公室的門在她身後關上。

儘管會議剛在半小時前結束，我們十七樓的所有員工卻已忙得焦頭爛額。哈維進儲物間找了本新的便條本，帶回辦公桌，著手寫下詳盡的供狀；喬艾出了辦公室，繞街區快步走了一圈，卻絲毫未能減緩心中恐慌；恩利柯坐在他的電腦前，買了張飛往墨西哥的單程機票，印出登機證，然後頭也不回地最後一次走出了這間辦公室；榮恩回到自己的座位上，花了些時間看貓咪影片、為別人的臉書貼文點讚，腦中充滿了問號，同時試圖甩脫心中那股莫名的恐懼。奧斯卡花了整整九十分鐘查詢華沙的房地產價格，接著花七分鐘查詢和美國之間無引渡協定的國家，然後又花了二十三分鐘查詢哈薩克的房地產價格——他在哈薩克有幾個親戚——最後他終於登出電腦，走出辦公室，想著要在派對開始前先去別地方——哪裡都好——消磨幾個鐘頭。下午時間才剛過一半，他卻產生了此時被炒也無妨的想法。

朝地鐵站走去的同時，他甚至考慮了自己的說詞：「我確實發現了公司的詐騙行徑，」他想像未來的自己對某個敬佩不已的僱主這麼說，「那同一天，我選擇離開了前公司。換作在從前，我根本不可能直接在上班時間走人，但有時你就是得劃清界線。」不過對奧斯卡而言，早在十一年前，早在他第一次在公司要求下將交易日期修改至更早時，他便已越過了那條界線。「一個人是可能在知情的同時不知情的。」日後在檢方的交叉詢問下，奧斯卡如此回答，結果被檢方用言語大卸八塊。但其實我們當中好幾人都懷有類似的想法，我們花了不少時間思忖這種雙面特質：一個人可以知情卻不知情，正直卻不正直，明知自己不是好人，卻仍試圖在「壞人」的範疇邊緣儘量作個好人。在祕密生活中，我們都願意為真相自我犧牲——即使不肯犧牲性命，那至少願意撥幾通機密電話，在官方的人找上門時試圖擺出詫異的神色；然而在現實生活中，我們是拿了巨額報酬而保持緘默。事後，我們告訴自己：你即使不是大惡人，也可能對某些事情視而不見，甚至是主動參與另外一些事情，畢竟做這些事情的不只你一人，畢竟我們當中沒有任何一人是單獨存在這世上的，不是嗎？你周圍總是存在其他人，我們的薪水與獎金供應了自己與家人的住房、金魚形狀的小餅乾、學費、老人院的費用、奧斯卡母親在華沙那間公寓的抵押貸款，諸如此類。

除此之外，這道方程式還有另一個部分，一個在法庭上不曾被提及，卻也十分相關的部分，那就是當你和同一群人共事一段時間後，向官方舉報非法活動也就等同摧毀你這些朋友的一生。律師都請我們別在出庭作證時提及此事，但這也是事實，我們就是不願害同仁入獄。我們都是共事非常久的朋友了。

然而在會議當天，一切都已經太遲了，我們都將被捕。陷阱將快速捕捉到恩利柯以外的所有人，而恩利柯之所以成功脫身，完全是因為他願意採取最直截了當的手段，趁警方到來前先行離開。還有清白的席夢，她本該對我們的犯罪行為一無所知，待到入夜時卻在十八樓一間會議室忙著用碎紙機銷毀文件。奧莉維亞離開後五分鐘，阿卡提斯便來到了席夢的辦公桌前，請她出去買幾臺碎紙機。

「請問需要幾臺？」

「三臺。」

「我馬上下訂。」她說。

「不行，我們現在就要用了。能麻煩妳跑一趟辦公用品店嗎？」

「可以是可以，但我一個人可能扛不動三臺碎紙機。我可以帶別人一起去嗎？」

阿卡提斯猶豫了。「我跟妳去吧。」他說。「我正好需要出去透透氣。」

太尷尬了，她和大老闆一同站在電梯裡，一同走出辦公大樓來到街上。她的歲數不到老闆一半；他們關心的事物全然不同，也生活在根本上迥異的兩個紐約市；兩人之間沒有任何共同話題。席夢是不是該試著聊幾句？她正想故作輕鬆地提起今日的天氣，就見老闆取出手機，蹙眉盯著螢幕，一面前行一面滑過手機通訊錄。「喬艾，」他說，「能把所有和澤維爾有關的文件箱，搬到十八樓那間小會議室嗎？嗯，B會議室。妳可以叫奧斯卡和榮恩幫忙。嗯，聲明書、信件、備忘錄，全都搬上去。只要是寫了他名字的箱子，就直接搬上去。謝了。」他將手機收回口袋，幾分鐘過後兩人來到了辦公用品店，在刺目的螢光燈下連連眨眼。

在席夢看來，阿卡提斯似乎氣色不佳，不過話又說回來，在這種慘淡的光線下任誰都面有菜色。店內空氣滯悶，疲憊的上班族緩緩走在高聳的鋼鐵貨架之間。阿卡提斯看上去意外地無助，他迷茫地環顧四周，彷彿未曾想過自己桌上那幾枝原子筆是哪裡來的，彷彿未曾想像過世上會有如此大量的便利貼與資料夾。席夢領著他走到碎紙機那一區，他愣愣地盯著架上那幾款機器。

「這臺感覺不錯。」席夢終於開口說道，伸手指著中等價位的型號。

「好。」他說。「可以。」

「同一型的買三臺嗎？」

「我們買四臺吧。」他說，一瞬間又恢復了專注。他們搬了四臺碎紙機到櫃檯，阿卡提斯用現金付帳，然後兩人搬著機器走到戶外的雨中。阿卡提斯走得飛快，席夢只能吃力地跟在後頭。她為今晚的聖誕派對穿上了比平時高一英寸的跟鞋，此時為此後悔不已。進了電梯，他們又一次沉默地並肩站著。

「謝謝妳今晚留下來加班。」來到十八樓時，阿卡提斯說。「妳週五就提前下班吧。」

「好啊，謝謝。」

席夢跟隨他進會議室，只見有人──應該是喬艾──在房裡擺了一堆文件箱，箱子上的標籤全是「澤維爾」。阿卡提斯將微溼的大衣掛在門後，留席夢和其中一臺碎紙機在會議室裡，數分鐘過後又帶著滿滿一箱回收袋回來。這時席夢已將機器插電，開始將文件箱一個個打開了。「弄碎的廢紙可以裝在這些袋子裡。」他說。「等妳這邊做完以後，就直接把廢紙袋留在會議室，到時候讓清潔工來收拾就好。謝謝妳特地留下來。」說罷，他便轉身離去了。

又過幾分鐘，克萊兒．阿卡提斯出現在了會議室門口。席夢開始上班至今還未和克萊兒說過話，甚至是昨天才得知了克萊兒的身分──她昨天終於耐不住好奇，找人問了那個總是不預約就高調進出阿卡提斯的辦公室、一次也沒朝席夢這個方向看的女人究竟是誰。

「嗨，席夢。」克萊兒說。席夢吃了一驚，對方居然知道她的名字。「聽說我父親在這裡……？」

「他剛才還在。」席夢回道。「他的外套還掛在門上，我猜他等等還會回來。」克萊兒正蹙眉盯著那臺碎紙機，以及那幾箱「澤維爾」文件。

「能請問妳在做什麼嗎？」

「是阿卡提斯先生的專案，他想在檔案櫃裡清出一些空間。」

「老天。」克萊兒嘀咕道，剎那間席夢還以為自己被對方侮辱了，然而克萊兒憂心的事情似乎和席夢無關，只見她二話不說便逕自掉頭離開了。十八樓整層都鋪了能吞沒所有足音的地毯，不過在席夢看來，克萊兒似乎走得很快。席夢低頭看向手裡那張紙，這是阿卡提斯給喬艾的一份備忘錄：「Re：L．澤維爾帳戶：我需要為$241,000投資製造$561,000長期資本收益，銷售收入要是$802,000。」備忘錄寫道。席夢盯著它看了片刻，然後將紙摺起，收進了口袋。

克萊兒在父親辦公室找到了他，只見他全然靜止地坐在辦公桌前，雙手抱頭。哈維交扣著雙手坐在沙發上，帶著古怪的小小笑容看向地板。事後，哈維表示自己在此時感到近乎暈眩。這是重大的一天，他知道許多投資人都開始撤資了，他知道那些人的提款請求已然超出了公司所有帳戶的餘額，結局明顯近在眼前了。他一再雙眼泛淚，卻又不時萌生近乎狂熱的喜悅。尚未完成的供狀壓在了辦公桌左上層抽屜一個資料夾下方，他在數十年來首次體會到了自由。他感覺——法庭上，他為自己這種陳腔濫調的形容說了聲抱歉，不過陪審團的各位想必也同意，陳腔濫調會成為陳腔濫調，不是沒有原因的——如釋重負。

克萊兒走進來時，兩人同時抬起頭。

「強納森，」她說，「你的接待員為什麼在會議室裡碎紙？」

「我們只是想在檔案櫃裡清出一些空間而已。」阿卡提斯說。

哈維喉頭發出奇怪的小聲音，彷彿試圖發笑，結果卻喉頭一噎。

「好喔。」克萊兒說，像溺水之人般緊抓著「正常」這個救生圈。「反正，我想問昨天那幾筆轉帳的事。就是證券經紀公司借給資產管理公司的款項。」

他沉默不語。

「四筆貸款。」她接著說道，試圖讓阿卡提斯回想起來，對方卻依然沉默。「聽著，」她又說，「我先說了，我沒有要暗示什麼的意思，但這已經是本季度第八、九、十、十一次借貸了，而且資產管理部門一次也沒有償還之前的貸款，這種事情就是……你要知道，我真的沒有要對你提出任何指控，只是覺得這看上去不太妥當而已。」

「克萊兒，那幾筆轉帳都是常規操作，我們畢竟在拓展倫敦部門的業務。」

「為什麼要做這樣的事？」

「我不懂妳這個問題的意思。」

「我們所有業務都在緊縮狀態。」她說道。「我上週聽到你和恩利柯的對話了，你當時也說你們流失了投資人，投資人數有減無增。」

「克萊兒，妳好像累了。」

「因為我昨晚滿腦子想著這件事，一直睡不著。」

「克萊兒，親愛的，我知道自己在做什麼，不需要妳操心。」

「不，我知道你不需要我操心，我只是在說，這件事給人的觀感，還有時機——」

「是啊。」他說。「觀感。」他默默眨眼。

「爸。」她已經十多年沒這麼稱呼他了。

「我堅持不下去了。」他靜靜地說。「我本以為能彌補虧損的。」

「你給我說清楚，彌補虧損是什麼意思？」

二

為什麼是席夢在銷毀文件呢？阿卡提斯怎會留接待員獨自待在會議室裡，和好幾箱文件同處一室？在審前錄證詞時，阿卡提斯主張自己聽不懂這個問題。哈維則在自己的證詞中提出了個人意見，他認為阿卡提斯在大部分時候都在自欺欺人，這方面向來是做得得心應手，而此時阿卡提斯終於認知到自己逃不過被逮捕的命運了，但他或許仍想保護雷尼．澤維爾——澤維爾是他最重要的投資人，打從一開始就知道這是龐氏騙局，也偶爾會為阿卡提斯供應現金。也許指派席夢銷毀文件，正是因為她不過是無知的接待員，阿卡提斯不認為她能看懂那些文件。那個男人雖然聰明，卻犯了長年位處企業高層的人常犯的錯誤，只將接待員視作辦公室中的擺設，雖不到檔案櫃的等級，但也差不遠了。也許，正因為席夢不僅是辦公室的新人，還是社會上的新鮮人——帶有中城年輕人的圓滑，但畢竟才只二十三歲——阿卡提斯希望能利用她這份天真。阿卡提斯或許認為，她不見得知道老闆請妳留下來加班、幫忙「在檔案櫃裡清出一些空間」，背後很可能潛藏著某種見不得人的祕密。抑或，銷毀文件不過是一種象徵性的行動，我們早已來到了四面楚歌的境地，文件被誰看見都不重要了。

過了無可估算的一段時間，阿卡提斯又回到了B會議室。從席夢上一回見到他至今，他的神態竟發生了天大的變化。他眼裡莫非含著淚？他看上去像個站在了崖邊、走投無路的男人。

「席夢，」他說，「麻煩妳撥一通電話給我太太，跟她說這邊事態緊急，我希望她盡快來和我會合。」

「好的，」她說，「我這就去。」待她走到自己的辦公桌時，阿卡提斯已經回自己辦公室，緊緊關上了門。席夢撥電話給玟森，替老闆傳達了訊息，然後又回B會議室碎紙去了。

當哈維帶著披薩走進來時，席夢有些詫異。此時大約是七點三十分，哈維還未走進會議室，席夢就聞到了披薩的香味。

「妳好勤勞啊！」他歡快地說。「工作到這麼晚。」

「我以為你已經下班了。」

「剛才開會拖了很久。」他說。「後來我出去散步一下，買披薩回來了。」

「你是來監工的嗎？」

「我是來接手的。妳都在這邊忙好幾個鐘頭了，而且妳也拿不到加班費，那太不公平了。而且更要緊的是，再過半小時聖誕派對就要開始了。」他把披薩放在會議桌上。「餓嗎？派對應該也有得吃，但那種小點心是不能取代正餐的。」

席夢確實餓了。她今天已經工作將近十一小時，整個人累壞了，大樓裡乾燥的空氣也令她雙眼微感灼痛。會議室一角有兩張擺成L形的沙發，之間那張小桌几上有一盞檯燈。她方才忙著忙著，決定關了螢光燈、開那盞小燈，柔和的燈光撒在了房裡，令她稍微舒服一些。她下定了決心，等哪天有了更多工作的選項，可以多少控制工作環境時，她絕不會再去滿是螢光燈的地方上班了。她有沒有可能從事戶外工作？好像不太可能——她擁有的技能都只適用於室內工作——但這個想法還是很吸引人。

「妳想吃多少隨便拿，」哈維說道，「吃完就直接去派對那邊吧，我自己留下來完成工作就好。」

「你不去派對嗎？」

「我這個人就愛遲到。」

「我們為什麼要把這些檔案都弄碎啊？」她第一片披薩吃到了一半，是夏威夷口味，鳳梨甜得膩人。

「這是非常合理的疑問。」哈維說。她注視著哈維，對方卻沒有要繼續說下去的意思。

他用餐巾紙擦了擦手，思索片刻，然後又拿了第二片披薩。

「那你不回答嗎？」

「對。」他說。「妳別放在心上。」

「好喔。」

「我去看看其他人要不要吃披薩好了。」他帶著兩盒披薩走出了會議室，席夢吃完手裡那一片之後也走出會議室，收拾放在接待桌邊的外套與包包，然後離開了辦公室。說來奇怪，這天是如此漫長、如此乏味，她一整天都在渴望下班的瞬間，然而終於脫身後，她卻又想回去了。她確信，這裡不久後會發生某種重大的事件。對於辦公室那顆定時炸彈，她感到越發好奇了，只想等著親眼目睹它爆炸。

三

十八樓其餘人出發前往派對會場時，阿卡提斯辦公室的門依然緊閉。十七樓的我們仍在辦公室裡逗留、拖延，只有恩利柯與奧斯卡除外；恩利柯人在甘迺迪國際機場，等著搭上墨西哥航空的班機，奧斯卡則在附近一間酒吧，用手機查詢哈薩克首都阿斯塔納的房價。哈維在會議室B檢視堆積如山的澤維爾檔案。榮恩在廁所裡，試圖擦去領帶上沾到的湯漬。喬艾在漫無目的地滑臉書。但最終，我們齊聚在了離辦公室幾條街的一間餐廳，聚在巧克力鍋旁。假若公司只有我們幾人，只有資產管理部門，那我們才不會辦什麼聖誕派對——事後，我們如此告訴自己——畢竟我們還沒那麼墮落。但公司裡不只我們幾人，我們不過是合法企業當中一個腐敗的部門而已，且聖誕派對是一樁盛事，資產管理部門與證券經紀公司都會出席——是啊，證券經紀公司那些人，就是十八樓那對我們一知半解的百來人。

事後，我們對那場派對的回憶各不相同，也許是酒水無限暢飲所致，當然也可能是因為人們總是事後扭曲回憶，讓事情符合我們各自陳述的故事。我們喝酒聊八卦時，阿卡提斯與他太太到場了，除了榮恩以外我們所有人都深知末日將至，試圖對小托盤上的食物說幾句沒營養的評論，藉此使自己分心，或者偷看同事們的配偶，因為他們不是和我們每日共處的人，因此身上帶有某種奇異的光輝。榮恩的妻子——席拉——眼睛很大，眼神猶如受驚的鹿。喬艾的丈夫——賈瑞斯——身穿尺碼過大的西裝，動作遲緩而無精打采，那張路人臉幾乎讓他成了隱形人。（「他就像黑洞一樣。」奧斯卡對哈維說，語調近乎敬慕。「很適合去當特務。」）哈維的妻子——伊蓮——是個漂亮的女人，卻周身散發出無聲的怨懟，四十分鐘後便以頭痛為藉口離場了。而後阿卡提斯偕同玟森到場，玟森一如既往地將在場所有人的配偶比了下去。我們看著遲到兩小時的他們走進會場：阿卡提斯六十多歲，太太可能將近三十，頂多三十出頭，無疑是大老闆的花瓶妻，身上穿著一襲美得荒唐的藍裙裝。眾人腦中想到幾句沒品的笑話，但無人說出口，只有奧斯卡稍微隱諱地說了句：「你們覺得，他們兩個的忘年之戀年齡差是多少？」他已經比我們其餘人多喝了兩杯。

「什麼年齡差？」賈瑞斯問道。

「這是奧斯卡自己想出來的公式。」喬艾解釋道。「他覺得一對情侶的年齡差，如果大於年輕那一方的年紀，那就可以合理地說他們這段關係算得上變態。」她頂著濃濃的黑眼圈。

「那假設男方六十三歲好了，」奧斯卡說，「女方可能二十七歲——」

「唉，別說了啦。」哈維用最輕快、最若無其事的語調說。他的手寫供狀已經長達八頁了。

「反正，女生應該是滿好的一個人啦。」奧斯卡說，內心有些慚愧。「去年夏天的烤肉會上，我和她聊過幾句。」

「我總覺得她有點稜角。」喬艾說。奧斯卡聽出了她的言下之意——玟森在她心目中是個「鐘點工」——但那也太狂了，除非那就是事實？

「恩利柯不在耶。」奧斯卡說，明顯想轉移話題。事後，所有人一致認同的細節少之又少，不過其中就包括了恩利柯缺席一事。此時此刻，他已在南下的飛機上了。

事後，榮恩對調查人員表示，強納森．阿卡提斯表現得再正常不過：親切、關心地傾聽他人、輕鬆地和員工交談、和房裡所有人處得很愉快。然而，奧斯卡記得，阿卡提斯曾在吧檯前獨坐了幾分鐘，臉上是全然崩潰的神情；奧斯卡後來將他的表情形容為「有點茫然的表情」，但這句形容不夠貼切；感覺更像是死亡悄然潛進了阿卡提斯的身心，奧斯卡當時就是這麼想的，死亡進入了阿卡提斯的身心，透過他的眼睛凝視著這個世界。我們之中，有幾人記得阿卡提斯提前離開了派對會場。「他們好像只待了一個鐘頭左右。」第一次接受聯邦調查局審訊時，喬艾說道。「那晚大家都稱不上高興。」她自己也在不久後離場，哈維則聲稱辦公室那邊有急事得處理，匆匆離去了。若奧斯卡也在，他們還想找他來幫忙——畢竟手邊有四臺碎紙機可用——可是奧斯卡已不知所蹤。

強納森與玟森．阿卡提斯走出會場時，奧斯卡正好站在門邊。他看見玟森被丈夫觸碰後腰時全身一縮，這小小的動作太過私密，以致日後受到審問，第二、第三次說起那場悲慘派對的事時，奧斯卡也不願將那件事說出口。他也沒告訴任何人，他其實悄悄跟著阿卡提斯夫妻溜了出去，一是因為好奇，也是因為他迫切想逃出去。他踏出電梯、回到一樓大廳時，阿卡提斯夫妻正走到了人行道上，一輛黑色汽車在路邊等著他們。阿卡提斯為妻子開了門，她卻搖了搖頭。站在聽力範圍外的奧斯卡默默觀察他們，沒有人發現他的存在。玟森不肯上車。奧斯卡聽見阿卡提斯無比疲倦的聲音：「至少到了打給我，算我求妳了。」玟森卻只哈哈大笑。她掉頭走遠，迎著朔風朝北行。阿卡提斯盯著她的背影片刻，然後上車離去了。

奧斯卡只猶豫瞬間，然後也邁開了腳步，跟隨玟森北行。

四

回辦公室後，哈維將碎紙機與澤維爾文件箱從會議室搬到阿卡提斯的辦公室，反正阿卡提斯以後也用不到這間辦公室了，末日前這幾個鐘頭，總得有人享受這個漂亮的空間。哈維非常喜歡阿卡提斯的辦公室，裡頭所有的櫃子都是深色實木，擺設也都十分昂貴，地上鋪了厚實的地毯，一盞盞小檯燈都做工精緻。今晚，這間辦公室如沙漠綠洲般閃耀，宛如亂世中一汪暖光，而到了九點半，喬艾也搬一臺碎紙機與幾箱資料夾上來，加入了哈維。哈維坐上阿卡提斯的辦公椅，喬艾坐在沙發上，兩人一同銷毀證據。氣氛近乎愜意。

「妳是怎麼跟妳老公解釋的？」工作一小段時間後，哈維出聲問道。他自己是和太太來回傳了幾則語氣越發簡慢的文字訊息。

「你是指深夜加班的部分嗎？就說是工作上有急事。」喬艾先前哭了一會，現在卻有種神遊在外的飄然。哈維不禁好奇，她是不是吃了什麼藥壓抑緊張的情緒？

「好像很籠統呢。」哈維說。他以穩定的節奏將文件餵入碎紙機，卻故意用身體遮擋了喬艾的視線，不讓對方發現每三、四張紙當中會有一張被他保留下來。他決定保留最有助於定罪的那幾張，因為他先前駭然產生了一個完全不理性卻又無比恐怖的想法：要是他認罪了，卻沒人相信他怎麼辦？要是他們把他當成了瘋子呢？

「什麼意思啊？」喬艾問道。

「意思是，妳給他的藉口很模稜兩可。」

「大多數人在找藉口的時候，就是會掉進這個陷阱。」喬艾說道。「他們緊張起來，就會捏造一堆多餘的細節，你一看就知道他們在說謊了。」喬艾會不會也在偷偷保留一部分的文件？哈維看不出來。她不時會停下來掃閱文件，不過她那邊每一份資料似乎都銷毀了——除非她已經將幾份最關鍵的檔案留在了十七樓。

「反正我先生從不過問細節。」喬艾說。哈維從中得出了結論——喬艾的丈夫很可能外遇了——但他決定不和喬艾分享自己的看法。哈維以複雜的手法挪動紙張，看似不經意地一瞥便分離出了最能證明他們罪行的幾分文件，然後讓那幾張紙悄悄落進阿卡提斯辦公桌後方開著的垃圾袋，而沒有將它們放入碎紙機。

「我老婆一定會跟我問細節。」一段時間後，哈維說。「等我回到家，她一定會說：『到底是出了什麼緊急事件，你幹嘛非得在聖誕派對過後回辦公室加班？』」他安靜片刻，調整卡紙的機器。「要不要喝一杯？」

「阿卡提斯有在辦公室放酒嗎？」

「有。」哈維說著，有些辛苦地站起身。他的膝蓋不怎麼舒服。阿卡提斯的工作空間裝了許多看不出內容物的櫃子，哈維花了好一陣子才找到蘇格蘭威士忌，用平底杯替喬艾倒上一杯，自己則拿了阿卡提斯喝咖啡的馬克杯來用。馬克杯的好處在於它不透明，喬艾看不出哈維只為自己倒了少許威士忌，以便保持清醒、救下他們犯罪的證據。

五

此時此刻，奧斯卡站在哥倫布圓環一座大廈內，站在阿卡提斯備用公寓的窗邊，和玟森對飲。他適才等到阿卡提斯坐車離去後，快步追上了玟森；玟森走得很慢，雙手深深插在外套口袋裡，雙眼盯著人行道。

「不好意思。」奧斯卡說。

她看向他。

「奧斯卡。」她勉強擠出微笑。「你怎麼沒穿外套？」

外套被他忘在派對會場了。「被我搞丟了。我可以跟妳一起走嗎？」

「好。」他們默默走了一段路。雨勢漸弱，只剩下毛毛雨了，被打溼的人行道在路燈下閃爍，玟森的外套與頭髮也沾染了微亮的水霧，奧斯卡低頭看自己抱胸的雙手，發現手上也沾了細小的雨珠。他和玟森並肩行走，憑意志力清空腦中一切思想。只想著這一刻就好。他告訴自己。別去想其他的——像是監獄之類的——你只要和這個美麗的女人一起走在這條街上就好。就算她不是你的人，那也不重要。

「妳要去哪？」他終於開口問道。

「哥倫布圓環。」她說。「我們——強納森在中央公園旁有一間備用公寓。要不要上來和我喝一杯？」

「我很樂意。」哥倫布圓環離此還有半英里路，等同越過曼哈頓上城的十個街區，十個街區的夜晚、冰冷細雨與車燈，交通號誌、商店櫥窗與夜裡打烊的小店空白的鐵門，從街上塑膠煙囪冒出的蒸氣被路燈照亮。到了哥倫布圓環，兩座深色玻璃大廈矗立在弦月形購物中心上方，面朝黑暗無光的中央公園。玟森在購物中心入口外停下腳步，注視著圓環中心那圈圍繞著哥倫布雕像、暴露在燈光下的長椅。

「妳還好嗎？」奧斯卡想趁她改變心意前上樓。

「坐在那邊的女人，你看到了嗎？」她指向圓環，在那一瞬間奧斯卡似乎真瞥見了什麼人，某個形影一閃而過，然而那不過是燈光造成的錯覺，是汽車進出圓環時車燈照出的影子罷了。幾張長椅都空無一人。

「我剛剛好像有看到一個人，」他說，「但可能只是某種倒影之類的吧。」

「我一直覺得我看見母親了。」玟森說。

「喔。」奧斯卡說。面對這樣的言論，他不知該如何回應才好。玟森母親住在紐約市嗎？她習慣跟蹤玟森在城裡走動嗎？回應的時刻來了又去了。玟森面無表情地站在購物中心大廳的白光下，在奧斯卡看來卻彷彿禁受著什麼，他不願張口詢問，但玟森當然知情了，怎麼可能不知情，否則派對開始前她怎會在阿卡提斯的辦公室待那麼久，怎會拒絕上車，別去想這個，別去想這個。**我們這裡是做什麼的，在座所有人都再清楚不過。**他們搭電扶梯上到購物中心中層樓，這層樓的商店甚至更精緻、價位更高了。玟森的目光聚焦在中等距離處某個不明的點。

「這邊。」玟森說。奧斯卡似乎多少能理解這個地點的好處了；假如你是坐擁大筆財富又渴望隱私的人，假如你在正常購物時間來到了這裡，也許可以融入購物的人群，然後悄悄溜進通往上層大廳的隱蔽門道，來到這間裝設了優雅照明、鋪了靜音地毯的大廳。這裡有兩名門衛看守，還有個門房，那人對奧斯卡點頭致意，並對玟森打了聲招呼。

「晚安。」玟森說。她是不是有那麼一點口音？奧斯卡從未注意過這點。聽她的口音，她似乎不是土生土長的紐約人。進電梯後，奧斯卡瞄了她一眼——兩人之間的沉默凝聚成了第三者的存在，彷彿有另一個人硬擠到他們中間，占據了這塊空間——然後他注意到，玟森的目光聚焦在電梯按鈕上方的監視器鏡頭。

「這地方一直都這麼安靜嗎？」踏出電梯來到三十七樓時，奧斯卡出聲問道。他們走在寂靜無聲的走廊裡，這裡燈光偏暗，兩旁是一道道沉重的灰門。

「一直都是。」她在其中一扇門前停下腳步，在錢包裡翻找一陣，找出了鑰匙卡，門在柔和的「嗶」聲中解鎖了。「這棟大樓大部分的公寓都沒住人，很多人是為了投資才在這裡買房，一年頂多來個一兩次而已。」

「妳和妳老公為什麼要買這裡的公寓？」

玟森領著他走進一間風格極端現代的公寓，屋內滿是乾淨的線條與銳利的角度，擦拭得晶亮的廚房許是未曾被用來烹飪過。一面從地板延伸至天花板的落地窗外，可見夜晚的中央公園。

「他不是我老公。」玟森脫了鞋子，只穿著絲襪輕聲走進廚房。「至於為什麼買這間公寓，我就老實說了吧，我根本不知道他為什麼買這間公寓，也不知道他買其他任何一件東西的理由。」

「因為他買得起。」奧斯卡提出。他試圖理解玟森方才那第一句話，話語和她手上的婚戒互相矛盾。玟森見他在看，旋轉著戒指將它摘下，然後無比鎮靜地讓它落進廚房垃圾桶。

「大概是。是啊，大概就是因為他買得起吧。」她語調有些平板。「我們這裡只有葡萄酒了。紅酒，還是白酒？」

「紅酒，謝謝。」奧斯卡背對著她站在窗前，看著倒影中的她拿兩杯酒出現在了他身邊。

「乾杯。」她說。「慶祝我們熬過這一天。」

「妳的這一天和我一樣慘嗎？」

「可能更慘。」

「這就難說了。」

她微微一笑。「今天強納森告訴我，他是罪犯。你的這一天過得怎麼樣呢？」

「我……我，呃……」他的這一天過得怎麼樣？我們這裡是做什麼的，在座所有人都再清楚不過。今天，我意識到自己要坐牢了。他想如此告訴玟森，但也許她就是聯邦調查局的線人。是了，或許奧斯卡可以自己向聯邦調查局投誠，這樣就不必動不動懷疑身邊的人是在為調查局辦事，能擺脫這令人疲憊的疑神疑鬼了。但當然，他要向官方投誠，就必須坦承自己的罪狀、接受應得的懲罰，那要是他還有一線生機，要是他有幸隱沒在了大騷動之中，或許調查人員會迅速緝拿阿卡提斯與他的左右手——恩利柯和哈維——不會費力對付我們其餘人了……「不如，」他說，「我們來聊聊今天以外的任何一件事吧。」

玟森笑了笑。「也是個不錯的想法。這個酒實在不怎麼好喝，對不對？」

「我還以為是我自己的問題。」他說。「我喝不太懂葡萄酒。」

「我對葡萄酒懂得太多了，卻一直覺得它不怎麼有趣。」她將酒杯放在咖啡桌上。「那麼。我們都來這裡了。」

「我們都來這裡了。」他感到一絲暈眩。她站得很近很近，她的香水令他迷醉。

六

「理論上，」長時間沉默地銷毀證據後，哈維開口說道，「帶著孩子逃出國也不是不可能吧？」

「你把他們連根拔起，遠離他們所知的一切，還得設法說服配偶同意以免被控誘拐。然後呢？你能帶他們去哪裡？」喬艾暫停了碎紙的動作，啜一口蘇格蘭威士忌。

「去個可以過得舒舒服服的地方。」哈維說。「既然都要逃到國外了，何不去熱帶天堂呢？」

「那怎麼行。」喬艾說。「那算哪門子的童年？」

「有趣的童年啊。『你是在哪裡長大的呢？』『喔，我小時候跟著畏罪潛逃的爸媽，在熱帶天堂長大。』比這悲慘的童年可多了。」

「我們還是別說孩子的事了。」喬艾說。

「聽我說，」哈維說道，希望能讓她稍微安下心，別去想像家人探監的畫面，「我覺得，我們很有可能被緩刑。就算是最壞的情況，那可能也只是戴個電子腳鐐，在家軟禁幾個月罷了。」

「這有點像是靈魂出竅的感覺呢，」一段時間後，喬艾說道，「你說是不是？」

「我沒有靈魂出竅過。」哈維說。話雖如此，他其實能理解喬艾的感受，此刻感覺有些不真實。

「我有。」她說。「我那時已經花了好幾個小時碎紙，喝得越來越醉，越來越醉，一回神就發現自己硬生生無聊到死了，飄在空中看著自己頭頂的頭髮……」

十一點三十分左右，喬艾將最後一張紙餵入她那臺碎紙機，戲劇化地拍了拍手上的灰塵，而後小心翼翼地站起身。「我去樓下辦公室一下。」說完，她轉身緩緩朝電梯的方向走去。後來，哈維在她的十七樓辦公間裡找到了她，只見她蜷身躺在了辦公桌下，正輕聲打呼。哈維幫她蓋上她的大衣，自行回到了阿卡提斯的辦公室。哈維絲毫沒有醉意，不過在這許多個鐘頭過後，大腦幾個區塊似乎自動關機了，他越來越難判別哪些文件該留、哪些該放入碎紙機。紙上的文字逐漸失去意義，字母與數字扭動著離他遠去。

午夜的冬季都市裡，哈維獨坐在自己的辦公室裡，身旁擺著十箱足以將他們定罪的文書證據。他將箱子編號了，他決定晚點再全數過目一次，確認自己保留了哪些文件，也許還能在供狀中加入幾條註腳：見第一箱的職員備忘錄、相關通訊紀錄請見第二箱，等等等等。問題是，設互見索引會花費不少時間吧？可能太費時了。他可能沒這麼多時間了。儘管疲憊，哈維卻也感到周身輕盈。不然請席夢幫忙好了。哈維一面想，一面走出辦公大樓。不對，還是別找席夢好了，她還是公司裡的新人，還未培養對任何人的忠誠。要是請她幫忙，搞不好索引還未建完，席夢就會直接報警了。哈維招了臺計程車，隔窗看著街景一幕幕掠過：路燈與深夜溜狗的人，高樓大廈的陡峭高牆，騎著腳踏車、龍頭握把上掛著一袋袋熱食的外送員，三五成群的年輕人，成雙成對、手牽著手的年輕人。今晚，他深深感受到了對這座城市的喜愛，他愛它的壯麗，愛它的漠不關心。他倏然驚醒，就見計程車司機透過隔窗盯著他。「醒醒啊朋友，醒醒，你到家了。」

凌晨兩點鐘：

哈維在自家各個房間裡來回踱步，努力將所有細節烙印在腦海中。他愛他的家，希望未來入獄後，還能夠在腦中回到這個家，在幻想中穿行一個個房間。

席夢和室友們在布魯克林喝葡萄酒。她們三人同住在一間兩房公寓裡，所以租屋處沒有客廳，想和室友聊聊時只能圍坐在廚房餐桌邊。今晚之所以熬夜喝酒，是因為年紀最小的室友——琳奈特——在餐廳當服務生，結果被餐廳主廚的鹹豬手摸了一把，哭哭啼啼地回了家。聊著聊著，話題轉換到了其他工作上，席夢正好拿阿卡提斯辦公室裡氣氛陰鬱這件事出來分享。「聽起來超可疑的耶。」琳奈特說。「妳確定他們是這麼說的嗎？」「『我們這裡是做什麼的，在座所有人都再清楚不過。』」席夢一面重複這句話，一面替室友們添酒。「可是我跟妳們說，那時候不只是這句話，整個辦公室的氣氛都不對，感覺像是我進去之前剛發生了什麼事，大家都一副苦哈哈的樣子……」

格拉蒂雅大樓內，喬艾在辦公桌下熟睡著。

奧斯卡也熟睡著，只不過是一絲不掛地躺在玟森身旁。

恩利柯坐在南行的飛機上，盯著螢幕上的電影，卻什麼也沒看進去、什麼也沒聽進去。他試著想像自己的下一段人生，思緒卻一再飄往被他留在了紐約的女友露西亞。他很後悔沒在離開前意識到自己真心愛她。

強納森・阿卡提斯坐在家中書房的辦公桌前，書寫給女兒的一封信。親愛的克萊兒——這是信的開頭，但他不知接下來該怎麼寫，已經盯著前方空氣愣了好一段時間。

七

凌晨三點，奧斯卡在阿卡提斯的備用公寓裡醒轉，只覺口乾舌燥。身旁的玟森依然熟睡，呼吸的聲音輕輕的，秀髮在房裡的微光下宛若一汪墨水。

他不確定該如何是好。趁夜偷偷溜走感覺實在低俗，但反過來想，他若是留下，明早又會是什麼樣呢？他不知在哪裡看過這種說法：聯邦調查局喜歡凌晨四、五點逮捕人，因為理論上此時嫌犯都睡眼惺忪、衣冠不整，處於最不危險的狀態。從各種跡象判斷，《不成文的協議》正在土崩瓦解，他可能在數小時內被捕，那既然要被逮捕，還是別在阿卡提斯的公寓裡被捕好了，這樣至少能為所有人留點臉面。他起身下床，儘量安靜地穿上衣服。

奧斯卡踏出臥房、進入客廳時，一瞬間被亮得睜不開眼。他和玟森先前急著進房間，外頭的燈全都沒關，公寓裡亮得刺眼，猶若活動式投射燈與各種鏡面拼湊而成的噩夢。他遮眼在原地站了片刻，適應客廳的亮度，終於看清客廳內的景象時，第一個映入眼簾的就是那幅畫。奧斯卡之前沒認真看畫，不過它尺寸很大，可能有足足五乘六英尺，就掛在廚房旁的牆壁上還打了燈，是個年輕男人的肖像。男人坐在一張紅椅上，只穿著牛仔褲與軍靴，看上去過分蒼白、過分瘦削。畫像不知為何令人發毛，片刻後奧斯卡才有意識地注意到了男人左手臂幾道淡淡的瘀青、沿著靜脈成形的陰影。奧斯卡湊近一些，試圖讀懂畫像右下角的簽名，結果還真的讀懂了：奧莉維亞．柯林斯。

他認得這個姓名。哈維曾指示他為這位客戶操作出高於平常的報酬率，因為阿卡提斯喜歡她。此前，奧斯卡一直小心翼翼地避免相關的想法。他們其中一些投資者是公家機構，一些是主權財富基金，也有慈善基金與退休基金、工會與學校，另外還有一些富裕得離譜的個別戶——即使在這座城市住了這麼多年，即使站在高空中這間全球數一數二昂貴的社區之一，奧斯卡也幾乎無法想像那等人的富裕程度。然而，他們的客戶也包含奧莉維亞．柯林斯這等人，或許是因緣際會得到了一小筆財富的人，或許是一輩子開源節流存了一筆錢的人。強納森．阿卡提斯當然會將奧莉維亞．柯林斯的一幅畫掛在備用公寓了；據奧斯卡瞭解，她是阿卡提斯的故友。事實上，她並不是即將失去一切，而是早已失去了一切，只是至今仍不明白真相而已。奧斯卡含淚逃出了那間公寓。

八

凌晨四點鐘，辦公桌下的喬艾醒了過來，房內一片漆黑。我被拋棄了。她心想。她知道自己仍處於醉酒狀態，因為僅僅是這個念頭，便使最純粹的悲傷排山倒海襲來。但這時，她發現有人幫她蓋上了大衣，這簡單的舉動令她感動得熱淚盈眶。辦公桌下，蓋著大衣的她十分溫暖，於是她闔上雙眼，飄回到夢鄉。

九

凌晨四點三十分，阿卡提斯被門鈴聲驚醒。

十

此時奧斯卡回到了自己家，清醒著躺在自己的床上，盯著穿透玻璃磚窗映在臥室牆上的斑駁光影。他回想起最初，一段自己與哈維之間的對話，一段可以如電影般在腦中重播的對話。其實也不是真正的最初——在那最初的最初，他在面試中努力說明自己雖成績不佳、大學輟學，也沒什麼工作經驗，阿卡提斯還是應該錄用他。不對，他回想起的是另一個最初，是他真正瞭解這份工作的最初。從哈維走進他辦公室、請他將一筆交易紀錄的日期改得較早那一天，至今已過了十年。

「把日期改得較早。」奧斯卡重複道。「你的意思是，要我帳目造假？」

「他是我們最大的投資人。」哈維說，彷彿這就足以說明此次請求的緣由。

「我知道。」奧斯卡說，用語調傳達了這份說明的無用。那位投資者——雷尼．澤維爾——在阿卡提斯這邊的帳戶裡，存有足足三十億美元。

「他也對我們提出了要求，往後他的帳戶不能出現任何虧損。」哈維的語音是如此平靜，但實際上他想必是汗流浹背。「奧斯卡，你是個聰明人，到現在應該也看出一些端倪了吧。」

「我……」他是看出了些端倪沒錯。這裡有一些不合理的事情，還有一些他刻意忽略的事情，因為他的薪資高得荒唐，而且他還能獨占一間小辦公室。

「差點忘了，」哈維說，「這是你的聖誕節獎金。」收買他的意圖，還能比這更明顯嗎？奧斯卡為對方，也為自己感到羞恥。哈維隔著辦公桌遞來的信封裡裝著一張支票，金額令奧斯卡不由自主地倒抽一口氣。

「你現在是信任等級較高的員工了，」哈維說道，「獎金當然也會跟著上調。你去看看澤維爾過去一個月的帳戶對帳單，把我們和他之間的往來信件讀過一遍，然後把那筆交易的日期往前修改，再去給自己買一艘船之類的。」

「一艘船。」奧斯卡心不在焉地呢喃，目光仍離不開手裡的支票。

「或是去度假，你看上去一副很久沒晒太陽的樣子。」哈維有些吃力地站起身，即使在當時，在末日來臨前那許多年，哈維身上已有一股難以言明的沉重感。奧斯卡目送他走出辦公室，然後轉頭看向雷尼．澤維爾的檔案。

帳戶對帳單：二十九點二億美元。

書信：澤維爾給阿卡提斯的一封信，要求提取兩億美元。阿卡提斯給澤維爾的一封信，確認對方成功提領了一億兩千六百萬美元。來自澤維爾的第二封信，確認收到了一億兩千六百萬美元。

這也算是證實了奧斯卡近來的猜疑，事情只有兩種解釋：一是，澤維爾與阿卡提斯之間有過無紀錄的溝通，澤維爾在過程中改變心意，決定只提領一億兩千六百萬元，阿卡提斯也照他的意思做了。或者，阿卡提斯少給了他錢，**因為帳戶中的錢不足以支付澤維爾所需的兩億美元**，而為了回報澤維爾保持緘默的這份恩情，從今以後澤維爾的帳戶將不會出現任何虧損，因此才須修改交易日期，天啊天啊天啊。

近期，奧斯卡越來越常幻想某個虛妄版本的人生，那個版本的自己直接關上了辦公室的門，撥了通電話給聯邦調查局。

然而在現實生活中，他並沒有致電任何人。他恍恍惚惚地走出辦公室，待他來到街角時，才意識到自己故作震驚也毫無意義，他對接下來會發生的事心知肚明。他會將支票存入個人帳戶，因為此時的他已經是共犯，從好一陣子以前就是局內人了。「這你早就知道了。」他聽見自己的喃喃自語。「哪有什麼好驚訝的。你明明就知道自己是什麼貨色。」

十一、冬

一

最後一場聖誕派對隔日，格拉蒂雅大樓裡的時間流速發生了變化，開始忽快忽慢。

在奧斯卡眼裡，一個個鐘頭迅速相撞、交疊，他感覺自己時時刻刻處於動態，即使坐在辦公桌前也感到暈頭轉向。該留下，還是逃跑？他或許還有時間逃到海外，但隨著時間一小時一小時流逝，他的立場逐漸變得難以撼動了。咖啡的效果不如預期，事後回想起來，這一天成了片片斷斷的幾個畫面。剛過中午不久，他行經哈維的辦公室，看見對方在便籤本上飛速書寫著。奧斯卡瞥見密密麻麻的字跡，行與行之間不留任何空白。

「你在寫什麼啊？」

「喔。」哈維應了聲，瞥一眼滿頁的文字，彷彿這才注意到了便籤本的存在。你說這個無聊的小東西啊？「沒什麼。」他又埋頭寫了起來，奧斯卡走去用影印機，卻見喬艾完全靜止地站在機器旁，注視著前方的虛無。奧斯卡默默別過頭，改到十八樓借用他們的影印機了。十八樓照常熱鬧繁忙，這裡的世界明亮許多，這裡的所有人也都將平安無事，不是嗎？假如證券經紀公司都是合法營業——據他概括性的瞭解，阿卡提斯的證卷經紀公司確實沒有不法行為——那麼他們無須為自身擔憂。他心想，假若自己是好人，那就會為他們感到高興，而不會心生怨恨了。一想到《不成文的協議》那龐大的規模，他不由得呼吸一滯。奧斯卡向來喜歡十七樓的神祕感，喜歡自己身為圈內人，從事只存在社會邊界之外的事業，甚至是存在於現實的邊界之外——從大宇宙的角度看來，一筆實際發生的交易，和奧斯卡整理得漂漂亮亮的對帳單上一筆看似發生過的交易，當真有任何差別嗎？然而，樓上這些人卻是在從事清清白白的工作，在他們心目中，和朋友用餐時刷公司的美國運通卡就已經稱得上「違法」了，奧斯卡是打從心底渴望成為他們的一員。

經過阿卡提斯的辦公室時，只見門開著，阿卡提斯卻不在房內。兩名穿深色西裝的男子正看著他桌上的某樣東西，兩人的外套都隨意丟在了其中一張訪客椅的椅背上。其中一人在講手機，聲音太小了，奧斯卡沒聽見他的話語。席夢坐在辦公室外的接待桌後方，觀察他們的舉動。

「那兩個人是誰啊？」奧斯卡問道。

她示意奧斯卡靠近說話。「阿卡提斯今天早上被逮捕了。」她輕聲說，口氣帶有口香糖的薄荷味。

奧斯卡抓住了接待桌邊緣。「為什麼？」他迫使自己開口詢問。

「他們說是證券詐欺。你知道嗎，」她又說，「他昨天還叫我銷毀了一堆文件呢。」

「什麼樣的……？」奧斯卡感到呼吸困難，對方卻像是沒注意到異常。

「一些帳戶對帳單。」席夢說。「備忘錄、信件之類的。看到警察來了，我才終於明白了過來。等等喔。」她說。她的電話響了。「這裡是強納森·阿卡提斯的辦公室。」她皺眉聽對方說話。「不，當然不是了，我也是現在才知道。」她猛吸了口氣，將話筒拿到離臉遠一些的位置。一通新的電話撥了進來，然後又一通，幾支分機的燈都亮了起來。「他罵我婊子，然後就掛斷了。」她對奧斯卡說，然後接起第二通電話，空出來的第一分機立刻又響了起來。「這裡是強納森．阿卡提斯的辦公室。」她說，然後是，「我和您同樣不瞭解狀況，我們——我也是剛剛才聽說的。我知道。我——」她微微一縮，輕輕將話筒放回電話座。此時六支分機的顯示燈全都亮了起來，各種不同的鈴聲前仆後繼。

「別再接電話了。」奧斯卡說。「妳不該被這樣為難的。」

「事情應該被新聞報出來了吧。」席夢伸手拔出電話機後頭的電話線，兩人在寂靜中對視著。

「我得走了。」奧斯卡說。他回十七樓拿了外套就走，此時他已急躁得不願站在原處等電梯了，於是選擇走樓梯。他走得很快，雖不到跑步的速度但也比走路稍快了，結果險些被平伸著雙腿坐在十二樓樓梯間的喬艾絆倒。喬艾閉著雙眼。

「妳死了嗎？」奧斯卡問。

「可能吧。」喬艾的語音無比沉重。

「妳還好嗎？」

「你這是認真在發問嗎？」

「我想問的是，妳是單純坐下來休息一下，」奧斯卡說，「還是心臟病發作了之類的？」

「我覺得應該不是心臟病。」

「那如果我把妳留在這裡，自己走人，妳會跑去從某一座橋上跳下來嗎？」

「他被逮捕了。」喬艾說。

「嗯。」

「我先生就算到現在還沒看到新聞，那也快了。到時他會對我說：『天啊，妳真相信他會做那種事嗎？』然後我只能對他撒謊，但他也不是白痴，根本不可能信我的謊話。不然我只能對他說：『是啊，親愛的，我還真相信。』」

奧斯卡沉默不語。

「你有沒有想過，我們為什麼會被選中？」喬艾問道。「為什麼被選去十七樓？」她仍未睜開雙眼。奧斯卡突然想到，也許她已經成了聯邦調查局的人，此時此刻或許正在錄音。一個家中有幼子的母親，不是會窮盡全力避免入獄嗎？

「應該說，」喬艾說，「我想問的是——也想聽聽你對這個問題的看法——他當初怎麼知道我們會做這些？難道任何人拿到夠多的錢之後，都會做出這種事來嗎？還是說，我們這幾個人有某種共同的特點？他是不是有天看到我，心裡就想著：*那個女人似乎缺乏道德良知，那正適合參與這場——*」

「我該走了。」奧斯卡說。「我身體不太舒服。」他跨過喬艾雙腿逃下了樓，小跑步下了一道又一道階梯。大廈的樓梯總像是噩夢般的鬼打牆，他一再繞圈往下走，經過了一再重複的門扉與樓梯間平臺。終於從一扇側門來到一樓大廳時，奧斯卡發現身邊聚集了一小群人，在場至少二十人正試圖說服警衛放他們上樓。他腹中一揪。這些是阿卡提斯的投資人。其中幾人毫不避忌地哭泣，其他人則和警衛爭論不休，警衛們自己也組成了小群體，每個人都面露困惑與苦惱。

「請聽我說，」一名警衛說道，「我很同情你們的遭遇，但我們不能隨便放人——」

「你。」一個女人瞥見了奧斯卡。「你是哪間公司的員工？」

「建達。」奧斯卡回答。這是他想得到的第一間公司。

「我怎麼沒聽說建達在這裡設了辦公室。」人群中有人說道，但奧斯卡已經走到了人行道上，而人行道上也逐漸形成了第二批人群：新聞採訪車停在了路邊、阻塞了交通，一些人舉著閃光燈刺眼得嚇人的電視攝影機，記者們見到任何人走出那幢大樓都會一擁而上。

「你是強納森．阿卡提斯的員工嗎？」有人問道。

「你說誰？」奧斯卡說。「老天，不是，我當然不是了。」

二

奧斯卡在離開的路上與奧莉維亞．柯林斯擦肩而過，但由於她未曾去過十七樓——阿卡提斯和外人見面都是在十八樓——她並沒有認出奧斯卡。她和其他投資者一同站在一樓大廳，努力想理解這變調的世界。她已在此站了好一段時間，眼前的景象——泣不成聲的投資人、舉著攝影機的人們、停滿了外頭馬路的新聞車——感覺像是一場噩夢。

數小時前，本在睡午覺的她被電話鈴聲吵醒。「莫妮卡，對不起，」困惑的片刻過後，她出聲說道，「我才剛睡醒，不是很懂……」她蹙眉靜了下來，試圖理解姊姊的言語。「莫妮卡，」她說，「妳在哭嗎？」奧莉維亞原本坐在床緣，看著她深愛的這間小公寓，這間主要用她投資阿卡提斯那支基金的收益租來的公寓……但莫妮卡似乎想告訴她，阿卡提斯從一開始就沒做過任何投資，這整件事在根本上就不合理啊。奧莉維亞緩緩站起身——有時太快起立會造成暈眩——在亂七八糟的衣櫃裡翻找出防水靴、她總想著要用掛鉤掛起來卻總是亂丟的小提包、她的冬季外套。「莫妮卡，」她打斷話說到一半的姊姊，「我這就去他的辦公室，看能不能問清楚現在的情況。晚點回電給妳。」

上了計程車，她塗上鮮豔的口紅，並繫上一條絲布頭巾，希望能讓自己感到更加堅定。她本想設法進入強納森的公司，隨便找一個人——任誰都好——來問問現在是什麼狀況，但奧莉維亞絕不是第一個想到要這麼做的人。格拉蒂雅大樓大廳裡聚集了一群人。「那是我存了一輩子的錢啊，」其中一個男人對警衛吶喊，「你們至少要讓我去找人問一句，那可是我一輩子——」然而在場四名警衛成排擋在了十字轉門前，似乎無意放任何人入內。奧莉維亞站在大門邊，見到群眾怒勢洶洶，她只感到驚疑不定。

「你聽不懂人話嗎？」一名男子對著在奧莉維亞看來還很年輕稚嫩的警衛說話，不過話說回來，這年頭大多數人在她眼裡都顯得十分年輕。「我全部的錢都被偷了。」

「先生，我明白，可——」

「請妳冷靜。」另一名警衛對湊到了他面前的女人說。

「我不要冷靜。」女人說。「誰都不准叫我冷靜。」

「這位女士，我很同情妳，但是——」

「但是什麼？但是什麼？」

「不然妳說，我還能怎麼辦？難道要讓憤怒的人群衝上十八樓嗎？」警衛滿頭大汗。

「我只是在做自己份內的工作而已。我是在做我份內的工作。請妳別靠近我。」

那個女人撤退的同時，奧莉維亞走上前。「我是阿卡提斯先生的朋友。」她說。

「那就打電話叫樓上派人來接妳。」警衛說。

她撥了阿卡提斯的號碼，打了一次又一次，卻無人接聽。那群懦夫。她想像他們躲在重重緊鎖的門內，聽著電話鈴聲響不停，卻什麼都不做。奧莉維亞沒有其他人的分機號碼。她在大廳裡待了很久，和其他人一起焦急地兜圈踱步，和其他人開啟與結束對話。起初，和這些同樣被搶了錢、同樣震驚不已的人待在一起，她感到些許安慰，但一段時間過後，她再也無法忍受悲傷與惱怒的瘴氣，於是招了計程車——她看著錶上數字連連往上跳，赫然意識到這將是她近期內最後一次搭計程車了——回到上城那間小小的公寓。

經歷過格拉蒂雅大樓大廳的混亂後，她的家感覺萬分寧靜。奧莉維亞帶上前門，靜靜站了一會兒。她將鑰匙放在廚房桌上，坐了下來，一面喝水一面試圖調整心態、接受當前的世界。費一番力氣翻翻找找後，她挖出了最近一期的銀行對帳單，仔細研究了起來。在此之前，她的收入來源有兩個——阿卡提斯的投資基金，以及社會保障的補助金。她看著那些數字，統整出了結論：假如她小心節約，那餘下的錢還夠她在家中住兩個月。

三

黑幕從紐約上空降臨，拉斯維加斯卻才下午三點而已。曾萬般不幸地在凱耶特飯店酒吧遇見阿卡提斯的航運業經理——里昂．皮凡——困在了一場陽壽已盡卻不肯嚥氣的冗長會議中，久久無法脫身。口袋裡的手機震動了起來。「很抱歉，」里昂對其他與會者說，「有人有急事找我。」雖然那很可能不是急事。離開會議室的同時，他意識到了自己的錯誤。里昂從十五年前便每年來參加這例行的討論會，名牌掛繩上也仍印著公司名稱，但如今他是以顧問的身分與會，而目前這份顧問合約將在下個月到期。他上司接獲的指令是，「在前景變得明朗之前」暫停簽新的顧問合約，問題是前景何時才會變得明朗呢？里昂已在兩年前企業併購時被解僱，現在到了二〇〇八年年底，跨洋航行的貨船只裝載了最高容量一半以下的貨物，包租貨船的價格也降到了前一年的三分之一。航運業的前景——或說是海景——烏雲密布，不見光明。換言之，現在當真不適合在會議中途突然落跑，即使是早在二十分鐘前就該結束的殭屍會議也不行。來電顯示是他的會計師，無論她找里昂有什麼事情，想來都能再等一會，於是他放任這通電話轉到語音信箱，緩緩從一數到五，然後一面道歉一面回到會議室。

「一切都好嗎？」他上司——丹伯修——仍皺眉盯著里昂方才交給他的報告。

「都好，謝謝。既然各位都看過這些數字了——」他本希望眾人簡單瞥過報告中的數字之後，會同意晚點再進一步討論，沒想到這場會議還成不死之身了。

「是啊，我們看過了。」丹伯修說道。「很不幸，簡直是一場血戰呢。」

「這個，如各位所見，我們現在面對的是十分顯著的產能過剩問題。」

「這絕對是本世紀最委婉的一句話了。」某人說。

「遇到這個問題的明顯不只我們，我今早和CMA那邊一位朋友聊了一會。說來有趣，他們現在有幾艘船直接泊在了馬來西亞沿岸。」

「就停泊在那裡，都沒有動靜？」米蘭達曾是里昂在多倫多時的資淺同僚，後來又在紐約辦公室共事——那是里昂在人事變動中轉為顧問身分之前幾年的事了。而現在，米蘭達擁有里昂曾經的職位、辦公室與電話分機，倒是薪資不如他從前那樣高。

「目前是這樣沒錯，他們也在等這一波過去。」

「這也是個有趣的想法。」丹伯修說。「這裡的『有趣』，意思是『幾個壞選項當中最不壞的那一項』。」

「那我們不是把好幾艘船組成了幽靈船隊嗎？」這次發言的是丹尼爾·朴，他先前和里昂在多倫多辦公室共事過，現在則成了亞洲營運總監。「我們直接把幾艘比較老的貨船報廢了，不是比較簡單嗎？」

「那感覺是在用永久性的方法，解決暫時性的問題。」米蘭達說。

「但這波衰退，」朴說，「這波混亂，不管你們想怎麼稱呼它——」

「『這個持續不穩定的時期』。」在場其中一個歐洲人用諷刺語氣說道，引用了今早主題演講的一句話。他是相對資淺的德國人，里昂不記得他的姓名了。

「是，反正不論我們怎麼委婉地稱呼它，現在這個局面還可能持續好幾年。我們真要下這個人事成本，請人在馬來西亞岸邊一整批無用武之地的船上工作好幾年嗎？」

「船員人數當然不會多。」里昂說。「就只是能維護船隻的最精簡團隊而已。」

「假如要這麼做，那不如設置時限吧。」德國人說。韋廉——里昂想起來了，他名叫韋廉，但姓氏又是什麼呢？里昂心下惴惴，他從前可是能將公司所有高層幹部的姓名倒背如流的。「我們可以現在把船停在馬來西亞附近，然後在一兩年時限到了以後，再重新考慮這個問題，倒時如果還是不需要那些船，那就把它們報廢。」

「我覺得這項提案很合理。」丹伯修說。「有人有其他想法或異議嗎？」

「還有那兩艘新的巴拿馬型貨船，我們還沒討論到這個議題。」米蘭達說道。眾人不約而同嘆了口氣。公司曾在失樂園般的二〇〇五年委託人建了兩艘新船，畢竟當時航運市場上的需求量似乎永無止盡，現有的貨船都快應付不過來了。那兩艘船簽了約、付了款，從動工至今已過兩年半了，如今卻成了最奢侈、最不必要的多餘產能，將在六個月內從南韓船廠到貨。

「我覺得，它們就直接加入幽靈船隊吧。」丹伯修瞧了眼手錶。「各位男士、米蘭達，我們時間恐怕不夠用了，明天再接著討論吧。韋廉，能拜託你幫我們弄一份分析報告嗎……」

會議終於結束了，房內眾人分散成了一個個小群體，或者匆匆趕往已經開始的下一場會議了。里昂和丹尼爾並肩走出會場。「你打算去經濟展望座談會嗎？」丹尼爾問道。

「應該會跳過吧。我這四個月成天泡在經濟展望議題裡，都快泡爛了。」

「我也是同病相憐。」走廊氣溫比會議室低好幾度，拉斯維加斯朔風般的冷氣直吹而來。兩名年輕的飯店員工忙著清空咖啡與糕點桌上用過的馬克杯。「我去打個電話給我太太。」丹尼爾說。「晚餐見？」

「我很期待。」

能暫時遠離其他人，不去聽他們關於經濟崩潰的那幾句單調言論，不必被人拉著歇斯底里地談論包租貨船事業的前程，感覺真好。里昂為自己倒了杯榛果咖啡，踏進飯店中庭。

米蘭達方才較早離開會議室，此時坐在離里昂一小段距離的工業風沙發上，低著頭在便條本上寫字。不對，不是寫字，她是在素描——本子的角度偏離里昂，但他一面走近一面稍有興致地觀察著米蘭達手腕的動作。米蘭達剛進公司時是里昂身邊的行政助理，而多年後的今天，那悠遠的過往似成了不可思議的傳聞。他清了清喉嚨，米蘭達將掀開的紙頁翻回來，把便條本放在大理石咖啡桌上，不讓里昂看見她的圖畫。同樣的動作，米蘭達已在他面前做過至少百來次了，里昂也一如往常地刻意不去問。他這個人十分重視隱私。

「你也不去經濟展望座談會了啊。」米蘭達說。

「這整場討論會就等同經濟展望座談會了。我想了想，覺得還是咖啡更要緊些。」

「我喜歡你對事情先後緩急的看法。對了，你提出的想法很有趣——就是把船停泊在馬來西亞沿岸的想法。」

「抱歉，我們能不能聊些經濟衰退以外的話題？什麼都好。」他說。

「完全沒問題。我在思考要不要隨便編個藉口，明天提早離開。」

「怎麼，妳不享受這種幾乎壓抑不住的恐慌氛圍嗎？」

「災難這種東西有點枯燥乏味呢。」米蘭達說。「你說是不是？你看，一開始都很戲劇化：『天啊，經濟要崩潰了，我的銀行發生擠兌事件，結果一個週末過去那間銀行就不存在了，被摩根大通集團給併購了。』但相同的事件一再上演，經濟每週都在崩潰，然後到了某一步田地……」

「我懂。」里昂說。「我個人最討厭眾人對這些事件的驚訝，每次和別人交談，對方似乎都在為產業衰退的事震驚。」

「是啊。跟你說個真實故事，今天我們一個同事把我拉到一邊——我就不說他是誰了——對我說：『我真的沒法相信我們的產業會變成這副德性。妳說呢？』面對這些人，我是真的想耐心溝通，我是說真的，但我不得不這麼問他：到底是哪一部分讓你沒法相信了？我們把事情拆分成小塊，一一來討論吧。你沒法相信的，究竟是什麼？你是不相信經濟崩潰時，沒人想買東西嗎？還是不相信沒人要運送那些沒人想買的商品？」

「是啊，都是些可預期的結果。」這時，里昂想起剛才會計師來過電話，他心不在焉地瞥了眼手機。她十分鐘前又打了通電話過來。「抱歉，」他說，「我可能得回個電話。」

「如果晚餐時間沒見到我，就表示我成功逃脫了。」

「我會在心裡幫妳喊加油的。」他邊說邊起身，慢步走向了中庭的玻璃牆，走向即將把他的人生俐落切割為「之前」與「之後」的那通電話。

「我猜你還沒聽到消息，」會計師說，「否則早就主動打給我了。」

「什麼消息？出什麼事了？」

「你沒聽說嗎？」

「答案不是很明顯嗎。」他向來不喜歡這位會計師。有點像機器人，記得當初請米蘭達推薦優秀的會計師時，她是這麼說的，但我從以前到現在，還是第一次和這麼優秀的會計師合作。她能把事情的所有角度、所有面向都看得一清二楚。問題是，你僱了最優秀的會計師，卻選擇無視她的勸告，將自己所有退休金存款投入同一支投資基金，那又有什麼意義？

「里昂——」她的聲音一點也不像機器人，而像個深受震撼的人類；就在她的話語說出口前一刻，里昂意識到她是在傳達她打從心底不願傳達的資訊。「——阿卡提斯今早被逮捕了。」

「什麼？」他毫不優雅地跌坐在最近一張沙發上，盯著玻璃另一側的築堤，俗豔藍天下，紅色碎石上生了一球球仙人掌。「不好意思，妳剛才說——什麼？」

「新聞已經報得沸沸揚揚。」她說。「他是個騙子，那一切都不過是場騙局。」

「那一切……什麼？」

「都是騙局。」會計師說。

「這是什麼意思？我投資的那些錢，難道說……？」

「里昂，」她說，「真的很抱歉，但你的錢並沒有被拿去投資。」

「不可能，基金的投資報酬率一直很高，我們一直靠著投資收益過活，我們——」

「里昂。」

「我不明白。」他說。「妳跟我說的這些，我真的不明白。」

「我跟你說的是，阿卡提斯一直以來都在操作龐氏騙局。」她說道。「你給他的那些錢，他並沒有拿去投資，而是被他偷了。你那些帳戶對帳單都是假造的。」

「這是什麼意思？」里昂問道，但他已經知道答案了。

「你的錢沒了。」她輕聲回答。

「全部？」

「里昂，那不是真的，打從一開始就不是真的。那些投資報酬……」她沒有說「我早就告訴過你，那整件事都太過理想了，一看就感覺不像真的」，也沒必要這麼說了，雙方都還記得那次對話。里昂怎會如此愚笨呢？他仰頭盯著天空，不知為何喘不過氣來。他不記得自己是何時掛斷電話的，但他想必是結束了通話，因為此時他不再和會計師對話了，此時他正用手機閱讀新聞：強納森・阿卡提斯今早在格林威治的家中被捕、在太多投資人退出的情況下龐氏騙局崩解了、可能會有更多人被捕、證券交易委員會與聯邦調查局都已著手進行調查，而里昂的退休存款全數葬在了這片泥淖的某一處——或者說，埋葬在此的是他退休存款的殘魂，因為存款本身早就不翼而飛了。

「這不是災難。」他悄聲告訴自己。時間再次跳躍；他不再看著手機；他站在了一面玻璃牆邊。經濟展望座談會顯然剛結束，同事們湧進外頭走廊，到擺放咖啡的那幾張桌子搶食，互相重疊的人聲宛若撲面襲來的潮湧。他必須出去。他穿過灰色地毯的平原，飄然下了電扶梯，穿過下層中庭，經過一樓賭場，然後走到了冬季沙漠稀薄的空氣中。人行道上人滿為患，觀光客慢動作行走著。明明是航運業討論會，為什麼非要在沙漠城市裡舉行？因為拉斯維加斯的飯店房間價格低廉。因為沙漠也是一片汪洋。這不是災難，他告訴自己，我們不會一無所有。他可以說自己被搶了錢，這樣說也沒錯，不過案件的事實如下：他在一間飯店的酒吧認識了阿卡提斯，阿卡提斯對他說明了基金的投資策略，里昂沒有聽懂，卻還是將退休存款交給了阿卡提斯。他並沒有堅持請對方詳盡解說。我們人類物種獨特的缺陷之一：為了避免在他人面前顯得愚蠢，我們幾乎是任何風險都願意擔下來。阿卡提斯的策略似乎符合某種邏輯，里昂只不過沒將確切的機轉——賣權、買權、選擇權、持有策略、轉換——完全聽懂而已。「其實，」阿卡提斯當時以最親切、最和善的語調說道，「我也可以把這些詳細說給你聽，但你應該已經聽懂概要了，而且說到底，我們的報酬率就是最好的證明。」沒錯，里昂也看得清清楚楚，柱狀圖上的數字穩定成長，滿足了他對宇宙秩序的深層渴望。

兩名廣告女郎從旁走過，十八、十九歲的她們身穿相同的服裝，手裡拿著沉重的羽毛頭飾，因疲倦而面色冷硬，妝容也卡進了肌膚紋理。不是真正的廣告女郎，就只是在人行道上和觀光客合照、賺點小費的女孩子而已。里昂多次經過穿著紅T恤的中年男人與女人，T恤上寫著「二十分鐘內女孩上門」，想來他們發的傳單也是和此事相關。發傳單的人們一個個眼神空洞、神情疲倦，許是經歷了艱苦的一生——還是說，這不過是里昂對他們的想像罷了？他不認為這僅僅是自己的想像。他踏入一間飯店的大廳，幾乎沒去注意那是哪一間飯店，總之就是想離開這條人行道。他的思緒飄往紅T恤廣告上那些女孩子：既然她們能在二十分鐘內登門，那就表示她們已經在賭城大道上某處，等著人招她們上門了。他想像一群女孩子在某間飯店的套房裡等生意，空氣中瀰漫著濃郁的煙味與香水味，女孩們低頭盯著手機、在浴室裡吸毒、聊些二十分鐘女孩子會聊的話題，數著流逝的一個個鐘頭，數著身上的錢，只希望下一個遇到的客人不會是精神變態的傢伙。想到那個畫面，里昂不禁感到深深的悲哀。即使沒了退休存款，他也能過活；在這個國家，沒有人會真的餓死。他不過是眼睜睜看著一個未來悄然消逝，被另一個未來取而代之而已。他的身體仍然健康。他們可以賣房籌錢。他找到一張離其他人較遠的軟墊長椅，在飯店賭場入口附近坐了下來，然後撥了通電話給太太。

「我看到新聞了。」里昂還來不及打招呼，她就單刀直入地說，語音透出了難以忍受的恐懼。「里，情況有多糟？」

「瑪麗，這是大災難。」他發覺自己哭了，十多年來首次哭了。「甜心，對不起，真的很對不起，這完全是場大災難。」

四

那晚，艾拉・卡波斯基上了CNN新聞。奧莉維亞與里昂都在看CNN，奧莉維亞身在姊姊的紐約公寓裡，里昂則在拉斯維加斯的飯店房間裡。「這麼說吧，馬克，我當然考慮過那些投資報酬率沒有造假的可能性，」她對採訪者說道，「但那要是真的，那就是有史以來第一支報酬率在圖表上幾乎完美呈四十五度角的合法基金了。我這麼說，你應該能理解我的懷疑吧。」

奧斯卡與喬艾也在看採訪報導，兩人坐在中城一間酒吧看電視。這些年來，他們一直都在自我安慰，告訴自己那個卡波斯基不過是個邊緣人物。但另一方面而言，她對阿卡提斯資產管理部門的性質看得十分真切，奧斯卡也曾讀過她憤恨且精準得嚇人的幾篇部落格文章。

「我之前雖然說對了，事實也證明我說對了，可是我現在並不感到開心。」此時，打扮得優雅得體的她坐在CNN攝影棚裡，如此說道。她在對觀眾分享自己的故事——阿卡提斯在某間飯店大廳裡向她攀談；經過一番研究，她發現阿卡提斯的報酬率根本不可能是真的；聯繫了證券交易委員會，結果證監會的調查過程中出現了重大的紕漏，如今甚至有人提議由國會針對證監會展開調查；多年來努力將此事公諸於眾，卻一直被當成了鬧脾氣的怪人——奧斯卡即使知道她所說的都是事實，知道卡波斯基是正義的那一方，還是忍不住想把鞋脫下來砸電視。正義之師怎麼往往如此惱人？

「她明明就很開心。」喬艾說。「現在所有人都知道她猜對了，她可是開心得要命。」

五

隔天一早，投資人又一窩蜂回到了格拉蒂雅大樓。哈維之前將手機關機，沒有和任何人交談，此時訝異地發現群眾早在上午七點半就到辦公大樓前等著了，十多人在人行道另一頭擰成了痛苦的繩結，想來是被大廈警衛趕了出來。哈維儘量不對上任何人的視線，試圖悄悄從旁經過，然而旁邊一個女人伸出手，輕碰了他的手臂。

「哈維。」

「奧莉維亞。」他這些年見過奧莉維亞幾面，都是她到辦公室拜訪阿卡提斯之時。她此時身穿白外套與黃色圍巾，在十二月曼哈頓毫不容情的灰暗中，宛若一朵黃水仙。

「你是他的同事，對吧？」另一名投資人打斷了他的想像，對方是個眼含驚懼的紅臉男人。「你是阿卡提斯的同事？」

哈維盯著奧莉維亞，奧莉維亞盯著哈維。真希望遠離這許多無關的群眾，和她單獨談談，對她坦承一切的罪行。

「哈維，」她說，「是真的嗎？你本來也知道嗎？」

另一名投資人也湊了過來——不對，是兩人——場面變得更加火爆、更加擁擠。在滿身黑、灰單調冬裝的紐約人之中，身穿白外套的奧莉維亞十分亮眼，黑灰人群則站得太近，恐懼與帶咖啡味的口氣撲面襲來。哈維感覺到了對自身生命的威脅。他認為，群眾完全有資格把他從地上抬起來，直接扔到駛來的車前，看著他被活活輾過。他們看上去也是恨不得如此對付他。哈維身材高大，但只要六個人聯手，想必是做得到的。馬路就在那裡等著他。

「我得上樓看看現在是什麼情況。」他說。

「你哪都別想去，」其中一名投資者說，「你還沒告訴我們——」

然而，群眾萬萬沒料到他會突然如受驚的馬般拔腿狂奔，所以沒能趁他逃跑前逮住他。上一次奔跑是多久以前了？已經好幾年了吧。哈維都不知道自己能跑得這麼快，轉眼間已經穿過了大廳，感應了卡片之後穿過十字轉門，此時眾人仍愣愣地站在人行道上，瞠目盯著他。雖然還能跑，哈維的身體狀況其實很糟，所以他現在只覺呼吸困難。他一邊腳踝不太對勁——不對，兩邊腳踝都出了問題。哈維下定了決心，等之後進了監獄，他會成為那種成天健身的人，在牢房裡做伏地挺身，去了戶外就舉重和慢跑。到達十七樓時，他發現通往整個辦公空間的門被撐開了，一名警員站在門邊。朝辦公室內望去，他起初只看見一片由多人組成的黑影：深色西裝、背後印著「FBI」或「執法人員」的深色外套。

在生命中某一些時刻，你必須鼓起勇氣去面對。哈維並沒有立即轉身進電梯然後叫計程車去甘迺迪機場遁逃海外——雖然他此時護照還未被沒收——而是逕直走進了黑鴉鴉的人群中央，對他們自我介紹。

這天上午，哈維的辦公室擠滿了聯邦調查局與證券交易委員會的探員，其中幾人非常想和他說說話：你不如稍微喘口氣，然後我們去會議室坐下來談吧。

「我需要拿抽屜裡一件東西。」哈維說。

他們說可以幫他拿，許是怕他突然變出一把此前無人發現手槍。

「請打開左上層抽屜，」哈維說道，「幾個資料夾下面，有一本有我字跡的便籤本，我寫了好幾頁。你們應該會對那個很感興趣。」他走在眾人前頭，飄然進了會議室。

朝會議室走去的路上，他經過了奧斯卡。「這到底是怎麼回事？」奧斯卡問道，脣邊皮膚蒼白無血色。

「這是怎麼回事，你清楚得很。」哈維說。奧斯卡看上去快吐出來了，但說來奇怪，哈維自己卻感覺不差。這一切在他眼裡，都感覺很不真實。奧斯卡已經傳了簡訊給喬艾，所以她根本沒進辦公室，而是開車去孩子的學校，上午課程才上到一半就簽了請假單把他們接出來了。她帶著孩子去了FAO施瓦茨玩具店，對他們說想買什麼都可以，臉上掛著大大的笑容，結果老么突然放聲大哭，因為他們想買什麼都可以的話，那一定是出了什麼大事。日後回想起這一天，孩子們只記得這是漫長而惴惴不安的一天，他們在寒冬的曼哈頓來回奔走，進出玩具店、熱巧克力店、兒童博物館，母親一再說著「是不是很好玩啊？」卻也一再淚眼氤氳，時而將所有注意力投注在他們身上，時而低頭迷失在手機的世界。

「我們會永遠記得這一天的，對不對？」開車回斯卡斯代爾那個家的路上，母親如此說道。他們困在臨近傍晚的車陣中，車速十分緩慢。「對。」孩子們說，但後來他們的回憶受喬艾從獄中寄來的書信動搖了：我們在那最後一天玩得好盡興，她寫道，那間玩具店、那個巨大的長頸鹿娃娃、我們一起喝的熱巧克力，我們能共度那一天真是太好了，你們還記不記得博物館美妙的展覽。讀到這些字句，孩子們不禁懷疑自己是不是記錯了，因為他們印象中的那一天主要是寒冷、沾溼的鞋襪、不對勁的感覺、冬雨中灰色的曼哈頓、走回去開車時長頸鹿沾到了地上的積水。

待到喬艾的孩子們買到長頸鹿時，榮恩已經離開了。他中午悄悄溜出去和律師碰面，律師建議他別再回來了。哈維仍在會議室接受盤問。奧斯卡在用電腦玩接龍，電腦裡的資料都做了備份，網路線與內部線路也都拔了，此時調查人員正在搜他的檔案櫃。恩利柯人在墨西哥市，在他阿姨的家中。他先前花了幾個小時在抽屜裡翻翻找找，尋找死去的表哥從前那本護照，現在則和阿姨一同坐在屋前門廊，兩人沉默地抽了一根又一根菸，恩利柯不時低頭瞄一眼手機追蹤阿卡提斯被捕的新聞，滿腦子覺得奇怪——有生以來，他還是頭一次感到如此不自由。

當晚，最後離開辦公室的人是奧斯卡。他一整天都在努力擺出茫然的神態，一面指引調查人員找出各種檔案，一面詢問這到底是怎麼回事，儘量在不透露任何情報的情況下展現出熱心幫協助辦案的假象。這樣的演出著實累人。電梯門開了，只見席夢抱著一個文件箱，從十八樓下來。

「今天真是瘋了。」奧斯卡邊說邊走進電梯，和她並肩站著。

她點點頭。

「箱子裡是什麼啊？」

「克萊兒．阿卡提斯辦公桌上一些個人物品。她請我來幫她拿東西。」

奧斯卡瞥見一尊水晶小雕像、一張克萊兒與家人的裱框相片、幾本書。全家福中的孩子們看上去很小，頂多六、七歲而已。奧斯卡別過了頭。在那個幽靈版本的人生中，在他十一、十二年前就選擇向聯邦調查局報案的平行宇宙中，克萊兒的孩子不必面對這動盪的局面。在那個世界裡，克萊兒．阿卡提斯十多歲時，她父親就已經被逮捕了——這當然也會對她造成心理創傷，但絕對沒有被牽連來得痛苦，也絕對不似她身為父親名下一間公司的副總裁、被新聞報得聲名狼藉來得痛苦。奧斯卡發現，在那個幽靈人生中，克萊兒．阿卡提斯與她的孩子應該都過得很好。

「要不要去簡單喝一杯？」他問席夢。

「不要。」席夢說。

「妳確定？」

「我現在最不想做的事情，就是跟你喝酒。」

「好喔，知道了。妳直接說不要就好了嘛。」

「我說過了。」電梯在一樓大廳開門，她逕自走了。投資者群眾只剩人行道上六七人，他們不再哭泣但仍無法走出震驚，只能愣愣盯著格拉蒂雅大樓，盯著走出來的每一個人。席夢經過時沒有看向他們，消失在了暫停在路邊的黑色SUV裡。

克萊兒．阿卡提斯仍同席夢下車時一樣，坐在SUV後座。「謝謝，」她說，「謝謝妳幫忙。」她幾乎只剩氣音。她從席夢手裡接過箱子，仔細端詳那張照片——那是近期終結的文明所留下的遺物——然後又看了看那幾本書，彷彿未曾見過這些書。她將車窗搖下一條縫，把水晶小雕像推出窗外，它落在柏油路上時發出清脆悅耳的碎裂聲。「我父親送的禮物。」她說道。司機小心翼翼地別開了視線，避免在後照鏡中和她眼神交會。「席夢，妳住哪裡？」

「東威廉斯堡。」

「好。亞隆，能載我們去東威廉斯堡嗎？」

「沒問題，可以給我地址嗎？」

席夢唸出了地址。「妳不用趕回家嗎？」她問再次闔眼的克萊兒。

「這一刻，我最不想去的地方就是家了。」

一段時間的沉默，汽車南向開往威廉斯堡大橋。窗外下起了雪。席夢已在紐約市住了六個月，她好像漸漸能理解人們在這裡生活的疲勞感了。她在地鐵上看過那些疲憊的人，那些人工作得太賣力、工作得太久了，困在了無限運轉的機器中，閉幕搭乘夜間的地鐵。席夢向來將他們視作另一座城市的市民，然而如今，他們那座城市與她所在的城市之間，幾乎不剩任何隔閡了。

「之前有多少人知情啊？」好一段時間後，席夢終於開口問道。汽車正穿行東村。

「我猜資產管理部門所有人都知情。在十七樓上班的所有人。」克萊兒沒有睜眼。席夢不禁好奇，克萊兒是不是用了鎮靜劑？

「他們所有人？奧斯卡、恩利柯、哈維……？」

「我也是後來才得知，樓下那些人唯一的業務，就是操作這場騙局。」

「那還有其他人知道嗎？十八樓的人？」

「不知道，大概沒有。兩邊公司一直都切割得很清楚。現在一切都還不明朗。」汽車在咯咯聲中駛過威廉斯堡大橋，雪花從天飄落的態勢多了幾分癲狂，席夢看得入神。「妳運氣真好。」克萊兒說。

「我不覺得我很幸運啊。」

「妳知道妳現在成為什麼人了嗎？」

「失業勞工？」

「這只是妳暫時的狀態而已，妳想想看，妳現在的永久身分成了什麼？從今以後，妳就是那個喝酒時總能分享精采故事的人了。十年、二十年以後，妳參加雞尾酒會時，就會舉著一杯馬丁尼站在一圈觀眾中央，對他們說：『我有沒有跟你們說過，我從前其實是強納森・阿卡提斯的員工喔？』」說出父親的姓名時，克萊兒破了音。「妳離開了公司，可以保持清清白白的好形象。」

席夢不知該如何回應。

「格蘭大道二百七十號。」司機出聲說。

「我到家了。」席夢說。「妳還好嗎？可以平安回去吧？」

「我不好。」克萊兒語音迷濛地說。

席夢瞄了司機一眼，對方默默聳肩。

「那，總之，謝謝妳送我回家。」她留下仍坐在車上的克萊兒，開鎖進了鐵門，進了建築前門，進到昏暗且從沒有人清掃的門廳。樓梯間的燈發出煩人的嗡嗡聲。席夢走進公寓時，室友雅絲敏坐在廚房餐桌邊，一面吃泡麵一面用筆記型電腦閱讀文章。

「所以呢，發生什麼事了？」雅絲敏問道。

「我剛搭了克萊兒．阿卡提斯的便車，體驗了有史以來最尷尬的一段車程。」

「她是那個人的老婆嗎？」

「女兒。」

「她現在是什麼狀況？」

「像是一次吃了三顆安眠藥一樣。」席夢說。「而且還有點凶耶。她跟我說：『妳可以清清白白地離開，以後去雞尾酒會可以到處說故事。二十年以後，妳就會邊喝馬丁尼邊把這個故事分享給其他人。』」

「嗯，可是她說得沒錯啊。」雅絲敏說。「客觀來說，二十年以後，妳真的會在雞尾酒會上跟別人分享這個故事。」

奧斯卡走出格拉蒂雅大樓，進入即將來襲的暴風雪，已經有幾片雪花輕飄飄地從天而降了。他並沒有注意到那兩名探員，直到離辦公室一條街、兩人幾乎近在咫尺之時，他才意識到他們的存在。一輛無記認的汽車以滑順的弧度停到了消防栓前，一男一女兩名探員下了車，同時亮出警徽。

「奧斯卡．諾瓦克？」

在某個平行世界中，他或許會拔腿逃跑，而在那個正直的幽靈人生中——在那個無麗氏騙局的版本中——他根本不會來到此處。然而這個世界的奧斯卡陡然停步，在那年冬季第一場雪中僵立在了人行道上，數秒過後將會和此生第一副手銬打照面。此時此刻，他驚訝地發現，自己心中的感覺竟是釋懷。

「聯邦調查局。」女人說。「我是戴維斯探員，這位是伊原探員。」奧斯卡隱隱意識到，他們已經對他很仁慈了；兩人想必是從他踏出格拉蒂雅大樓那一刻便開始追蹤他，但還是等到他離開了路邊那群投資者與記者的目力範圍，這才叫住了他。

「你被逮捕了。」伊原探員平靜地說。人行道上幾個路人有的斜眼瞧他，有的直截了當地盯著他，不過所有人都離他遠遠的。兩名探員在唸聲明——你有權保持沉默，你所說的每一句話都可在法庭上用作指控你的證據。你有權委託律師——奧斯卡靜靜站著，順從地被扣上手銬，白雪落在了臉龐，而在城市與近郊的這一隅與那一隅，我們其餘人也都一一落網。

六

六個月後的判決聽證會上，阿卡提斯的律師試圖對法官動之以情。「如果誠實面對自己，」律師說道，「我們之中，還有誰沒犯過錯？」但奧莉維亞立刻就看出，律師此舉大錯特錯了。法官瞠目結舌地盯著辯護律師，因為每個人確實都會犯錯，不過一般也只是忘了繳電話費、晚餐後幾個小時才想到要關閉烤箱電源，或在表格上輸入錯誤的數字。在長達數十年期間，持續操作金額高達數十億美元的詐騙計畫，那又是另一回事了。

律師難道沒認知到自己的錯誤嗎？奧莉維亞看不出來。威爾・瑟西是個穿著名貴服裝、打理得整整齊齊的男人，他頂著一頭銀髮，在法庭上的言行舉止像在表演似的。奧莉維亞身旁的男子——同為投資人的退休牙醫師，先前談論那場騙局時，他幾乎是氣得渾身發抖——對她說過，阿卡提斯請了全城價碼最高的刑事辯護律師。然而在奧莉維亞眼中，瑟西不像個令人敬畏的大律師，方才出了錯但還是接著說了下去，簡直像個入夜時沿著越來越荒蕪的小徑，走入森林深處的小男孩：從前從前，有一家三口，強納森、蘇珊和他們的女兒，克萊兒。（說到她，克萊兒又去哪了？奧莉維亞旁聽了三場聽證會，一次也未見她的蹤影。）他們住在不時髦的都市近郊一棟小房子裡，然後搬到一棟稍微大一點的房子裡，強納森忙於工作，蘇珊也多多少少在工作賺錢。他們暑假會開車去幾趟時間不長、價格平實的小旅行，聖誕節不是去維吉尼亞州的蘇珊娘家度過，就是到威斯特徹斯特郡和強納森的家人共度佳節。他們面對自行創業難以避免的辛苦，事業也越發成功。克萊兒去讀了哥倫比亞大學，而後在父親的證券經紀公司任職——瑟西特意對法庭強調，那是正當且合法的證券經紀公司，和犯罪事件毫無關聯——然後有一天，蘇珊被診斷出了侵襲性癌症。

「我並沒有用這些事為客戶的行為找藉口的意思。」律師說道。「但是，我自己和太太結婚三十五年了，身為人夫，我實在不敢想像他們一家人那段時期的煎熬。」玟森也出席了聽證會，奧莉維亞猜她定是鼓起了所有的勇氣。她坐在旁聽席另一側，位子比奧莉維亞靠前幾排，身穿灰色套裝的她完全靜止地坐在位子上。

「雖然再怎麼難耐的悲傷都無法成為他那些行為的藉口，」律師接著說，「但詐騙就是從那段時期開始的。」他說得好像龐氏騙局不過是一件自行發生的事件，就如自行發生的天氣現象，而不是一場有預謀、冷酷地執行，且在職員協助下隱瞞了多年的犯罪事件。（只可惜那些職員不在場！奧莉維亞恨不得親手殺了他們。就從哈維．亞歷山大下手，他會苦苦哀求，奧莉維亞則不會留情。）法官在書寫著什麼。瑟西滔滔不絕地說著醫院、手術、一輪又一輪的化療，阿卡提斯接連數週沒去辦公室，因太太的病情分了心，沒將心力放在公司那邊。他當時下了重本投資幾間網路公司，結果那些企業內爆時，他當頭遭受了嚴重的衝擊。市場上出現了科技泡沫即將破滅的跡象，但他因太太重病死亡而心煩意亂，沒能正確地解讀那些訊號。

「就在這一刻，」律師說道，「我的客戶犯下了致命的錯誤。」僅僅是一場演說，「犯錯」二字能被他重複幾次？法官是否也像奧莉維亞這般，直接看透了他的策略？她看不出來。法官面無表情地聽了下去。「我客戶在市場上吃了虧，這時他心想：**沒關係，我可以彌補回來**的。他的判斷出現了非常、非常糟糕的失誤，他也犯下了錯誤。他決定用新投資者投入的錢款，彌補在市場上的虧空。他很慚愧，只想著要在一兩個月內將不足的金額賺回來，不會有任何人知道他出了紕漏。他為什麼做這種事呢？他為什麼犯下這樣的錯呢？」此時，一段戲劇化的停頓。威爾．瑟西接到了一份不可能的任務，只能窮盡畢生之力演出了。

「法官大人，我相信他之所以犯錯，是出於恐懼。每個人的生命中都存在幾個恐怖的時刻，我的客戶失去了妻子，孤獨地留在了人世間，除事業與工作之外什麼都不剩了。這時候詐騙開始了，這時候他犯下了糟糕的錯誤，是因為他不忍心失去自己的事業，這已經是他在世界上僅剩的東西了。」那克萊兒情何以堪？奧莉維亞心想。也許她應該學姊姊莫妮卡去讀法學院的，感覺她能做得比這傢伙好很多。法庭內太過悶熱，奧莉維亞讓自己短暫地神遊，回到蘇活區那間畫室，回到某一天午後。一個大雨滂沱的八月天，她畫到一半暫停休息，和蕾娜塔一同坐在沙發上喝葡萄酒，傾聽著雨聲。蕾娜塔說：「就算我想，也沒辦法加入職場。」但她聽上去似是想說服自己，奧莉維亞猜這就是那段回憶在心中留下印象的原因。蕾娜塔撐到一九七二年，然後敗給了毒癮。還是一九七三？不對，一定是七二年，奧莉維亞記得自己看見水門事件的報導時，心裡想著若蕾娜塔還在世，不知會怎麼想。蕾娜塔離開了居住在馬里蘭州市郊的政客父親，以及努力隱瞞酒癮的母親，來到了紐約；蕾娜塔宣稱自己絲毫不在乎這個世界，卻一輩子都在仔細關注政治新聞。

回到了法庭上，威爾．瑟西仍未說完。「當你看著我的客戶，」他說，「你看的並不是邪惡的男人，而是個有著深深缺陷的男人。這個男人在重要時刻，在發現自己無法填補虧空的時刻，沒能找到勇氣。你眼前這位，是個犯了錯的好男人。」

奧莉維亞注意到了再明顯不過的一幕：瑟西謝過法官、回到被告席旁的座位時，檢方那幾位律師都得意地笑著，連連搖頭。阿卡提斯在黃色便籤本上小心翼翼地寫筆記。瑟西與兩個資淺的律師手下在低聲交談、整理文件，總之就是避免看向任何人，尤其是檢方。檢方從檢察官座位上起身，檢方扣上了西裝外套的釦子，檢方帶著幾乎藏不住的鄙夷，開始在辯方提出的時間軸上捅出一個個漏洞。說來奇怪，檢方指出，辯方聲稱龐氏騙局是從網際網路泡沫破滅時開始的，但阿卡提斯手下一名員工——哈維．亞歷山大先生——卻坦承，他是參與了從一九七〇年代晚期就開始的詐騙計畫。奧莉維亞的思緒再度飄遠。她近來睡得不好；她放棄了自己鍾愛的小公寓，搬去和莫妮卡同住了，莫妮卡客房裡的床實在難躺。留下來聽這些，真有任何意義嗎？

儘管如此，奧莉維亞還是留到了最後。最後的判決結果，宛若童話故事：從前從前，有個在城堡裡深鎖了一百七十年的男人。

法庭眾人齊齊抽了口氣，整體形成了統一的吸氣聲。一百七十年。附近有人重複道。輕輕的口哨聲。幾人低調地歡呼。奧莉維亞很靜、很靜地坐在原位，感覺不到任何一絲情緒。

那日她天亮前便出了門，感覺像是動身去執行一場任務，但在聽到判決時，她有那麼點希望自己一整天都待在了家中。她也可以懊惱強納森的刑期不夠長，然而她卻感受到了奇怪的掃興。奧莉維亞緩步走出法院，終於跟在鬆散離去的人流後頭走到戶外時，沒有人注意到她。在此種情況下，她不介意自己這襲隱身衣。她感覺不太舒服。曾幾何時，紐約市即使熱浪來襲也影響不了她，但那個年代早已逝去了。媒體記者聚集在了其他投資人周圍。「就是說，這個結果，它也改變不了什麼。」她聽見牙醫師這句發言。也許，他說得沒錯。強納森這輩子再也無法走出監獄了，可是奧莉維亞仍得住在姊姊家客房裡。她搭乘烤爐般的地鐵到上城，默默觀察周遭的城市，其餘人的生活未受到干擾，他們冷漠地繼續生活了下去。那天上午搭上開往下城的地鐵時，奧莉維亞本想著自己將會見證歷史，問題是，歷史真會記得強納森．阿卡提斯嗎？他不過是這個崩潰與消散的時代裡又一個空洞的生意人，設計了一場簡單得可笑的騙局，詐騙行為持續一段時間後自行內爆了。氣溫高得難以忍受，地鐵太過擁擠，奧莉維亞終於在上東城出站，準備走幾條街回姊姊的公寓時，只能非常緩慢地行走，以免突然昏倒。一名反方向走來的男子險些撞上了她，對方皺眉在最後一刻繞開她，彷彿這完全是她的問題。

「這算是個學術問題，」法庭上，那位法官說道，「但出於一些技術上的原因，我必須設定你刑滿出獄後的假釋期限。」鬼故事主題：從前從前，有個男人在服完長達一百七十年的徒刑之後，度過了三年的假釋生活。鬼故事主題：從前從前，有個隱形女人漂泊在紐約市，直到最終消失在了人群與酷熱之中。

十二、反面的人生

在FCI佛羅倫斯中度一號的一天上午，阿卡提斯踏進了院子，忽地在人群中看見一閃而過的色彩。那是一抹紅色，但不可能啊，這裡不准犯人穿紅色。那不僅是紅衣，還是一件紅色的女西裝長褲套裝，他可是從一九九〇年代早期——頂多到一九九〇年代中期——過後就再沒看見任何一個女人穿這種消防車紅、肩處墊得老高的套裝了。穿套裝的女人移動得飛快，短短幾步竟已穿過了院子，站在不遠處盯著他直瞧。

「巴托利夫人。」他靜靜說道，儘量保持語音平穩。

「你說啥？」附近一個傢伙問。

「沒什麼，沒事。」伊薇特．巴托利當然不在這裡了，因為她根本不可能來，況且周圍似乎沒有其他人注意到她顯眼的存在。話雖如此，她卻存在這裡。她開始緩緩繞院子邊緣行走，有時身形稍微閃爍。和阿卡提斯上一回見到她時相比，她看上去年輕許多，身上這件甚至可能是他們初次見面時，她穿的那套服裝。那是多久以前了——一九八六嗎？還是八七年？巴黎一頓午餐。她當時剛創了投資顧問公司不久，替他介紹了幾位高身價的法國與義大利客戶。阿卡提斯被捕那天上午，她那些客戶被龐氏騙局吞沒的財產共計三億兩千萬美元。那天下午，伊薇特．巴托利就死於心肌梗塞了。

此時，她走在院子邊緣，時不時朝阿卡提斯望來。他緊閉雙眼，捏了自己一把，能想到的方法全試了一遍，然而一個小時後他回到室內時，女人仍未消失，而是站在樹下和費薩交談。

「我想問問關於你手下員工的事。」其中一次來訪，記者茱莉．傅利曼說道。

「他們都是好人。」他說。「每個都忠心耿耿。」

「這就有趣了，你認為他們是好人，但他們其實也參與了犯罪。」

「不，那全是我自己一個人的行為。」他決定到死都堅持這一點——不過他手下五名資產管理職員當中，已經有三人被判罪了。他注意到對方一閃而過的厭煩，記者低頭寫了些筆記。

「你應該聽到雷尼．澤維爾上訴失敗的消息了吧。」她說。「九條罪項都被判有罪，條條都和那場龐氏騙局脫不了關係。」

「可以的話，我不想談他的事。」阿卡提斯說。

「那我們換個話題吧。我想問問你其中一個員工在法庭上作證時說的一句話。」她說。「奧斯卡．諾瓦克在受交叉詢問時，檢察官問起他電腦上的搜尋紀錄，我這裡引述他的回答：『一個人是可能在知情的同時不知情的。』」

「為什麼這麼問？他的搜尋紀錄有什麼問題嗎？」阿卡提斯並未花太多時間去關心奧斯卡或其他職員。他可是扶持了他們數十年，他們分明隨時可以辭職走人的。

「他共花了九個半小時，搜尋和美國之間沒有引渡協議的國家，以及那些國家的居留條件。」傅利曼說。

「嘖。可憐的小子。」在他心目中，奧斯卡仍是那個大學輟學的十九歲少年，穿了件尺寸太大的西裝來面試職缺。「那檢察官應該沒放過他吧。」

「的確沒有。」她等了一兩秒，但阿卡提斯沒有追問下去。事實上，他並不在乎奧斯卡的下落，無論那人被送進哪間監獄、判了多少年，阿卡提斯都不在乎。「總之，」記者說道，「我對他這句發言有點好奇，不知道你有沒有過類似的想法？一個人知情，同時卻又不知情？」

「這還真是有趣的想法呢，茱莉。我會花時間琢磨這句話的。」

事後，排隊等著領晚餐時，他有了結論：這個想法確實有幾分道理。你可能明知自己是罪犯、騙子、道德感敗壞，同時也可以不知道此事，認為自己受到了不公的懲罰，儘管事實冰冷無情，你還是應得到他人的溫暖諒解，以及某種形式的優待。你可能知道自己犯下了滔天罪過，從許多人身上偷了大量金錢，還知道此舉害得其中一些人破產、一些人自殺；你雖知道這一切，在面對審判結果時，卻會覺得自己無比冤枉。

傅利曼離開後，阿卡提斯發現自己不時會想到奧斯卡的搜尋紀錄。其實這件事有些辛酸，他想像那小子上網查詢和美國之間無引渡協議的國家，查了這麼多，卻還是沒膽實施計畫。哪像恩利柯，人家至今仍逍遙法外呢。

他在監獄合作社排隊買東西時，看見了奧莉維亞。她茫然地到處走動，觸碰架上不同的商品，沒有看向阿卡提斯。她穿著一件藍洋裝，印象中是阿卡提斯入獄前那最後一個夏季穿過的衣服；是了，她在遊艇上便是穿了這件洋裝。阿卡提斯默默退後，什麼也沒買就離開了小店，內心受到了深深的震撼。他回到牢房，一條手臂遮著雙眼躺了下來。海茲頓不在房裡，謝天謝地。阿卡提斯渴望獨處，但現在的問題是，他無論去到何處，都無法確定自己是否單獨一人了。一些領域之間的分界，逐漸崩解。

「能不能請妳幫我查一個人的現況？」茱莉．傅利曼再次來訪時，他提出了請求。從在合作社看見奧莉維亞至今，已過了兩天。「其中一個投資人是我一個老朋友，一個從前認識我哥哥的畫家。她名叫奧莉維亞．柯林斯。如果不會太麻煩的話，妳能不能稍微查查看她現在怎麼了？」

兩週過後，又一次和傅利曼見面，對方還沒開口，阿卡提斯便猜到了她即將說出口的話語。「我得跟你說個壞消息。」她坐下後告訴阿卡提斯。「你請我調查的女人——那位奧莉維亞．柯林斯。她上個月去世了。」

「喔。」他說。但此時他才意識到，自己其實早就認知到了這點。他已經兩度看見奧莉維亞的形影，一次是在合作社，一次是在院子裡，在院子裡那回她和伊薇特·巴托利說著話。

「很遺憾。」傅利曼說道，然後又展開了接二連三的問答。

「能問妳一個問題嗎？」一小段時間過後，阿卡提斯開口發問，打斷了關於帳戶對帳單的各種枯燥疑問。

「請說。」

「妳為什麼想把這些事情寫成書？」

「我向來對集體妄想這個議題很感興趣。」她說。「大學論文就是關於德州一個邪教團體。」

「我不是很懂妳的意思。」

「那，我這樣說吧。相信你也能認同，只要是有經驗、有頭腦的投資者，都能看出你是在操作騙局。」

「我一向是這麼認為的。」阿卡提斯說。

「那麼，既然你的騙局能維持這麼久，就表示有非常多人相信了一則實際上不合理的故事。但所有人都在賺錢，所以沒有人在乎事情是否合理，只有艾拉·卡波斯基除外。」

「人們相信的事情可多了。」他說。「即使是妄想，也不代表它無法讓人賺到真實存在的錢。妳真對集體妄想有興趣的話，有不少人靠次級房屋貸款賺了大錢，那不也是集體妄想嗎。」

「我說你是這個時代的化身，應該不為過吧？」

「茱莉，這麼說就有點刺耳了。全球經濟崩潰並不是我造成的，我和其他人同樣是這場經濟危機的受害者。雷曼兄弟倒臺時，我就知道自己撐不了多久了。」

「我想問問關於艾拉．卡波斯基的幾個問題。」傅利曼說。

「我對她是一點好感也無。」

「你還記得第一次和她見面時的情景嗎？」

第一次和卡波斯基見面，是在一九九九年的凱耶特飯店。那趟旅遊打從一開始就諸事不順，當時蘇珊已經病了，留在紐約家中休養，而阿卡提斯抵達飯店時已經為此行後悔不已，開始考慮提前回家了。但是他需要投資人，所以每月總有一週時間不在紐約市，遊走在各地俱樂部會客室與飯店酒吧。他特別喜歡凱耶特飯店，因為他自己就是飯店的業主，這是顯而易見的加分點：你瞧，**我們正是在我擁有的這片屋簷下對話**。當然，飯店的經營與管理他都絲毫不插手，不過這也不怎麼重要。

那次入住凱耶特飯店，他在第二天晚間下樓，就見艾拉．卡波斯基——一名剛步入中年的高雅女人——坐在扶手椅上喝威士忌，同時凝望著薄暮中散發輝華的水灣，大廳的倒影逐漸浮上玻璃牆面。阿卡提斯在附近坐下，對方朝他看來時，點頭對她打了招呼。他們聊了些什麼？沒記錯的話，應該是義大利吧。她是藝術收藏家，沒有工作。她會旅遊、鑽研不同語言、參加拍賣會與藝術展。她剛花了三個月在羅馬學義大利語，於是他們離題聊起了義大利的種種美好，話題最後轉到了阿卡提斯的工作上。她相當感興趣。對話自然而然地進行了下去，她表示自己有一筆錢想投資；她父親剛在數月前離世，將大部分資產留給了他們家族的慈善基金會，艾拉也會參與基金會的投資決策。

「請跟我說說你們的投資策略。」她說道。

阿卡提斯說得相當詳細。他告訴艾拉，他用的是可轉換價差套利策略，也就是在購入一系列股票時，同時買下日後以特定價格售出那些股票的選擇權合約，以此將風險降至最低。他會配合市場波動，在最合適的時機買入股票與選擇權，有時也會完全抽離市場，將客戶的錢財投入政府證券，例如美國國庫券，等到適當的時機再重回市場。艾拉看上去像在仔細傾聽，不過此時她已經喝至少三杯酒下肚了，阿卡提斯萬萬沒料到她會清楚記下這些話——直到數週後，一封信寄到了他的紐約辦公室。她花了些時間研究他的交易策略與方法。她分析了他手裡一支基金的表現。她向兩位精通他那可轉換價差套利策略的專家諮詢過，兩人都說不出阿卡提斯的投資報酬率為何居高不下、表現得如此穩定；她知道有兩支共同基金也採用了相同的投資策略，然而它們的報酬率可遠沒有阿卡提斯這支穩定。她感到很困惑，阿卡提斯為什麼能大量交易股票，卻不影響股價？要達到他這麼高的報酬率，那似乎需要預知市場何時跌價的能力。「我並不完全否定，」她寫道，「宇宙中存在任何神祕力量的可能性，我也不是無法接受一個人擁有異於常人之天賦——甚至是身為天才——的可能性，能夠神乎其技地預測股市動向。然而，我不由得注意到，你的投資策略，若以你聲稱的規模實踐在市場上，那就需要大量的OEX賣權，甚至超出了芝加哥選擇權交易所存在的OEX賣權總量。」另，經過一番問詢，她發現家族的私有慈善基金會——順帶一提，不知她在凱耶特時是否曾提起此事，但該基金會創見的宗旨就是資助結腸癌相關研究，那是十年前導致她母親死亡的疾病——早已將大量資金投入了阿卡提斯的基金會，也許從個人角度而言，阿卡提斯能夠體會她當下的驚恐。「我自然是對基金會的會長指出了此事，」她寫道，「會長認同我的判斷，同樣感到惶恐，並立即向你提出了收回資金的請求。我們因而避免了災厄，不過對我個人而言，考慮到我家族的基金會險些落入萬丈深淵，我仍深感驚駭。想到我父母給這個世界的遺贈暴露於此般重大的風險之下，我就心驚膽戰。」她另冒昧寄了這封信的備份副本給了證券交易委員會。

阿卡提斯把恩利柯叫進了辦公室，觀察恩利柯閱讀信件時的神態。說來有趣，對方面色不變，雙手卻微微顫抖。他嘆息一聲，把信還給了阿卡提斯。

「她拿不出任何證據。」恩利柯說道。「這都只是影射和推測而已。」

「她把這個寄到證監會那邊了，官方的人隨時可能過來調查我們。」

「真到了那座橋上，我們再跳下去吧，老闆。」直到很久以後，在FCI佛羅倫斯中度一號住了幾年之後，阿卡提斯才想到一個問題：恩利柯怎麼沒還在當時逃亡？在一九九九年冬季，艾拉．卡波斯基看穿他們之時，恩利柯怎麼沒立刻遠走高飛？

無論如何，在獄中接受茱莉．傅利曼的採訪，講述他那個版本的歷史時，他表示自己未曾將卡波斯基的信拿給任何人看。

「那後來怎麼了？」傅利曼問道。

「我們收到了證監會的通知，他們打算展開調查。」

「他們為什麼沒抓出你們的問題？」

「老實說，我也不曉得。可能是他們能力不足，可能是他們根本不在乎，可能兩者皆是。我那時認定了證監會會抓到我們的把柄，他們只須打一通電話——當真是一通電話——就能證實我們沒有進行任何交易。」

「你這裡說的『我們』，是指你和公司職員吧。」

「什麼？」

「你剛才說，『我認定了證監會會抓到我們的把柄』。」

「那是口誤。我是指我。」

「好喔。那後來他們在沒抓到你任何把柄的情況下結束調查，你想必又驚又喜吧。」

「非常驚喜。」

「你還有再遇見她嗎？」

「卡波斯基？沒有了。」

其實有，但他不樂意談論那晚的事。當時他和蘇珊在黃金小牛——他們同樣喜愛的一間餐廳——共進晚餐。或者說，他在吃晚餐，蘇珊在小口小口啜著雞湯。他們剛去看過腫瘤科，彷彿進入了一條盡頭只有一片黑暗的隧道，被動地高速朝黑夜駛去。阿卡提斯在努力談笑，蘇珊卻身處另一條隧道，一條更加黑暗的隧道，只能以單一字詞回應。即使在此時，他也已經看見了兩人從今往後的隔閡，蘇珊將以越來越快的速度被帶離他身邊。本以為今晚已經夠慘了，沒想到無論是今晚或其他任何一晚，都有可能變得更慘。離他們幾桌處傳來玻璃碎裂聲，阿卡提斯扭頭便看見了艾拉．卡波斯基。她在獨自用餐，方才一名勤雜工不慎弄掉了她的酒杯，玻璃杯在麵包盤上摔得粉碎。

「你認識她？」蘇珊問道，想來是在他臉上看見了異樣。

「我說了妳恐怕不信，但那就是艾拉．卡波斯基。」

（和蘇珊共度的生活與和玟森共度的生活，存在許多差異，其中一個就是他從不對蘇珊隱瞞任何事情。）

「我沒想到她會是這麼優雅的人。」卡波斯基沒有朝他們的方向看來，她忙著輕拭翻領沾上的白酒漬。「之前，我還一直把她想像成了邋遢的瘋女人。」

「妳還要再吃嗎？」他希望太太能多少吃點什麼，維持體力，同時也非常想讓她從卡波斯基身上挪開目光。

「不了，我們買單吧。」

他向服務生買單時，太太在一旁觀察卡波斯基。卡波斯基對連連道歉的雜工揮了揮手，又低頭繼續閱讀桌上一份文件，那是足有一英寸厚的一疊紙，用燕尾夾夾在了一起。蘇珊看她的眼神令阿卡提斯隱隱不安。

「我們還是走吧。」付完帳後，他輕聲對太太說。但卡波斯基坐在餐廳最窄的通道旁，他們必須走得離她那一桌很近才能出門，接近她的桌位時，蘇珊的臉定格成了恐怖的微笑。他們幾乎走到卡波斯基面前時，對方才終於抬起頭，她將情緒藏得很好，只不過認出阿卡提斯時雙眼微微瞇起。

「艾拉，晚安。」阿卡提斯說。證券交易委員會剛在那週結束了調查，作為得勝的一方，他可以展現出寬宏大度。

她向後靠著椅背，審視著他，默默啜著白酒。她沉默了許久，久到阿卡提斯以為她不打算說話了，而就在他準備轉身離去時，她張口說道：「你甚至沒資格被我鄙視。」

阿卡提斯僵在了原地，完全想不到回應的言語。

「噢，艾拉。」蘇珊說。麵包籃底部有一小塊方才被遺漏的酒杯碎片，蘇珊用兩隻手指撿起碎片，輕巧地丟進了卡波斯基的水杯。三人看著玻璃碎片沉到杯底。

蘇珊湊得很近，低聲說道：「妳怎麼不去吞碎玻璃？」

無人出聲的片刻過後。

「這句話你們想必是聽到耳朵都要長繭了，」艾拉．卡波斯基說，「但我還是想說一句：你們兩個還真是天作之合。」

阿卡提斯拉著太太的手臂，快速拉著她走出餐廳，來到寒冷街道上，汽車已經在路邊等待他們了。他把太太如包裹般放上車，坐在了她身邊。「回家，謝謝。」他對司機說。轉過頭時，他看見蘇珊雙手掩面、無聲地落淚。他將太太拉入懷抱，緊緊抱著她，她的淚水落在了他的外套上，他們就這麼默默相擁，一路開回了康乃狄克州。

在另一段人生中，在FCI中度一號的圖書館裡，來訪的年輕教授難得沒提F．史考特．費茲傑羅。「我今天想跟大家討論的主題是寓言。」他說。「你們聽過冰池裡的天鵝那篇故事嗎？」

「喔，我好像聽過這個故事。」傑佛斯說。他曾是個警察，但有天他試圖買凶殺害自己妻子，之後就被捕入獄了。「就是天鵝沒有及時飛走的那個，對不對？」

事後，排隊領馬鈴薯與不明肉類料理時，阿卡提斯的思緒停留在了天鵝的故事。那是他母親最喜歡的寓言故事之一，他從小聽到了青少年時期：逐漸變冷的秋季，湖裡住著一群天鵝。隨著夜晚越來越寒涼，牠們全都飛走了，只有一隻天鵝留在了湖裡。阿卡提斯不記得原因了，也許天鵝沒認知到危險將至，也許牠太愛那片湖泊以致不願意及時離開，也許是牠過於傲慢——總之天鵝的動機不太明確，且阿卡提斯懷疑母親會根據她想傳達的寓意，修改那隻天鵝的動機。後來冬天來了，天鵝沒能及時離開湖水，被活活凍死在了冰湖中。

「我以為自己能擺脫困難的。」傅利曼再次來訪時，他如此告訴她。「我臉皮太薄了，不想讓所有人失望。他們那些人實在貪得無厭，每個都指望我給出極高的報酬率……」

「你認為，是投資者促使你犯下了詐欺罪。」她語調平直地說。

「這，我也不是這麼說。那是我犯的罪，我為自己的罪行負全責。」

「但，你似乎認為投資者也該負一部分責任。」

「他們期望我給出一定比例的報酬率，我覺得自己必須回應他們的期望。那還真是場噩夢。」

「你是說，這對你而言是一場噩夢？」

「當然是了。妳能想像我承受的壓力嗎？」他說。「我時時刻刻都受到煎熬，明明知道這一切總有一天會崩塌，但還是得儘量讓它維持下去。其實，我希望自己當初早一點被抓到，如果一九九九年證監會第一次展開調查時就抓到了我，那該有多好。」

「然後，你也堅稱除了自己以外，沒有任何人知道這是一場騙局。」傅利曼小心翼翼地維持不帶立場的語調。「那些帳戶對帳單、欺騙行為、電匯，全都是你一手做的。」

「全都是我做的。」他說。「我從沒對世上任何一個人說過。」

另一天，伊薇特．巴托利繞娛樂區行走，走在一名年邁的黑手黨成員右後方。那個黑手黨成員的名號曾響徹曼哈頓下東城，人人聞風喪膽，如今他卻只能彆扭地拖著腳步慢動作行進，離他想達到的慢跑速度還有好一段距離。另一處，奧莉維亞與費薩在和一個阿卡提斯不認識的男人說話，那男人也不是受刑人，想來也不是活人，就是個身穿漂亮灰羊毛西裝的中年男人。

就阿卡提斯所知，和龐氏騙局相關的自殺事件共有四起，是四個失去了太多、再也忍無可忍的男性，其中就包括費薩。這個中年男人也是四人之一嗎？阿卡提斯沒記錯的話，四人中有一個是澳洲商人，還有個比利時人。此時此刻，是不是有更多亡魂朝ＦＣＩ佛羅倫斯中度一號前來？他盯著奧莉維亞，胸中湧起了排山倒海的盛怒。她有什麼資格來糾纏他？他們這些人有什麼資格糾纏他？費薩選擇做那件事，又不是他的錯。若非得誠實面對自己，那伊薇特．巴托利的心臟病或許也和龐氏騙局相關，但她早就該看破這場騙局，隨時可以脫身，所有人都是一樣。還有奧莉維亞，不論她是怎麼死的，那也不可能怪在阿卡提斯頭上吧，他都已經入獄多年了，奧莉維亞畢竟才剛死一個月而已。想到自己為這些人提供了多少錢，想到自己這些年寄出的無數張支票，他不禁感受到一股空洞的憤怒。

「我不是說自己的做的事情沒問題，但只要理性分析我做的事，就會知道我為世界帶來了一些好處。」他在給茱莉．傅利曼的一封信中寫道。「我的意思是，我在數十年來為很多人、很多慈善團體、很多主權財富基金和退休基金等賺了大量錢財。儘管這種說法像是在為自己辯解，但那些白紙黑字的數字不會變，如果僅憑投資報酬率來看，這些個人或法人獲得的錢比投入的錢多太多了，也比他們單純投資股票能賺到得錢多太多了。因此，我認為用『受害者』稱呼他們並不精確。」

「那麼，」安寧病房裡，他對蘇珊說道，「至少這麼一來，等騙局崩解時，妳就不必坐牢了。」

「你想想，我們省了多少律師費和訴訟費啊。」她說。最後那幾個月，他們總是這般爭強好勝、愚蠢地虛張聲勢，直到後來她不再說話了，那之後他也不再說話了，只靜靜地坐在她床邊，握著她的手，任由時間一小時、一小時流逝。

騙局終於崩解，阿卡提斯終於無路可逃時，陪在他身邊的卻是錯誤的女人。不過，玟森雖不是蘇珊，最後的表現卻還是令他欽慕。那幅畫面：他在中城的辦公室，他最後一次坐在那個房間裡。他坐在辦公桌後方，克萊兒在沙發上哭泣，哈維盯著前方空氣，玟森則拿著外套與購物袋來來回回忙了一會，這才坐下來盯著他，直到最終他不得不告訴她：「玟森，」他說，「妳知道龐氏騙局是什麼嗎？」

「知道。」玟森說。

仍在沙發上哭泣不止的克萊兒：「玟森，妳怎麼知道龐氏騙局是什麼？是他告訴妳的嗎？妳是不是早就知道了？我發誓，妳要是早就知道了，要是他告訴過妳……」

「他當然沒告訴過我。」玟森說。「我之所以知道龐氏騙局是什麼，是因為我他媽不是白痴。」

他心想：不愧是我選的女孩。

在反面的人生中，他走在一間飯店的走廊上——走廊寬闊而寂靜無聲，兩旁裝有現代風格的燭臺，這裡是朱美拉棕櫚島的那間飯店——這回他選擇走樓梯，緩緩步行在冰涼的空氣中。每一層樓的樓梯間都擺了一棵棕櫚盆栽。大廳裡除了玟森以外空無一人，她站在一座噴泉邊，凝視著泉水。阿卡提斯走近時，她抬起頭來；她適才是在等他。這回的情景與先前不同，他確信這不可能是回憶，因為他過了片刻才認出玟森。她看上去老了不少，身上穿著奇怪的服裝：灰T恤、灰色制服長褲，以及廚師的圍裙。她頭上綁了塊帕巾遮住頭髮，但阿卡提斯看得出她頭髮剪得非常短，和他們在一起時的造型迥異，而且她臉上未施脂粉。上回見面至今，她成了全然不同的一個人。

「嗨，強納森。」她的語音彷彿來自遠方，彷彿在潛艇裡和陸地上的他通電話。

「玟森？我差點沒認出是妳。」

她凝視著他，默然不語。

「妳來這裡做什麼？」他問道。

「只是來看看你而已。」

「妳從哪來的？」

然而玟森的視線移到了他身後，她分了神，而當阿卡提斯轉身時，看見伊薇特與費薩漫步經過大廳其中一面窗戶。費薩似乎說了什麼好笑的話，伊薇特聽了哈哈大笑。

「他們不該出現在這裡的。」他說，這次真的感到驚恐了，「我從沒在這裡見過他們。」

然而，阿卡提斯回過頭，卻見玟森已消失無蹤。

事後，在非反面的人生中——在非人生中——他醒著躺在不舒服的床鋪上，為這一切感到忿忿不平。假如非得看見亡魂不可，那為什麼他見到的不是真正的太太，他生命中第一個伴侶而非第二個——他的共犯，他深愛的蘇珊——或者，為什麼他看見的不是路卡斯？他狀態很差。如今，他在反面的人生中度過的時間，已經超過了他在獄中度過的時間，他知道現實正在從自己身邊抽離。他生怕有天會忘了自己的姓名，到時他連自己是誰都忘得一乾二淨，自然也不可能記得兄長了。這個念頭令他無比惶恐，於是他用邱志威的原子筆，在自己左手畫了個小小的「L」。他決定了，從此每次看見這個L，他都會有意識地回想路卡斯的事，如此一來便能養成思念路卡斯的習慣。他不知在哪聽說，一個人逐漸退化時，最後被遺忘的就是經年累月的習慣。

「習慣，就像刷牙那樣。」邱吉威說道。

「對，就是這樣。」

「可是，這兩件事其實是不一樣的。你在刷牙的時後，牙齒並不會越刷越蛀。」

「這是什麼意思？」

「雖然我不是專家，可是我記得之前在哪裡讀過，你每次提取一段回憶，提取這個動作本身就會稍微侵蝕那段回憶。你的回憶可能會發生小小的改變。」

「那麼，」阿卡提斯說，「我只能冒險一試了。」這份新知令他惴惴不安——不對，這是新知嗎？總感覺很熟悉——因為他現在大部分時後都只會回想關於路卡斯的特定一段回憶，同樣的回憶被再三提取出來，想到自己每一次重拾那段回憶都是在消磨它，它甚至可能在以目前微不可查的方式緩緩變異……那太可怕了。不在反面的人生時，他喜歡停留在家鄉一片綠地，在一次全家野餐過後的薄暮時分。這是路卡斯在人世間最後一個夏季了，當時強納森十四歲。下午時間都過了一半，路卡斯才姍姍來遲，比原先預計的車次晚了四班車。強納森記得自己在車站等了一班車、又一班，然後是第三、第四班，路卡斯才終於下車走到了陽光下，比強納森印象中的模樣消瘦了許多，猶如戴著墨鏡的鬼影。「抱歉了，」他說，「我今早大概是忘了注意時間。」

「我們差點就要擔心你出事了呢！」母親緊張地輕笑一聲，強納森是近期才注意到母親這種笑聲。過去一個小時，她一直在車上哭泣，父親則在車外來回踱步，菸抽了一根又一根。「我們還以為你不來了。」這次全家野餐自然是她的提議。

「怎麼可能錯過野餐呢。」路卡斯說，父親則咬緊了牙關。強納森和平時一樣，看不出路卡斯說的是不是真心話。太不公平了，強納森怎麼比哥哥小這麼多歲呢，那他不是永遠都追不上哥哥的腳步了？

「你那個畫進行得怎麼樣？」一起坐上汽車後座後，強納森出聲詢問。數十年後的ＦＣＩ佛羅倫斯中度一號裡，他仍能感受到那一刻的喜悅——學大人問了很成熟的問題，他為此沾沾自喜。

「進行得很好喔，老弟，謝謝你關心啦。真的很好喔。」

「你現在還喜歡住在城裡嗎？」媽媽在說到城裡時，總是用牧師提到罪惡之城蛾摩拉時的語氣。

「我很愛。」但路卡斯的語調有點不對勁，就連十四歲的強納森也注意到了。他們父母交換了個眼神。

「你如果什麼時候想回家住一段時間，」父親說，「稍微休息一下，遠離那一切，就算只有一兩週也好，可以回來呼吸郊外的新鮮空氣……」

「大家都太迷信新鮮空氣啦。」

日後，在ＦＣＩ佛羅倫斯中度一號回憶這一天時，阿卡提斯其實不太記得野餐當下的情景了。他只記得野餐過後：漫長又奇怪的一天即將結束，一股短暫的寧靜降臨，他們一家人同坐在樹蔭下，然後一個多小時後夕陽西斜，父母開始討論要不要開車送路卡斯回火車站（「還是親愛的，你想留在家裡睡一晚，你也知道隨時可以回家……」），絢爛的最後一個小時，在逐漸加深的暮色中和哥哥互丟飛盤，在草地上奔跑、飛撲，淺色圓盤飛旋著掠過了黑暗。

十三、影之國度／二〇一八年十二月

一

二〇一八年十二月，里昂．皮凡在科羅拉多州南隅一間萬豪酒店找到了工作，地點離科羅拉多與新墨西哥州的交界不遠。這是座規模不大的城鎮，卻不知為何開了兩間萬豪酒店，隔著一條寬闊的街道與停車場互為鏡像。兩間萬豪酒店位於鬧區邊緣，不過鬧區本身似乎也只是某種海市蜃樓。里昂上工第一天，趁午休時間走到了鬧區，經過一面巨大的壁畫，然後沿著一條街走了一陣子，找到他近期去過最優秀的一間咖啡廳，一間與咖啡烘焙企業相連、內部空間寬闊而陰暗的咖啡廳。他外帶一杯咖啡，漫無目的地沿街行走。這裡有一間大型軍用品店，似乎蔓延到了鄰接的三幢建築，但除此之外其他店面都空空如也。沒有任何一輛車經過。里昂在街角站了一會，從這裡可以遙望兩條長街的彼方，而在這遼闊的景象中，他只看見了自己之外的另一個人。一名身穿螢光橘T恤的男人，坐在離此約一塊街區的長椅上，盯著前方，前方卻空無一物。咖啡廳外的露天桌位都沒有人。里昂快步走回萬豪酒店，打卡繼續上班，然後接著辦今天的工作事項，將新送來的盥洗用品收入儲藏室，然後撈起泳池水面的落葉與溺死的蟲子。

「你這麼說話，我馬上就看出你是從海岸城市來的了。」同事納瓦羅後來聽里昂提及鬧區的荒涼，如此回應道。「你們這些人總覺得一個地方非得要有鬧區，才算個真正的地方。」

「你不覺得鬧區就該有一些人，熱熱鬧鬧的嗎？」

「我覺得一個地方根本就不一定要有鬧區。」納瓦羅說。

里昂在萬豪酒店工作六個月後，米蘭達來了電話。他剛下了班回到露營車，右膝與左腳踝敷著冰袋，同時在玩填字遊戲。此時車內只有他一人，因為瑪麗在高速公路對面那間沃爾瑪超市找到了夜班的工作，負責理貨上架。這通電話來得太過突然，米蘭達報上她的名字時，里昂一時間沒能反應過來。在那尷尬的半秒鐘沉默中，他努力回過神來。

「里昂？」

「嗨，抱歉，我恍神了。真是意外的驚喜啊。」他說，話語出口後又覺得自己很蠢，因為在這個情況下意外與驚喜的意思重複了，但又有誰怪得了他呢？

「過了這麼多年還能聽到你的聲音，我很開心。」她說道。「你現在有空嗎？」

「當然。」他心臟怦怦亂跳。這通電話，他究竟盼了幾年？十年了吧。荒野中的十年——他發覺腦中浮現了這個念頭。過去十年，他與企業界的邊境漸行漸遠，來到了極偏遠的所在，期間一直徒勞地渴望回到那個世界。他伸手取紙筆，兩個冰袋滑到了地板上。

「我這次打給你，恐怕不是為了非常好的事件。」米蘭達說道。「但在我開始長篇大論之前，還是先問你一聲，你會願意作為顧問回來工作一小段時間嗎？這真的是非常短期的一份工，就只有幾天而已。」

「我非常樂意。」他泫然欲泣。「好，那實在是……好。」

「好喔。嗯，很好。」她聽上去有些詫異，許是里昂的反應過於激烈。「事情是這樣的，之前發生了一場……」她清了清喉嚨。「我本想說之前發生了一場意外，但我們其實無法肯定那是不是意外。之前發生了一樁事件，有個女人從一艘海王星—阿孚米蒂斯公司的貨船上失蹤了。她是船上的廚師。」

「太不幸了。是哪一艘船？」

「真的很不幸。是海王星昆布蘭號。」里昂似乎沒聽過這個船名。「是這樣的，」米蘭達接著說了下去，「我正在組織一支委員會，調查海王星—阿孚米蒂斯貨船的船員安全問題，尤其針對玟森．史密斯之死進行調查。如果你感興趣的話，我很希望你回來幫忙。」

「等等，」他說，「她叫玟森？」

「是的，怎麼了嗎？」

「她是哪裡人？」

「加拿大公民，沒有永久居所。和她關係最近的親戚是個住在溫哥華的姑姑。為什麼問這個？」

「沒事。我很久以前認識一個名字叫玟森的女人——應該說，我知道她這號人物。很少有女人取名叫玟森吧。」

「確實。這件事的重點是，我不用明說相信你也知道，這會是對她的死亡事件唯一的一場調查。老實告訴你，我要是預算充足，就會委託外部法律事務所來進行調查了。」

「聽起來很貴。」

「非常貴。所以，她唯一能得到的一點公道，就是她所在這間公司的內部調查了。你不覺得，企業總是能找到為自己開脫的方法嗎？」

「妳想找一個局外人。」他說。

「你是我信任的人。你能多快趕到紐約？」

「很快。」他回道。「我稍微整頓一下這邊的事情，好了就去紐約。」他暗暗估算從科羅拉多南部開往紐約的車程。他們又花了些時間討論交通安排，等到掛斷電話後，里昂在桌前坐了很長一段時間，默默眨著眼。他拉出手機的通話紀錄，確認剛才那不是幻覺。海王星阿爭，區域號碼二一二，通話時間二十一分鐘。來電顯示的「海王星」三字感覺再貼切不過；他感覺彷若接到了來自另一個位面的一通電話。

二

經歷過阿卡提斯風波，人生發生了偌大的轉變。龐氏騙局崩塌後，里昂與瑪麗在原本那棟房子裡又強撐了半年，那六個月，他們一再錯過抵押貸款的付款期限，背負著令人心力交瘁的重壓。里昂先前將資遣費與所有存款都投入了阿卡提斯的基金，利潤雖不至於讓他們暴富，但其實要在南佛州住得好，也不需要什麼大錢。接下來數月，里昂努力爭取海王星－阿孚米蒂斯公司的顧問差事，然而公司又資遣了一批人，也暫時不再委託顧問辦事了，整間公司上下都動盪不安。這段時期，瑪麗因焦慮症與憂鬱症而無法就業。起初，車道上那輛露營車彷彿充滿了惡意，像是最惡毒的一句玩笑，儼然是他們種種理財失誤所凝聚而成的實體，就直接停在了屋外。

然而孟夏某一天，他們吃著歐姆蛋燭光晚餐——之所以點蠟燭不是為了情調，而是為了省電費——瑪麗忽然說：「我最近寫email連絡上了克蕾莎。」

「克蕾莎？」這個名字很耳熟，但他過了片刻才回想起來。「喔，是妳的大學朋友吧？有靈能力的那位？」

「對，就是那個克蕾莎。我們好幾年前在多倫多一起吃過飯。」

「我也記得。她最近過得怎麼樣？」

「她沒了房子，現在都住在她那輛廂型車上了。」

里昂放下叉子，伸手拿起水杯，試圖驅散喉頭的緊繃。他們自己的房屋抵押貸款也已經遲交兩個月了。「太慘了。」他說。

「她說，她其實很喜歡這樣生活。」

「至少，她應該早就預料到這件事了，」他說，「畢竟是靈能者嘛。」

「我也問過她這個問題。」瑪麗說。「她說她看見了高速公路的預示，但她一直以為那只是公路旅行的畫面而已。」

「廂型車啊。」里昂說。「感覺過得很辛苦。」

「你知不知道，有些工作是居無定所的人也能做的？」

「什麼樣的工作？」

「在園遊會當收票員、聖誕節忙季在倉庫工作、一些農業工作。克蕾莎說，她之前在露營場找到了一份她滿喜歡的臨時工作，主要是打掃，還有跟露營者周旋。」

「好有趣。」他總得說些什麼吧。

「里昂，」她說，「如果，我們直接開著露營車離開呢？」

他第一個想法是，這太荒謬了。儘管如此，他還是溫柔地等了一兩秒，這才開口問道：「親愛的，我們把露營車開走，又能去哪呢？」

「去哪都可以。我們想去哪都不成問題。」

「讓我考慮看看吧。」他說。

這個提議的癲狂感只持續了短短幾個鐘頭，甚至不到。當晚，里昂躺在床上，汗水浸透了床單——在不開冷氣的情況下很難入眠，但他們必須省吃儉用，且根據瑪麗的估算，假如那週開冷氣，他們就無法支付信用卡帳單的最低應繳金額了。這時，他發覺了這項計畫的精妙之處：他們可以直接離開這裡。這幢令他夜不能寐的房子，將會成為別人要去解決的煩惱。

「我考慮過妳的提議了。」隔天吃早餐時，他對瑪麗說道。「我們就這麼辦。」

「抱歉，你說就怎麼辦？」她一早醒來總是疲倦又困頓。

「我們坐上露營車，就這麼開走吧。」他說。瑪麗的笑容是他最好的安慰。一旦下定決心，里昂便感受到一股怪異的急切感。事後回想起來，他們其實也不趕時間，但總之他們短短四天後就開著露營車揚長而去了。

最後一次走在屋裡，穿過一個個房間時，里昂感覺得出，這棟房子已經和他們毫無瓜葛了，空氣中瀰漫著無人居住的空虛感。大部分家具都還在原位，大部分個人物品也沒有帶走，廚房牆上仍釘著一本掛曆，咖啡杯仍擺在櫃子裡，書本仍立在架上，然而所有房間都已透出了被人遺棄的氛圍。換作是過去的里昂，絕不可能猜到自己與太太會成為隨隨便便拋下房子不管的那種人，他或許會認為，這種行徑會使人被沉重的羞愧感壓得喘不過氣來。然而，清晨陽光下，對行駛在高速公路上的他而言，拋下那棟房子竟感覺像一場勝仗。里昂開車駛出車道，轉了幾個彎，他們就此開上高速公路，頭也不回地離此而去了。

「里昂，」瑪麗說，彷彿想對他分享某個令人愉悅的小祕密，「你有沒有發現，我沒鎖前門？」

聽到她這句話，里昂感受到了無比真摯的喜悅。有何不可呢？反正他們也沒可能將那棟房子賣掉；全佛羅里達州都是更新、更漂亮的房屋，市郊外圍滿滿是未售出的建案，他們欠的貸款也高於房屋本身的價值。當他想像那間未上鎖的房屋陷入混亂，不禁樂得眉開眼笑。

里昂知道他們絕不會再回來了，這個想法對他而言也是無比美妙。他再也不必割草或修剪樹籬，再也不必為二樓浴室裡的黴菌苦惱，再也不必和鄰居相處了。（想到此處，他首次對這項計畫產生了疑慮。客觀而論，這項計畫並不高明，不過在他們所有糟糕至極的選項當中，已經是看似最佳的那個選項了。他瞄了副駕駛座的瑪麗一眼，心想：現在就只剩我們兩個了。那棟房子雖然是我們的仇敵，卻也是我們和這個世界之間的定錨。現在，我們是真的漂泊無依了。）

最初那幾天，他們從佛州北上來到美國南部時，瑪麗的態度有些冷淡。里昂知道，這是她處理壓力的方式——她會迴避，她會逃避，她會離開壓力來源。待到那個週末，她對里昂又慢慢恢復了親暱。大部分時候他們都用露營車的迷你廚房做飯，漸漸習慣了這樣的日常生活，但是在離開房子剛好一週時，他們開車來到了一間餐館。僅僅坐下來吃一頓不是瑪麗或他自己準備的餐點，感覺就奢靡到了極致。他們喝薑汁汽水慶祝了這一週紀念日，因為里昂需要開車，瑪麗服用的其中一種藥也容易和酒精產生不良反應。

「妳在想什麼?」里昂一面吃烤雞與馬鈴薯泥，一面問她。

「以前那間辦公室。」她說。「就是我從前那間保險公司。」

「我有時候也會回想起還在工作的日子。」他說。「老實說，現在回顧那個年代，感覺像是上輩子的事了。」

過去從事航運業時，他感覺整個產業都是點亮世界的電路，而他自己也是電路的一個元件。和成天駕駛露營車，漫無目的地行駛相比，那就是截然相反的人生。

第一個夏季，他們大部分時間都待在加州中部海岸一片露營場，地點離奧西諾鎮不遠。通往海灘的道路以南，人們乘著越野沙灘車飛馳在沙丘上，遠遠傳來的沙灘車引擎聲化為高亢的嗡嗡聲，宛若蟲鳴。救護車每天往沙灘跑三、四趟，去接開沙灘車受傷的人。但是在馬路北邊，海灘十分寧靜，里昂最喜歡往北邊散步了。奧西諾與海岸邊下一座城鎮——皮斯摩海灘——之間沒什麼東西，這是加州一條遺世獨立的海岸線，沙灘上還有一條條黑線。這裡的土地有著天然瀝青，土壤顏色較深。到了傍晚，鷸鳥便會成群結隊在沙地上來回奔跑，速度快得彷彿身軀飄在了離地一英寸的高度，腿腳如卡通裡的嗶嗶鳥那樣直接成了一團模糊影子。鷸鳥群奔跑的畫面乍看下很有喜感，不過牠們不知用什麼方法溝通，總能夠一瞬間集體轉向，不知為何這深深觸動了里昂的心。

里昂與瑪麗幾乎每晚在沙灘上吃晚餐，瑪麗似乎在凝望海洋時感到最為開心，里昂也很喜歡這裡。他儘量說服瑪麗別馬上回露營車，而是留在這片有著無盡天際、鳥兒如卡通人物般奔馳的沙灘上。他不希望瑪麗覺得他們的人生太過渺小。遙遠的天邊時有貨輪經過，里昂喜歡想像它們的航行軌跡。他喜歡從這個視角欣賞太平洋的無窮無盡，他與日本之間除了船隻與海水之外毫無阻礙。他們有沒有辦法去到日本呢？當然沒法了，但他很喜歡這樣的幻想。在過往的人生中，他去日本出差過幾次。

「你在想什麼？」海灘上一個晴朗的傍晚，瑪麗出聲問他。此時，他們已在奧西諾待了兩個月。

「日本。」

「我從前應該跟你一起去的。」她說。「就算只有一次也好。」

「客觀來說，那幾趟出差都很無聊，都只在開會而已。我一直沒什麼機會到外頭逛逛。」他稍微逛了幾個地方，對日本一見鍾情，還一度多休了兩天假，趁著櫻花盛開的季節走訪京都。

「就算是這樣，能去看看也好。」無人說出口的共識：他們兩人都再也沒機會離開這塊大陸了。

一艘貨櫃船經過了極遠的天邊，在昏暗暮色下，看上去就只是一個深色的長方形。

「以前在規劃退休生活的時候，我沒想過會變成這樣，」里昂說，「但這也不是最壞的情況，對吧？」

「絕對不是。在離開那棟房子前，情況比現在壞得多了。」

里昂希望有人實現了他心底的願望，放火燒毀那棟屋子。客觀而論，那場災難的規模著實巨大——**我們曾擁有一個家，然後又失去了它**——不過如今他們再也不必去想那棟房子，再也不必為岌岌可危的貸款與房屋保養煩惱了，真感覺如釋重負。其實在現在這種過客的人生中，也存在一個個喜悅的時刻，像是此時和瑪麗一同坐在海灘上，他就喜不自勝。儘管失去了很多，里昂仍經常感到幸運——能和瑪麗共度這樣的生活，真是太幸運了。

話雖如此，他們依然成了影之國度的住民，這是他在過去那段人生中只隱約認知到的境地，一個存在於深淵邊緣的國度。當然，他從以前就一直知道影之國度的存在，見過它較顯眼的邊遠疆域：高架橋下，用厚紙板搭乘的遮蔽處；高速公路兩旁，隔著樹叢瞥見的帳篷群落；每一扇門都被木板封死，樓上窗戶卻亮著燈光的房屋。里昂一直隱約察覺到影之國度居民的存在，這些人隱沒到了社會的表層之下，進到一個缺乏安逸、容錯率為零的領域；他們將所有家當裝在背包裡、在大馬路上搭便車，他們在城市街道上收集廢棄瓶罐，他們身穿「二十分鐘內女孩上門」T恤站在拉斯維加斯的賭城大道上，他們就是那些上門的女孩子。他曾見過影之國度的邊界與痕跡，只不過未曾想過自己有天會成為這個國家的公民。

在影之國度裡，里昂每晚躺下都會感受到強勁有力的恐懼，它強大到彷彿有了實體，化成了吸收所有光明的惡獸。他躺在瑪麗身旁，又一次想起這種生活的現實面：他們沒有任何犯錯或遭遇不幸的餘裕。假若他出事了，瑪麗該怎麼辦？瑪麗低迷的狀態已經持續好一段時間了。黑暗中，里昂的恐懼化作了胸口的沉沉重量，壓得他喘不過氣。

三

「退休以後過得還好嗎？」米蘭達問道。他們坐在她的辦公室裡，這裡曾經是里昂上司的辦公室，空間比他印象中還要大。自從在科羅拉多州接到米蘭達的電話，已經過了數日，期間里昂辭去了在萬豪酒店的工作——他告訴上司自己家中出了變故，暗暗希望未來還有機會被重新錄用——然後開著露營車到康乃狄克州，車子停在了瑪麗某個大學朋友家的車道上。

「沒什麼好抱怨的。」里昂說。米蘭達似乎不知他曾是阿卡提斯的投資人，但這其實也不是機密情報，網路上可以搜到他寫的被害影響陳述——具體而言，他並不為此後悔，不過當初若知道任誰Google搜尋他的姓名就能查到那東西，他可能就不會寫那份聲明了。

「完全沒有嗎？」

他微微一笑。「我在講電話時，是不是聽起來有那麼點激動了？」

「這樣說吧，我看你似乎很樂意放棄悠閒的退休生活，接下我們的顧問工作。」

「這個嗎。」里昂說。「老實告訴妳，退休生活過久了也是會膩的。」

「所以我才不打算退休。」米蘭達翻閱著一份資料夾。**我當初也沒打算退休**。里昂並沒有將這句話說出口，因為他對自己承諾過，他此行不會表現得焦急或哀怨，若有任何人問起他過去十年在露營車上生活的理由，他會說是因為他與瑪麗受夠了擁有一棟房屋所致的種種煩心事，也一直很想在國內四處探險。米蘭達將那份檔案遞給他，資料夾上寫著「玟森．史密斯」幾個字。米蘭達當真曾經是他的助理嗎？還是說，那不過是他腦中一段虛假的回憶罷了？他依稀記得從前頻繁出差的年代，當時就是米蘭達負責替他安排交通旅宿，但當初那個安安靜靜的年輕女人，如今已是辦公桌對面這位高層經理，身上穿著一絲不苟的鐵灰色套裝，喝著一杯別人替她泡好的茶。

「資料可以慢慢讀沒關係。」她說道。「這些當然都必須嚴格保密，不過你今晚可以帶回家詳讀。我知道你已經離開公司很久了，所以如果在讀資料的過程中有任何問題，都可以聯絡我。從你離開至今，公司的一些程序應該都變了吧。」

離開公司很久了？*是啊*，他心想，*也是可以這麼說*。這許多年過後回到公司，感覺令人暈眩。過去一個小時，他走在熟悉得令他緊張的走廊上，和一些壓根不懂他們有多幸運的人握手打招呼。

他清了清喉嚨。「妳在電話上提過，安全部會派人來負責訪談的部分。」他說。「那我的作用是什麼？」

「是的，到時會由麥克．薩帕瑞利負責訪談。」米蘭達說。「上週就是他和那位船長通了電話，幫我們寫了這些初步紀錄。我想先聲明，我對他自然是非常尊敬的，他退役前曾是紐約市警察。我不是不認為他能好好完成工作，只不過是覺得這次的問題比較敏感，訪談應該要由不只一人做見證。」

「妳擔心有人粉飾太平？」

「應該說，我想排除任何粉飾太平的誘惑。」米蘭達啜了口茶。「我並不懷疑薩帕瑞利的人品，我擔心的不是這個。但是，企業有時就像民族國家，每間公司都有它自己的文化。」里昂壓抑了一閃而過的厭煩——以前在我手下打雜的行政助理，竟然在對我解釋企業文化的意思？——但話又說回來，米蘭達其實說得不錯。「我把自己滿腔事業心都投注在這間公司了，」米蘭達接著說道，「不過，如果非得指出這裡的文化缺陷，那我會說，我發現這裡的人都不情願接受指責、承擔責任。當然，企業界大多數人應該都是如此，但這種現象還是讓人有點無奈。」

「所以，假如史密斯女士遭遇的事情，其實是公司原本有機會預防的……」

「那就是我關心的議題了。」米蘭達說。「這地方就是這樣，我如果要求誰寫一份報告說明我們產能過剩的問題，那非常有可能收到二十頁關於經濟環境的論述，報告中卻會對我們管理船隊的方式隻字不提。」

「我會幫妳留意的。」里昂說。

「謝謝你，里昂。你確定明天出發沒問題嗎？」

「完全沒問題。我很期待再次離開這個國家。」不過事後回想起來，他為自己的用字遣詞感到羞愧。當晚，他詳讀了案件細節。玟森．史密斯：三十七歲，加拿大籍，擔任助理廚師。在海王星昆布蘭號上工作——這是一艘長三百七十公尺的新巴拿馬等級貨櫃船，專門跑紐華克—開普敦—鹿特丹航線。玟森養成了習慣，一次出海九個月，然後一口氣休假三個月。她沒有固定住址，但這不稀奇，其他這麼安排工作時間的航海員也往往居無定所。她在陸地與海洋之間往返了五年，直到某天夜裡，她消失在了茅利塔尼亞海岸附近。

若說這樁失蹤案是否有嫌疑人，那嫌疑人就是喬福瑞．貝爾了。關於喬福瑞．貝爾的一些筆記：來自紐卡斯爾——看見這個地名，里昂．皮凡不由自主地想到了錯誤的大陸，以及一整個船級（五十公尺乘三百公尺的紐卡斯爾極限型，澳洲紐卡索港能容納的最大船型），不過貝爾出身的紐卡斯爾是最原始的那個紐卡斯爾，泰恩河畔紐卡斯爾。他父親是退休礦工，母親是商店員工，他拿到合格水手證照後在快桅工作了幾年，那之後又換了兩家公司，最後來到海王星—阿孚米蒂斯，登上海王星昆布蘭號時已升為三副。他的事業並不出色，一般情況下也不引人注目，唯一值得注意的部分是，玟森死時正在和他交往。

有兩個人向船長報告，玟森在船上的最後一晚，他們聽見她的艙房傳出爭吵聲。爭執發生後不久，監視器拍到她離開房間、走下好幾條廊道、爬了一層階梯，重新出現在室外時，她來到了C層甲板——但那天船員都接獲了指令，理應在艙內待到天候好轉才可外出。船上有一處死角，C層甲板有個監視器拍不到的角落。在監視錄像中，玟森繞過轉角後離開了鏡頭拍得到的範圍。三十五分鐘後，同樣幾臺監視器記錄下了喬福瑞．貝爾的路徑，他經過同樣幾條走廊，來到C層甲板同一個角落，然後踏進了監視器盲區。他在盲區待了五分鐘，然後監視器拍到他回室內的畫面，至於玟森，她則再也沒出現在任何一段監視錄像中，再也沒出現在那艘船上，再也沒出現在地球任何一處了。貝爾告訴船長，他當時是去尋找玟森，但沒能找到她。船長主張他不相信貝爾的說詞，不過船上沒有目擊者、沒有遺體，也沒有任何證據。玟森失蹤後，海王星昆布蘭號的第一站是在鹿特丹，一靠岸貝爾就逕自下船，沒再回來了。

「不用我說，你也知道，」在最初那通電話中，米蘭達如此說道，「但想當然耳，不會有任何一國投入警力調查這樁案件。」

距失蹤地點最近的國家是茅利塔尼亞，然而玟森是在公海失蹤的，所以茅利塔尼亞沒必要為此事操心。玟森是加拿大人，海王星昆布蘭號的船長是澳洲人，喬福瑞·貝爾是英國人，其餘船員則包括德國、拉脫維亞與菲律賓人。那艘船掛的是巴拿馬國旗，在法律定義上屬漂浮在海上的巴拿馬國土，但巴拿馬當然沒有動機也沒有人力去調查一樁發生在非洲西岸的失蹤案。一個人是有可能在國與國之間的空隙，悄然消失無蹤的。

直到搭上飛往德國的班機，里昂才終於和麥克·薩帕瑞利見到面。機艙關門前兩分鐘，一個剛進中年的男人氣喘吁吁地隨最後幾個掉隊的旅客走了進來，面色通紅的他癱坐在里昂身旁的座位上。「安檢真是瘋了。」他對里昂說。「我說瘋了不是瘋狂嚴格的意思，而是真真正正發瘋了。他們居然有人一個個把三明治打開來檢查。」他伸出一隻手。「抱歉。嗨。我是麥克．薩帕瑞利。」

「幸會。我是里昂．皮凡。」

「你以前是動不動就出差的類型，對吧？」

「從前是。」從前在旅行時，我幾乎不會注意到自己越過了海洋的分界。

「我個人就沒辦法這麼頻繁出差了。告訴你，我這個人最理想的週末活動，就是待在家，一步也不出門。嗯，總之。你覺得，你這次參與調查的作用是什麼？」

這時一名空服員出現了，詢問他們想點什麼飲料，於是對話暫停了片刻，薩帕瑞利點了咖啡，里昂點了薑汁汽水加冰塊。

「回應你剛才的問題，我就只是觀察員而已。你負責訪談，我坐在旁邊看著。」

「答得好。」薩帕瑞利說。「我這個人就只能接受那種不過問事情的搭檔。」

「我能理解。」里昂儘可能友善地回道。

薩帕瑞利在包包裡翻找著什麼。他帶的是類似郵差包的側背包，讓里昂聯想到駛往布魯克林的地鐵上，那些腳穿匡威休閒鞋的二十多歲男性。但不對，他已經離開紐約市太久，記憶中那些二十多歲的時髦年輕人，現在都已是中年人了。他們都長大成了薩帕瑞利。

「我挖到一些關於喬福瑞．貝爾的情報了。」薩帕瑞利說。他取出一本筆記本，裡頭寫滿了方方正正的小字。「看來他當初來應徵工作的時候，沒有人對他做過背景調查，他就直接被錄用了。」

「背景調查不是標準流程的一環嗎？」

「理論上是沒錯，應該是有人出了作業疏失。總之，我聯繫上英國當地的門路，請他們幫我查詢他的逮捕記錄。看樣子，他在紐卡斯爾時有幾次因為暴力事件被捕，都不是什麼大事，不過他在出海前那一年，因為在酒吧和人鬥毆被逮捕了兩次。」

「感覺像是我們一開始就該注意到的問題。」里昂說。

「理想上是這樣，對不對？只能希望這次調查，不會再挖出他更糟糕的事跡了。」

那之後，他們就沒怎麼交談了。里昂在航程中又從頭到尾將檔案讀了一遍，但他已經對內容爛熟於胸了。

他仔細端詳玟森·史密斯員工證上的相片，就是無法給出肯定的結論。玟森·阿卡提斯與玟森·史密斯的確可能是同一人，可是網路上的舊照中，那個和強納森·阿卡提斯挽著手、打扮得光鮮亮麗的年輕女人，和員工證上這位毫無笑意、一頭短髮的中年女人，只有那麼一點相似而已。一個女人怎麼可能從阿卡提斯的妻子，搖身變為貨櫃船上的廚師？太不可思議了吧。但假若她們真是同一人，那也許這份不可思議正是重點所在。里昂不禁心想，他若是阿卡提斯的配偶，大概也會想出海，甚至是直接脫離這顆星球。資料全都讀完後，他翻開先前在機場買的雜誌——之所以買這些雜誌，除了真心對內容感興趣以外，也是想讓薩帕瑞利將他視為平時會閱讀《經濟學人》與《外交政策》的正經人物。你可以說這是他的表演，也可以說他是想呈現自己最好的面向，穿上西裝、梳理頭髮是同樣的意思。坐飛機那一路上，薩帕瑞利不是在手機上打字，就是在讀尼采著作。

到了布萊梅機場，一輛黑車接了里昂與薩帕瑞利，載著他們在烏雲低沉的灰色天空下北上。他們穿過布萊梅港市漂亮的紅磚區，來到了航運業者說起「布萊梅港」時，真正指的地方：城市與大海之間一座偌大的碼頭，不完全算是德國的一部分，但也不能算是其他地方，而是地球上逐漸增生的閾限空間之一。年輕時，里昂在這種地方度過了不少時日，而此時和薩帕瑞利與陪同的警衛走向海王星昆布蘭號，他突然萌生了一種古怪的感覺，感覺他化成了幽魂，回去糾纏從前那個版本的人生了。在這裡，他只覺自己是冒牌貨。

過去一週頻頻聽見與讀到這艘船的名稱，此時親眼看見這艘船本身，里昂竟感到幾分不和諧。上方高處，起重機正在將普通房間大小的貨櫃箱從繫固結構與貨櫃艙拎起。船身和其他海王星—阿孚米蒂斯公司的貨櫃船漆成了相同的暗紅色，此時船上半數貨物都卸了下來，露在水面的船身比原先高得多。兩個面色愁苦的甲板水手在岸上迎接里昂與薩帕瑞利，陪同他們爬上船橋。

正如船長所說，船上氣氛低靡。船長是個六十多歲的澳洲人，身受那起事件震撼，他也對里昂兩人分享了眾多人懷有的猜疑，認為喬福瑞．貝爾和玟森失蹤案脫不了關係。

「他有對你們造成過任何困擾嗎？」薩帕瑞利問道。三人坐在船長室一張桌子邊，隔窗看著外頭起重機與貨櫃箱的動態，同時建立了接下來每一場訪談的固定形式：薩帕瑞利和受訪者對話，里昂則在一旁草草寫筆記，感覺自己完全是多餘的存在。

「沒有，他沒怎麼惹過麻煩。不過，他那個人有點怪，不愛跟別人交際，跟人互動的時候也很彆扭。他工作做得不錯，可是大部分時候都是自己一個人，感覺同儕們也不是非常喜歡他。」

「原來如此。聽說在史密斯失蹤那晚，你們遇上了壞天氣。」

「勢頭很猛的一場暴風雨。」船長說道。「任誰都不該上甲板的。」

其他幾場訪談：

「我有次在甲板上看到他們手牽手。」大副說道。「不過他們不會一起休假上岸。史密斯喜歡在休假三個月的時候，自己去到處旅行。就憑我的印象來說，他們好像有時候是情侶，有時候又不是。」

「他們挺低調的。」輪機長說。「應該說，所有人都知道他們在交往，因為我們都困在同一艘船上，這種八卦哪藏得住。不過，他們都不會太張揚。」

「你知道嗎？她還是個藝術家喔。」另一位三副——不是喬福瑞．貝爾——說道。「好啦，我也不知道能不能說她是藝術家，可是她喜歡拍藝術影片，我覺得滿酷的。」

「她很能幹。」玟森生前的上司——廚房服務生曼多札——說道。「不只是能幹，她還很愛她這份工作。我很喜歡和她共事，她從不抱怨，事情都辦得很好，跟所有人都合得來。頂多算是有點奇特的人吧，總喜歡拍些沒有重點的影片。」

「沒有重點？」薩帕瑞利問道，筆尖停滯在了筆記本上方。

曼多札點點頭。

「例如……？」

「例如，她會站在甲板上，拍他媽的海景。」廚房服務員說。「抱歉，我嘴太臭了。我這輩子可是從來沒看過別人幹那種事情。有次我剛好撞見她在拍，就問她在做什麼，可是……」

「可是？」

「她就只是聳聳肩，繼續拍她的影片了。」他沉默片刻，垂頭盯著地板。「其實，我很尊敬她這一點。她自己想做一件怪事，也覺得自己不必對我解釋什麼。」

「和她共事的這些年，你有覺得她憂鬱過嗎？」薩帕瑞利問道。里昂已經聽他在今天每一場訪談中提出這個問題，也早能料到對方的回答。「我們當然很難猜到別人面對壓力時會怎麼反應，但假如有人告訴你，她是自願離開這艘船、自願跳下去的，那憑你對她性情的瞭解，你會覺得這種說法可信嗎？」

「不會，她一直都快快樂樂的。」曼多札說。「她每次在船上工作九個月，然後休假三個月，等到回來時總能跟我們分享好多有趣的故事。我們其他人休假都只會回家，祈禱孩子還記得我們，不過她沒有家人，所以休假就會去旅遊。等她回來了，我會問她去了哪裡，她就會說是去冰島爬山、去泰國泛舟、去義大利學陶瓷工藝之類的。我們以前老愛拿這件事開玩笑，我會說：妳打算什麼時候結婚成家？她就會笑著說，可能等下輩子吧。」沉默悄然落在了訪談桌上。曼多札擦了擦雙眼。「我剛才有說嗎？我是真的很喜歡跟她共事，真的。我把她當成了朋友。你知不知道，和一個熱愛自己生活的人共事，是多麼難得的體驗？」

「嗯。」薩帕瑞利靜靜地說。「我懂。」

玟森的艙房從她消失後就沒再動過了。床上的被單沒有摺好，個人物品則非常少：一些盥洗用品、幾件衣服、一臺筆記型電腦、幾本書。書籍大多和一艘名為哥倫比亞號的船相關（《哥倫比亞萬歲》、《哥倫比亞號西北海岸航記》，等等）。薩帕瑞利動作俐落地將她的東西放進她的行李箱與行李袋，里昂則默默翻著那幾本書，將書倒著在床上方抖了抖。沒有東西從紙頁間掉出來。里昂也不確定自己在找什麼。能證實貝爾犯罪的信嗎？還是一些具有威脅意味的小東西？

「我來拿行李箱，」薩帕瑞利說，「行李袋就交給你了。」

里昂接過行李袋，兩人走出艙房，來到了上層甲板。起重機正在將新的貨櫃箱安放在繫固結構上。仔細回想起來，里昂似乎讀過關於那艘重建哥倫比亞號的記載：十八還是十九世紀，從波士頓啟航的一艘船。晚點再查查相關資料吧。時間已接近傍晚，起重機在甲板上投下了形狀複雜的陰影。日後回憶起來，在船上這最後幾分鐘染上了幾分鮮豔、多了幾分重量，因為這也是曼多札出現前的最後幾分鐘。此時背景盡是起重機與貨櫃箱碰撞與輾轉的聲響，以及引擎不間斷的嗡嗡聲，直到廚房服務生走得很近了，里昂才注意到他。「我送你們下去吧。」他說。三人身旁便是舷梯頂了。

「不必了。」薩帕瑞利說，但服務生盯著他們的眼神有些奇異，於是里昂點點頭，讓曼多札走在前頭帶路。薩帕瑞利朝里昂投了個煩躁的眼神。

下樓的同時，曼多札轉頭低聲說。「有一次，我看到他打女人。」

薩帕瑞利明顯全身一縮。「誰？貝爾嗎？」

「這是幾年前的事了，我們一起在另一艘船上輪值。船上有個女工程師，她跟貝爾算是在交往。有天晚上我們在甲板上烤肉，我聽到她和貝爾在吵架，所以就轉過身背對他們，就是想給他們一點隱私——」

「等等，」里昂說，「你們所有人一起在甲板上烤肉？」

「對啊，這是船上禁酒以前的事了。以前晚上下了班，還可以像正常成年人一樣跟同事們喝一杯。總之，我轉過身背對他們，假裝對天際線很感興趣，然後就聽到巴掌聲。」

「但是你沒親眼看見。」薩帕瑞利說。

「我知道打巴掌是什麼的聲音，不會聽錯的。我很快轉過來，他一看就是剛打了那個女的。女人站在那邊，一隻手摀著臉，稍微哭了起來，兩個人都盯著對方，像是驚呆了一樣。我就說這是怎麼回事，現在是什麼狀況？然後女人看著我說：『沒事。我很好。』我跟貝爾說：『你剛剛打她？』女人就說：『沒有，他沒打我。』可是她臉上幾乎被搧出手印來了，一大片紅腫。」

「好喔。」薩帕瑞利吐息。「那貝爾怎麼說？」

「叫我別多管閒事。我站在那邊，在思考要怎麼辦，可是女的堅持說什麼都沒發生，我哪有資格說她被怎麼樣了？我也沒真的看到什麼。」曼多札下樓的腳步非常緩慢，因此里昂與薩帕瑞利也慢了下來，豎起耳朵聽他說下去。「女人看著我，」曼多札對身後的兩人說，「她看著我，跟我說：『沒有人敢打我的。你以為我會讓人打我嗎？』我這時候有點不耐煩了，她很明顯剛被打了啊，可是我又能說什麼？所以我離開他們，走遠一點，這時候就聽到女人對貝爾說：『你再來一次，我就把你丟下船。』」

「然後呢。貝爾說什麼。」薩帕瑞利語調平板。

「他說：『我先把妳丟下船就沒事了。』」

他們已來到舷梯底部。里昂的心臟跳得太快，薩帕瑞利看似隨時可能吐出來。里昂開始想像接下來要提交的調查報告：經調查，我們得知喬福瑞．貝爾曾威脅要將一名女性丟下船。

「這是什麼時候發生的事？」薩帕瑞利問。

「八年前嗎？還是九年了？」

「那之後就沒再發生過類似的事件了？」

「沒了，」曼多札說，「可是你不覺得，那次的事情就很不妙了嗎？」

「你有告知船長嗎？」

「我第二天就去找船長說了這件事，他說他會多注意貝爾，可是既然女的都說沒發生什麼了，我們也不能怎麼辦吧？這就是傳聞而已，我說有，他們說沒有，而且我甚至沒看到事情經過。」

「好喔。」薩帕瑞利說。「那個女人現在在哪？從前和貝爾交往的那個工程師？」

「我也很久沒和她連絡了，聽說她人在菲律賓，生了小孩。」曼多札別過頭。「可以別提到我嗎？你們把這件事寫在報告裡的時候。」

「可以是可以，」薩帕瑞利說，「但是，你之前怎麼沒在訪談時把這些事情告訴我？」

「因為我滿喜歡喬福瑞的。我雖然跟你們說這件事，也不代表喬福瑞真的對玟森做了什麼。可是我跟你們說過話以後，腦子裡一直想著以前這件事，就覺得還是跟你們說一聲比較好。」

「謝謝。你願意跟我說這些，我很感激。」

上車後，里昂與薩帕瑞利沒有眼神交會，而是各自埋頭寫筆記。里昂儘可能逐字逐句紀錄方才的對話，薩帕瑞利大概也在寫同樣的紀錄。到了機場旁的飯店，他們登記入住，然後薩帕瑞利從他手裡接過了玟森的行李袋。「晚安。」兩人都拿到房間鑰匙後，薩帕瑞利說。這是離開海港後，他對里昂說的第一句話。

「晚安。」但里昂沒有上樓，而是去酒吧坐了一會兒，因為他已經七十多歲了，也沒錢旅行，這多半是他此生最後一次在德國的酒吧裡喝酒了。然而，在附近那座機場的影響下，酒吧裡所有人都是以英語交談。如果瑪麗也在就好了。里昂喝完一杯酒，上樓回房，將另一件襯衫熨平，然後看了會電視。試著想像調查報告中，那最後一場對話會以何種形式呈現出來：一名受訪者表示，喬福瑞・貝爾曾威脅要將一名女性同僚丟下船。在當時，貝爾與該名同僚係戀愛關係。受訪者將事件告知了船長，然而貝爾的人事檔案中未提及該事件，因此可合理推論，公司並未採取任何行動。他清醒著在床上躺了一夜，凌晨四點三十分下床，灌下四杯咖啡後下樓和薩帕瑞利會合，搭上了開往機場的車子。

＊＊＊

「你昨天也是穿這套西裝嗎？」薩帕瑞利問道。兩人同坐在商務艙，飛機已啟航一個小時。薩帕瑞利看上去和里昂同樣疲憊，里昂想問他是否也徹夜未眠，但這個問題感覺有侵犯對方隱私的嫌疑。

「這一趟出差也沒幾天。」里昂說。「特地帶兩套太麻煩了。」

「你知道我剛才在想什麼嗎？」薩帕瑞利直視著前方。「傳遞不祥的消息時，信使自己也會蒙上陰影。」

「這是尼采說的嗎？」

「不是，是我說的。能讓我看看你的筆記本嗎？」

「我的筆記本？」

「你昨天在車上用的那本。」薩帕瑞利說。

里昂從包包前側口袋取出筆記本，看著薩帕瑞利翻到最後一頁筆記，迅速讀完，然後把最後兩頁撕了下來，摺起後收入外套的內側口袋。

「你這是在做什麼？」

「其實，我們兩個的利害大致相同。」薩帕瑞利說。「我昨晚就在想這件事。」

「那你把我的筆記撕下來，能有什麼利益？」里昂感覺自己該為筆記本的事大發脾氣才對，但此時他累得只感受到一股陳悶的不安。

「我知道你沒退休。」薩帕瑞利說。

「你說什麼？」

「我知道你平時住在露營場，聖誕節都在物流倉庫當臨時工。我知道你去年夏天在一座叫冒險世界的遊樂園打工——那是在哪？印第安納州吧？」他筆直盯著前方。

里昂沉默了片刻。「愛荷華州。」他輕聲說道。

「還有前年夏天，我知道你和太太在北加州的露營場當過招待員。我知道你在不久前被科羅拉多州一間萬豪酒店僱用，做一些沒有技術含量的雜務。我知道，你身上這套，就是你唯一的一套西裝。」他轉頭注視著里昂。「我沒說這是你的錯。查到你那篇被害影響陳述時，我也去讀了那場龐氏騙局相關的資料，當時明顯有很多聰明人都中了招。」

「你沒說這是我的錯，那你到底想說什麼？現在這件事和我的履歷有什麼關——」

「我想說的是，你想拿到更多顧問合約，而我想避免每次見了人都讓人聯想到：喔，就是他寫了那份嚇人的報告，結果後來消息被洩露給媒體，好多人都被炒了。順帶一提，這也是你想要的東西。你當然也想避免被人用異樣的眼光看著，被人當成某種不祥的象徵。」

「你不想把最後那段對話寫在報告裡。」

「只要是正式訪談以外的對話，那基本上就只是不太牢靠的回憶而已，不是嗎？訪談過程我都有做紀錄，但除此之外就沒有了。」

里昂揉了揉額頭。

「那段讓人不安的小故事，我們或許有聽見，又或許沒聽見。」薩帕瑞利輕聲說。「但那段讓人不安的小故事，實際上不能證明什麼。案件的事實沒有改變，我們還是永遠不可能得知真相，因為當時就是沒有人在場。」

「喬福瑞．貝爾在場。」

「喬福瑞．貝爾在鹿特丹上岸後就消失了。喬福瑞．貝爾已經銷聲匿跡了。」

「史密斯失蹤後，船一靠岸他就直接走人了，你不覺得這很可疑嗎……？」

「里昂，我無從得知他下船離開的理由，而且我們都很清楚，這世界上不會有任何警察對他問起這件事。你就這樣想吧，」薩帕瑞利說，「不管我在報告中怎麼寫，玟森．史密斯終究是死了。我把最後那段對話寫進報告，並不會帶來任何正面結果，只會造成更大的傷害而已。」

「但你還是得寫一篇中肯的報告吧。」周遭一切都不對勁。從小窗戶透進來的陽光過分明亮，機艙內空氣過分溫熱，薩帕瑞利離他近得過分。欠缺睡眠的里昂，只覺雙目刺痛難耐。

「那，假設我在報告中據實陳述了我們在那艘船上每一段對話，這能讓強納森・阿卡提斯的女友起死回生嗎？」

里昂注視著他。現在仔細一看，薩帕瑞利雙眼充血，里昂確信他也是一夜未闔眼。

「我之前一直無法肯定。」里昂說。「我一直無法肯定她就是同一個人。」

「那不然你還認識多少個名字叫玟森的女人？告訴你，我以前當過警探，」薩帕瑞利說，「我在工作時養成了習慣，看到任何人、任何事情都會去查一查。你不覺得，你接下這份顧問工作，算是有了利益衝突嗎？玟森・史密斯的前男友，可是一個偷了你全部身家的男人。這件事米蘭達知道嗎？」

「我從沒隱瞞過什麼。」里昂說。「這些全是對大眾公開的——」

「對大眾公開，不等同你主動要求退出調查。你沒告訴她吧？」

「她完全可以自己去查，只要上Google搜尋我的名字——」

「她有什麼理由做這件事？你可是她信賴的前同事。我問你，你有Google肉搜過你信賴的人嗎？」

「兩位男士，」空服人員說，「有想喝的飲料嗎？」

「咖啡。」里昂說。「加糖和牛奶，謝謝。」

「我也一樣，謝謝。」薩帕瑞利向後靠著椅背。「你仔細想想，」他說，「就會發現我說得沒錯。」

里昂坐在靠窗的位子；他望向窗外清晨的大西洋，內心波濤洶湧。下方海中沒有任何船隻，他只遙遙望見遠方另一架飛機。咖啡送到了。很長一段時間過後，薩帕瑞利再度開了口。

「我會告訴米蘭達，你這次對我的調查工作很有貢獻、我喜歡和你合作，然後我也會建議她未來繼續邀你作為顧問回來參與短期任務。」

「謝謝。」里昂說。就是這麼簡單。

四

從德國回來後，里昂許久以來首次又看見了影之國度。過去數年，他一直沒怎麼注意到那個影子領域的存在；剛開始過露營車生活那幾個月後，他逐漸走出震驚、適應了這樣的生活，影之國度也漸漸消失在了種種背景思緒之中。但是，從德國回來之後幾天，在喬治亞州一間休息站餐廳裡，里昂往窗外一看，正巧窺見一個女孩子從停附近的一輛十八輪大貨車上爬下來。她穿得很日常，就只是牛仔褲搭T恤而已，然而在意識到她的身分那一刻，里昂也意識到了她是多麼年輕。女孩消失在了兩輛貨車之間。

那晚在另一處加油站，他又看見另一個女孩爬下另一輛貨車，這回是個搭便車的少女，身上背著背包。她年紀多大？十七歲吧。還是十六。或許是看上去仍然稚嫩的二十歲。里昂也看不出個所以然。在刺目的藍色冷光下，少女的黑眼圈顯得更加濃重了。她對上里昂的視線，眼底一片空白的她打量著他——那是一種你盯著馬路，馬路也盯著你的眼神。里昂心知肚明，自己與瑪麗其實比影之國度大多數住民都來得幸運，他們擁有彼此、擁有這輛露營車，還擁有足以生存下去的錢（但也只是剛好能夠存活而已）。話雖如此，影之國度所有公民都有一個最根本的共同點：他們都與原先的世界脫節，悄悄沉到了美國光鮮的水面下，漫無目的地漂流在水中。

人終其一生都是在不同國家之間移動——至少，在里昂看來是如此。自龐氏騙局崩解開始，他就經常想起自己讀過的一篇文章，文章作者是個罹患不治之症的男人，他某天一早醒來就發現自己病得無法自理了。他在文中感謝了那些到場援助他的急救人員，他們都是些善良的人，溫柔地將他送到了病者之國。里昂時常想到文章中提出的想法，而在歸國之後，在花無數個漫長又沉默的鐘頭駕駛露營車之時，他逐漸在腦中建構出了自己一套哲學理論，將世界劃分為了層層疊疊、相互重疊的許多國家。如果一個人患了病便會進入病者之國，必須適應該國獨特的儀式、習俗、傳統與規則，那麼一個人遭遇了阿卡提斯便會跌入一個極不穩定的領域，也就是被詐騙的國度。遭遇阿卡提斯以後，一些事物就此成了天方夜譚：退休養老、一個沒有輪胎的家、信任瑪麗以外的任何人。同麥克・薩帕瑞利去德國一趟之後，另一些事物也成了天方夜譚：對自身道德感的信心、過往對自己永不可能腐化的信心、打電話問米蘭達是否還有其他的短期顧問任務能指派給他。

從德國歸來一週後，他收到一封來自薩帕瑞利的email，點開就看見對方傳了一條網址過來，那是一段須輸入密碼才能播放的影片。信中寫道：「我們檢查過史密斯女士的電腦，找到總時長足有數小時的影像。有幾段影像類似這一段，一些是在極差的天氣中錄製的。我想讓你看看；它能支持我們的結論，她很有可能是意外死亡。別忘了，她失蹤那晚，正巧暴風雨來襲。」

影片不長，只有五分鐘左右，是夜間從後甲板拍攝的錄像。玟森錄了幾分鐘的海景，船尾後浪在月光下呈銀白色，然後鏡頭的角度變了：她踏上前隔著欄杆往外探，這一層甲板的護欄並不高。她想必往外傾身，傾斜的角度很大，以致鏡頭直接對著下方的海水拍攝。

里昂又重播了兩次，然後蓋上電腦。他知道薩帕瑞利對他一片好意，將這份證據寄過來，就是為了減輕里昂的罪惡感，並支持報告中提出的論述。那晚，里昂與瑪麗身在華盛頓州，在一處私人露營場，此時是淡季，營區幾乎沒有別人。車外夜色漸濃，冷杉與雪松枝枒映著逐漸黯淡的天空成了一條條黑色輪廓。那段影片無法證明什麼，只能顯示玟森的冒險與魯莽，但影片也讓人輕易在腦中描繪出了這樣的畫面：波濤洶湧的海洋、狂風、溼滑的甲板上一個分了神的女人，低矮的護欄。也許貝爾離船而去是因為他害死了自己女友，不過反過來想，或許他離船而去，是因為他深愛的女人已消失無蹤。

「這裡真的好美。」里昂從德國回來一年後，瑪麗在某天夜裡如此說道。里昂沒再接到顧問工作了，他們聖誕節前在亞利桑那州一間倉庫打工，每天花十小時快步行走在倉庫的水泥地面，拿著手持掃描器到處掃條碼，彎腰與搬動貨物。倉庫的短期工作結束後，他們撤到了聖塔菲市郊的露營場，靜靜地休養生息。在倉庫工作很辛苦，每一年都比前一年吃力，但他們賺到了足夠維修引擎的錢，還能將一部分收入存到緊急存款，現在得以在高原沙漠中休憩一會兒。馬路對面有一片小墓園，可以看見木製與水泥製的十字架，外圍是一圈鬆垮破舊的白圍籬。

「是啊，我們離最壞的情況還很遠呢。」里昂說。他們坐在露營車旁的野餐長椅上，欣賞遠方山巒在斜陽下變為靛紫色。此時此刻，他感覺世間一切都安好了。

「我們是如此輕巧地穿梭在這個世界。」瑪麗說，錯誤地引用了里昂最愛聽的歌曲之一。在那暖心的一瞬間，里昂以為她是指人類整體，所有蜻蜓點水般掠過世界表面的個人，幾乎不留痕跡地穿梭在世界的所有人……但後來他聽懂了，瑪麗指的是他們兩人——里昂與瑪麗——這時，里昂沒法將滿身寒意歸咎於悄悄逼近的夜晚了。接近四十歲時，夫妻倆做了不生小孩的決定，這在當時感覺十分理性，他們能就此避免許多不必要的麻煩與心碎，而且他們也能過上輕鬆而無負擔的生活，里昂向來很享受這樣的人生。但有些時候，負擔也可以想成是一種定錨，他近來不禁暗想，如果能用錨將自己稍微固定在這世上，似乎也不錯。

他們坐在長椅上，目送遠山後方的晚霞逝去，直到天色全黑、上空閃耀著星光，他們仍未離開。可是他們終究得上車的，於是他們撐起僵硬的身子，回到了溫暖的露營車內，完成了準備就寢的例行公事，互相親吻道晚安。瑪麗關了燈，短短幾分鐘就入睡了。里昂清醒著躺在黑暗中。

十四、辦公室大合唱／二〇一九年十二月

「最難忘的一份工作？」亞特蘭大一場雞尾酒會上，席夢有些心不在焉地重複這個問題。她現在和丈夫與三個孩子同住在亞特蘭大，在一間賣衣服的網購公司上班。「喔，這題很簡單。」她身邊圍了一圈同事，自己占盡了聚光燈。「你們還記得強納森．阿卡提斯嗎？就是在二〇〇八年搞了個龐氏騙局的那個人？」

「不記得。」席夢的助理說。她名叫凱莎，阿卡提斯入獄時她才三歲。

「妳說那個強納森．阿卡提斯啊？」一個較年長的同事。「那傢伙把我外公的退休存款全偷了個精光」

「哇，天啊，太慘了吧。」凱莎說。「他怎麼辦啊？」

「我外公嗎？他在世的最後十年，都一直住在我媽家的客房裡。他絕對是世界上怨念最深重的人了。席夢，妳以前和阿卡提斯有過交集啊？」

「我是他入獄前最後一任秘書。」

「不會吧。」

「我的天啊。」凱莎說。她看向上司的眼神，是行政助理赫然發現上司也曾經是行政助理時，那種恍然的眼神。

「當時我剛搬到紐約，」席夢說，「根本就是個十二歲屁孩，總覺得城裡什麼東西都閃亮亮的。我很快就找到工作，是在中城一家金融公司，平常負責接待工作和一點點秘書的工作。做了三個禮拜以後，我差不多要無聊死了，結果有一天我端著一盤咖啡走進會議室——」

「妳以前還要泡咖啡喔？」凱莎每天得幫忙泡兩次咖啡。

「那還不是那份工作最無聊的部分呢。」席夢說，選擇性無視了凱莎的語氣。「總之，阿卡提斯就在會議室裡跟員工開會，他叫我幫他們送咖啡進去，所以我就拿托盤端了一壺咖啡進會議室。我一走進房間，就感覺氣氛非常緊張，好像所有人都在害怕什麼似的。這實在很難形容，那感覺像是……凱莎，妳以前不是主修詩詞的嗎？幫我想想怎麼形容。」

「恐懼的氛圍？」

「謝謝，對，就是恐懼的氛圍，像是剛才有人說了什麼很糟糕的話。我正拿著托盤要出去，就在關門的時候，我聽到阿卡提斯說：『聽著，我們這裡是做什麼的，在座所有人都再清楚不過。』」

「哇。這是他被逮捕之前不久嗎？」

「就是他被捕的前一天，我沒騙你們。然後一個小時過後，他來找我，請我出去買碎紙機。」多年來，同一則故事經過不斷的打磨修飾，變得更刺激、更具娛樂性了。而說故事時，她總是得小心翼翼地壓抑腦中浮現的畫面：隔天晚上送她回家的黑色SUV、坐在後座的克萊兒。克萊兒後來怎麼了？席夢不想知道答案。

「可是，妳到底是哪一個啊？」故事快說完時，凱莎出聲發問。「是他的秘書，還是他的接待員？」

「兩個都是吧。」席夢說。「可能比較像接待員。這很重要嗎？」

「呃，可能只有字源上的差別吧。」凱莎有些猶豫地說，顯然知道在場除了自己以外，沒有人關心字源這個議題。對話又進行了下去，席夢也忘了問她那句話的意思，不過後來回到家，回到安靜的臥房，躺在熟睡的丈夫身旁時，她上網查了一下。直到此時，查了「秘書」一詞的字源時，她才意識到自己從來就不是阿卡提斯的秘書。秘書是一份替人保密的工作。

待到此時，席夢已經四十多歲，我們其餘人已經刑滿出獄了——四年、八年、十年——不過奧斯卡出來後，又因另一樁刑案被關了回去。我們在不同年，從不同的矯正機構被釋放出來，手裡緊抓著少數幾件個人物品，來到了一個許多方面都混亂不堪、與從前大相逕庭的世界。哈維最早獲釋，因為他提供的證詞對檢方助益良多，得以折抵刑期——那四年，他一直在來回通勤，夜裡與週末待在曼哈頓下城大都會懲教中心那個井然有序的地獄，獨自躺在牢房裡，平日白天則到上城那間法院指定的資產管理人辦公室工作，成了那場龐氏騙局的導遊。刑滿後，他向緩刑監督官提交了申請，離開紐約班到了紐澤西州，他妹妹就是在紐澤西經營冰淇淋店。哈維住到了妹妹家地下室，平時在海灘附近幫忙賣冰淇淋。

榮恩逃得了罪責，卻沒能躲過離婚的命運。他如今在紐約上州的羅徹斯特市生活，住在雙親家中，在一間電影院當票務員。

奧斯卡與喬艾於不同年分，分別被送到了不同州分的公車總站。喬艾從佛羅里達州搭車到了北卡羅來納州夏洛特市，在灰狗巴士候車室坐了良久，看著其他母親帶著她們各自的孩子進進出出。後來她姊姊終於一如既往地姍姍來遲，沒頭沒腦地說著路況、天氣與家中的空房，說她很歡迎喬艾住進來，直到重新站穩腳步為止，天曉得那是什麼意思。至於奧斯卡，則在印第安納波利斯市一處公車站的公告板前站了許久，最終搭上一班開往萊辛頓市的公車，之所以選擇那個目的地，是因為那班公車很快就會啟程，他也剛好買得起車票。他在車上打起了盹，醒轉時眼見車外是一片多雲的天空，此時他身在群山中，兩旁陡峭山坡上升了大片大片的松樹，樹梢消失在了山嵐之中。面對這世間美景，他不禁熱淚盈眶。一年後，他因毒品相關事件被逮捕，凌晨兩點在人行道上被扣上手銬、塞進巡邏車，在警車開往警局的路上，他默默闔眼回到了開往肯塔基州的公車上，回到了記憶中的陡坡、松木林、山嵐。

恩利柯生了兩個年幼的女兒，太太一直以為他名叫荷西。他們的婚姻不算特別幸福，但至少他們能住在海邊一棟漂亮的屋子裡。我們其餘人都對恩利柯的下落無比好奇，他在我們心目中成了某種英雄人物，在國界以南過著熱血又神祕的生活。而在現實生活中，他看著妻女在暮光下的海灘互相追逐，心中想的卻是：假如他被捕——不對，不是「假如」，而是終有一天，一定是的——等他終有一天被逮捕帶走時，不知妻女能不能繼續好好活下去。他無法逃避這份恐懼與不安。從前，他曾為逃脫被捕入獄的命運而沾沾自喜，但近來他越來越覺得命運並沒有放過他，而是從很遙遠的某處步步逼近。他總是等著一輛有著黑色車窗、車速放慢的汽車，拍在他肩頭的一隻手，門外傳來的叩聲。

十五、飯店

一

二〇〇五年一個暮春夜晚，凱耶特飯店裡，夜班服務生在大廳掃地掃到一半，忽然有客人對他說話。「你漏掃了一塊。」她說。保羅強行擠出勉強撐得上笑容的表情，只覺無比厭世。

「開玩笑的。」客人說。「抱歉，這個玩笑不好笑。不過，你可以過來一下嗎？這次是認真的。」女人站在窗邊，手裡握著一杯蘇格蘭威士忌。她年紀很老，至少對當時的保羅而言很老——事後回想起來，她可能只有四十歲左右而已——但她有某種令人移不開目光的特質。她整體看上去像個生活有條不紊的人，這是保羅無法企及的生活狀態。他彆扭地提著掃把走過去，站在女人不遠處。

「需要什麼服務嗎？」他對自己這句話相當滿意，這聽起來像是管家會說的話，他就是想營造類似管家的形象。保羅偶爾會瞥見——這個，雖不能說是從事旅宿服務業的喜悅，但至少能瞥見工作稱職所帶來的喜悅。他多少能看出，一個人做自己擅長的工作——像是擅長當調酒師的玟森——或許能獲得某種滿足感。至於保羅，他自己向來是個沒什麼熱情的員工。此時此刻，大廳另一頭的玟森在和一位客人談笑，對方正說著某一次釣魚失敗的荒唐故事。

「我接下來要說的話，不知道能不能請你幫忙保密。」女人說。保羅回眸瞄了前檯一眼，只見華特使出了渾身解數安慰一對美國情侶，那對客人很火大，因為他們花錢入住的按摩浴缸房實際上就是一間按摩浴缸房，而不是有大型熱水池的大套房。「我是艾拉・卡波斯基。」女人說。「你叫什麼名字？」

「保羅。很高興認識妳。」

「保羅，你在這裡工作多久了？」

「沒很久。幾個月而已。」

「那麼，你覺得你還會在這裡待很久嗎？」

「不會。」在話語出口前，他其實沒有過這個確切的念頭，但此時說的也是實話。保羅當然不會在這裡久留了，當初之所以從溫哥華搬來，一是為了逃離那群有著壞毛病的損友，二是因為玟森已經在這裡上班了，也告訴他在這裡工作還不錯，可是才剛上工一個星期保羅就發現自己錯了。他討厭回凱耶特，討厭和同事住在同一棟宿舍裡，討厭這種窒息的感覺。住隔壁房的餐廳服務生每晚都在和副主廚打炮，早已受夠了單身人生的保羅還得每晚聽著他們發出的每一絲聲響。他不喜歡自己的上司——華特——也不喜歡華特的上司——拉斐爾。他很思念數月前離世的父親，每每走進村子，保羅仍覺得自己隨時會看見父親的身影。「老實說，」他說，「我想離職了。可能最近就會離職。」

「如果不在這裡工作，你想做什麼？」

「我是作曲家。」本以為將這句話說出口，能讓自己更貼近作曲家的現實，但此時說了他卻只覺得自己很假。他在寫音樂，卻從不給任何人看自己的作品。他落入了古典樂與電子樂之間的奇怪領域，對自己的作品毫無信心。

「要在這一行闖出名堂，應該很不容易吧。」

「非常不容易。」他說。「我打算繼續在飯店工作，同時寫我的音樂，可是我想回城裡工作。」

「在這種荒郊野外休養生息是一回事，」艾拉說，「但天天住在這裡，想來又是另一回事了。」

「嗯，對啊，說得沒錯。我最討厭住這裡了。」他突然意識到，也許不該這樣對客人說話——華特若是知道了，一定會火冒三丈——但既然他都要離職了，他愛怎麼說話真的有差嗎？

「我想跟你說一個故事，」艾拉說道，「到最後，我會對你提一筆生意，你如果接受了，那就能賺些錢。有興趣聽嗎？」

「有。」

「你繼續站在那裡，我們一起往窗外看，等等如果你那位古板的經理問起這件事，就跟他說我是在問你關於釣魚和當地地理環境的問題。可以嗎？」

「可以。」他好喜歡這份神祕感，也更明確了自己離職的想法，因為即使艾拉在此刻停下來，不把她那神神祕祕的故事說出來，這也仍是保羅數週以來遇過最有趣的一件事了。

「紐約市有個名叫強納森．阿卡提斯的男人。」她說道。「我們之間只有一個共同點：我們都是這間飯店的常客。他再過兩天就會過來。」

「妳不會是偵探之類的吧？」

「不是，我只是習慣給精疲力竭的前檯員工巨額小費而已。總之，等他來了，我想對他傳達一句留言。」

「妳要我幫妳傳話嗎？」

「是，但我要的並不是把信封塞到他門縫裡這種傳話方式。我希望能以最難忘的方式，對他傳達我的留言。我要他受到震撼。」她雙眼閃閃發亮，保羅這才發現，她其實喝得很醉了。

「我認識一個女孩子，她以前用酸性麥克筆在學校窗戶上塗鴉。」保羅說。「如果用這種辦法呢？」

「你太完美了。」她說。

寫下那句留言時，保羅感覺胸中有無數顆恆星在劇烈爆炸，感覺像在夏季暴雨中奔馳。在指定的夜晚，他在他的晚餐時間離開崗位，悄悄繞到建築側面，他先前在這裡藏了一件尺寸過大的帽T，帽T口袋裡放了一枝酸性麥克筆。然後他溜到前露臺附近某處，就在飯店透出的那汪燈光之外。那晚吹著微風，他能更輕鬆地移動，任由腳步聲被森林那些小聲音掩飾過去——樹枝的吱呀聲、微風拂過的窸窣聲。夜班搬運工在門邊站了很久，太近了，保羅遲遲無法行動，幾乎要放棄這份任務了。但後來賴瑞瞄了眼手錶，退回大廳，朝職員休息室走去。到他休息、喝咖啡的時間了。一朵雲飄到了月亮前，這宛若某種象徵，夜晚成了保羅的同謀者，替他掩蓋蹤跡。他拔開麥克筆的筆蓋，快步踏上露臺，心臟怦怦狂跳，一路上都低著頭。*你怎麼不去吞碎玻璃*。他如之前在寢室練習的那樣，左右顛倒地寫下這句話，然後又悄悄退回森林裡，此時雲朵彷彿也成了他舞蹈表演的一部分，從月亮前方移開，月光照亮了那句留言。他繞到飯店後方，回了職員宿舍。雖無法完全無聲地行動，至少聲音會被夜間森林裡各式各樣的聲響掩蓋過去。今晚的職員宿舍裡，有人在開派對，燈光與音樂從二樓一間套房溢出，是白班員工試圖用酒水減緩客服工作的痛苦。

保羅脫下帽T與手套，把它們揉成一團塞進某一截樹木殘幹旁的樹叢，走出樹叢回到職員宿舍與飯店之間那條小徑。他走出樹林進入飯店門前那一汪明亮燈光，飯店裡若有任何人朝這邊看來，只會以為他是從自己房間走回來了。他瞄了手錶一眼，決定慢悠悠地繞到側門，是了，這邊也沒什麼好看的，就只是呼吸呼吸新鮮空氣而已。刺激的行動與神祕感令他飄飄欲仙，這股飄然持續到了他踏進大廳，看見這幅畫面的瞬間：站在大廳中央、一臉驚駭的客人；從前檯後方走出來的夜班經理；原本在吧檯後方擦拭酒杯的妹妹抬起了頭；所有人都盯著窗上的文字，玟森臉上的神情令保羅難以忍受，那是最赤裸的悲傷與驚恐。那位客人轉過身，玟森別過了頭，華特則乘著效率與寬慰的一波浪走上前——「先生要不要再喝一杯，自然是我們招待的了，真的很抱歉讓您看見這些」，等等等——玟森死死盯著她不停擦拭的酒杯，保羅則站在大廳側門邊，未被人注意到。不知為何，他此前完全沒意識到，除了那個人以外，還會有其他人看見留言。他悄悄回到夜晚冰涼的空氣中，閉眼在門外站了片刻，努力穩住心神，這才以較顯眼的方式再次進門、大聲關上側門，儘量表現得若無其事，目光卻立刻落在了被某人——應該是賴瑞——推到窗前的那盆蔓綠絨。

前檯後方，華特正默默觀察著他。

「那扇窗戶怎麼了嗎？」保羅問道。聲音聽在他自己耳裡，音調過於高亢了，總覺得不對勁。

「恐怕出了點問題。」華特說。「有人寫了非常嚇人的留言。」他覺得是我幹的。保羅心想，然後不知為何感覺自己受到了冒犯。

「阿卡提斯先生看見了嗎？」

「誰？」

「那位啊。」保羅朝那位客人一點頭，那位五十多歲的男人正低頭盯著杯中的威士忌。

「那位不是阿卡提斯。」華特說。

喔天。保羅隨便找了個藉口脫身，走到吧檯前，只見玟森擦完玻璃杯，現在開始擦酒瓶上不存在的灰塵了。「嗨。」他說。玟森抬頭時，保羅駭然看見她雙眼含淚。「妳還好嗎？」

「玻璃上的留言。」她輕聲說道。

保羅現在滿心想離開，直接拋下自己所有的家當，在大廳叫一艘水上計程車，逕自走到突堤碼頭上，搭了水上計程車去格雷斯港之後繼續不停遠離這裡。「大概就只是喝醉酒的青少年吧。」

玟森偷偷用酒吧餐巾紙輕擦雙眼。「不好意思，」她說，「我現在情緒太激動了，沒辦法跟你說話。」

「沒關係。」保羅說，全身心都深深浸在了從前戒癮所警告他要避免的那種自我厭惡。他感覺大廳裡眾人忽然提起精神；華特從前檯後方踏了出來，賴瑞從鋼琴旁隱蔽的壁櫥裡拉出行李推車，玟森快速喝了杯濃縮咖啡。飯店裡，大廳近乎完美的鏡像映在了玻璃牆上，但此時一道白光刺穿了鏡像，外頭水上有一艘小船駛來。強納森·阿卡提斯即將到來。

二

三年後，也就是二〇〇八年十二月，前檯後方的華特讀了阿卡提斯被捕的新聞，感覺到血液迅速抽離頭部。當晚值班的調酒師——卡里爾——看見他消失在前檯後面，沒過幾秒就拿著一杯冰水出現在了他身旁。「華特，來，深呼吸……」華特努力呼吸，努力喝水，努力不昏倒，眼前金星直冒。華特的同事們圍著他跪在地上，問他怎麼了，吵著說要叫水上計程車載他去醫院，然後賴瑞瞥見了電腦螢幕上的《紐約時報》報導，說了聲：「喔。」

「我也是投資人。」華特說道，嘗試著解釋。

「阿卡提斯的投資人？」賴瑞問道。

「他今年夏天來過，你還記得嗎？」華特感覺快吐出來了。「他和玟森。我有天晚上和他說話，我們聊到了投資，我跟他說我存了一些錢……」

「天啊。」賴瑞說。「華特。那真的太不幸了。」

「他表現得像是在給我恩惠一樣。」華特說。「一副讓我投資他的基金，就是在幫我一份忙的樣子。」

賴瑞跪了下來，一隻手搭在他肩頭。

「不可能沒有了。」華特說。「不可能就這樣沒有了。那是我存了一輩子的錢啊。」

在此，記憶出現了缺口：華特是怎麼回到宿舍房間的？日後回憶起這一晚，這部分記憶仍然模糊，但總之一段時間過後，他躺在了自己的床上，盯著上方天花板，身上仍穿戴整齊但脫了鞋，一杯水擺在了床頭櫃上。

時間竟已將近上午八點，於是華特去總經理辦公室見拉斐爾。「我什麼都不知道。」拉斐爾說。他在左手指關節上轉著原子筆，動作快速而緊張，華特沒看懂這個動作的力學原理。為什麼原子筆不會掉下來？「我們必須等美國那邊的消息。」

「什麼消息？」華特仍盯著那枝筆。

「說得誇張一點，就是決定我們命運的消息。我剛和總部那邊通了電話，聽說紐約那邊有個資產管理人，是法官指派去幫阿卡提斯擦屁股的律師，那看樣子飯店的未來就取決於那位管理人的決定了。」

結果，命運的懸疑並沒有持續太久。快到下一週的週末時，消息經過層層傳遞傳到了飯店這裡，據說資產管理人決定售出這件不動產，儘可能在最短時間內為眾投資人收回最大的利益。那幾天有傳言說飯店管理公司會自己將飯店買下，但拉斐爾對此存疑。

「我跟你說個祕密吧。」拉斐爾對華特說。「這地方已經四年沒有盈利了，就算有買家感興趣，那人也不太可能是飯店業者。」

「除了飯店業者以外，還會有誰想把它買下來？」

「這正是問題所在了。」拉斐爾說。

當命運逐漸明晰——飯店準備出售，舉目望去卻不見任何買家，因此飯店預計在三週後結束營業——華特陡然有了個怪想法。所有人都要走了，但這不表示華特非走不可吧？一個站前檯的冷清上午，就在換班之前，他第四度嘗試致電那位資產管理人，這回終於過了阿福·賽溫的秘書那一關。

「我是賽溫。」

「賽溫先生你好，我是華特·李。很抱歉，打了這麼多通電話給你，」華特說道，「但我有一件急事想和你討論……至少，對我來說是很重要的急事。」

「李先生，有什麼需要我幫忙的嗎？」

華特也不確定自己想像中的資產管理人是什麼模樣，也許是法律電視劇裡那種角色吧，可能是操著煩人美國口音、如鯊魚般冷酷而奸滑的人物。沒想到，阿福．賽溫意外地和善且禮貌，華特提出自己的方案時，感覺對方一直在仔細傾聽。

「就我對飯店的理解，」賽溫說道，「它的地點相當偏遠，對吧？」

「但還是能和外界聯繫。」華特說。「如果叫水上計程車，我就能在一個小時內到達格雷斯港。」

「那麼格雷斯港，它是規模較大的人口中心嗎？抱歉，稍等一下——」對面傳來細微的動靜，賽溫用手摀住了話筒。「亞歷山大先生，」華特隔著他的手，聽見他模模糊糊的語音，「請先坐一會，我這邊馬上就好。羅蕊，可以麻煩妳幫我和哈維泡咖啡嗎？」又是一陣窸窣聲，然後賽溫的語音恢復了正常音量。「不好意思。我這麼說可能太直白了，但我想瞭解的問題是，你如果自己一個人住在荒郊野外的空飯店裡，會不會精神崩潰。」

「我能理解你的顧慮，」華特說道，「但我說句實話，我真的非常愛這裡的生活。」他不由得說起了在此生活的愉悅，他能夠居住在有著自然美景的寧靜所在，附近凱耶特村的村民都十分友善——這就有些誇張了，他們大都厭惡外來者——他一面說，一面滿腦子想著：拜託、拜託、拜託讓我留下來。獨白結束後，電話兩頭都沉默片刻。

「我明白了，」賽溫說，「你的提議相當有說服力。能不能請你在這週結束前，寄幾封你個人的推薦信給我呢？可以的話，也請你目前的上司幫忙寫一封推薦信。」

「沒問題。」華特說。「謝謝你考慮我的提案。」掛斷電話時，他許久以來——從讀了阿卡提斯被捕那篇新聞至今——首次感到了輕鬆。他環顧大廳，想像著所有人消失後的景象。

「你說你想做什麼？」華特去找拉斐爾時，對方問道。拉斐爾桌上擺著一本攤開的活頁夾，華特看見一張標題為「RevPAR 2007-2008」的表格，表格橫跨了兩頁。RevPAR，平均客房收益。拉斐爾即將調至愛德蒙頓市一間飯店，現在天天都在研究自己將要接管的新飯店。

「這間飯店需要有人照顧。」華特說道。「賽溫也認為，直接讓整間飯店荒廢掉，對任何人都沒有好處。」

「華特，你聽我說，我當然很樂意幫你寫推薦信、大力推薦你這個人，可是你竟然想自己一個人待在這地方，實在太不可思議了。你有考慮過幫自己設定期限嗎？」

「喔，我當然不打算永遠待在這裡。」華特安慰道，不過在走回職員宿舍的路上，他想著想著，覺得永遠留下來也不錯。來到凱耶特後，他是第一次真正愛上了一個地方，他沒有其他想去的所在了。給我安寧，他心想，給我樹林和大海和沒有馬路的陸地。讓我夏天穿過樹林走到村子裡，讓我聽風吹過雪松樹梢的聲音，讓我欣賞水面飄上來的霧氣，讓我每早坐在浴缸裡望向窗外的綠色枝枒。給我一個沒有人的地方，因為我再也不會全心信任別人了。

三

十年後的愛丁堡，保羅從調酒師手裡接過一杯葡萄酒，轉身準備回歸人群，她就這麼出現在了他面前。

「是妳。」他說，因為不記得對方的名字了。

「嗨，保羅。」她和保羅記憶中的模樣毫無二致——嬌小而打扮體面的女人，頭髮剪得一絲不苟，今晚身穿高雅的西裝，項鍊吊墜似乎是一隻蚊子，困在了核桃般大的一塊琥珀裡——但問題是，她是誰？保羅的時差沒調過來，也喝得微醺了，而且即使在狀況最佳的時候他也極不擅長記住別人的容貌與姓名。近來，他甚至懷疑自己是不是有某種毛病，可能是邊緣型反社會人格——**我該不會太自我，連其他人的樣子都看不見了？**——或是某種程度較輕的臉盲症，就是那種太太剪了頭髮你就認不得她的神經問題，不過他並沒有太太。他默默思索這一切的同時，神祕女人耐心地拿著一杯威士忌，等他接著說話。

「我沒有要催促你的意思，」她終於說道，「不過我正打算去露臺抽根菸，你要不要和我來，再慢慢思考？」

她說話帶有美國口音，但這也無助於保羅回憶起她的身分。這場派對吸引了參與愛丁堡國際藝術節的各種人物，賓客中有不少人說話帶美國口音。保羅尷尬地咕噥了一句，跟隨她穿過人群，直到他們在露臺上獨處片刻、女人點燃香菸後，保羅才恍然大悟。

「艾拉。」保羅說。「艾拉．卡波斯基。真的很抱歉，我這個時差太嚴重了……」

她聳了聳肩。「在意料之外的情境遇到一個人，總是容易……」她沒有說完。「而且，我們已經很久沒見了。」

「十三年？」

「對。」

露臺上非常冷，保羅很想回室內。不對，不是回室內，而是回他的飯店。冷並不是重點。坐經濟艙從多倫多飛到愛丁堡，實際上就等同兩天沒睡了。這和其他越來越多事情一樣，在他十八歲時還算可行，然而隨著他陷入中年，身體就越來越支撐不住了。此時遇見艾拉．卡波斯基，他感到更難受了。他臉上想必是露出了難受的神情，只見艾拉稍微放柔了態度，稍微而已，然後輕碰他的手臂。

「這十三年來，我一直想對你道歉。」她說。「那時在凱耶特，我是在憤怒的狀態，也喝得太多了，結果一時間被脾氣和酒精沖昏了頭。我不該請你做那件事的。」

「我其實可以拒絕妳的。」

「你那時的確該拒絕我，但我一開始就不該對你提出那種請求。」

「這個，」他說，「至少，妳對阿卡提斯的看法沒有錯。」保羅向來對新聞不怎麼感興趣，卻找了本關於那樁龐氏騙局的書來讀，希望能在那本事件發生數年後出版的書中，找到妹妹的下落。在那本書中，玟森就只是個邊緣人物，即使引用她的發言，那也不過是取自審前的證詞紀錄而已。作者明顯沒能採訪她，倒是在書中花了不少筆墨揣度她與阿卡提斯交往時享受的物質奢華。

「是，我說對了。」

「他以前和我妹妹同居，這妳知道嗎？」他在抽菸，但似乎沒有卡波斯基給他一根菸的

記憶。近來，時間的流動一直不太穩定，忽快忽慢。

「不會吧？」

「我妹妹以前是凱耶特飯店的調酒師。」他說。「男人走進了酒吧，然後是一連串的事

情，後來就發展成……」

「太神奇了。我看過他和一個年輕女人的合照，卻一直沒聯想到那間飯店。」

「她是那個深色長髮、長得很漂亮的調酒師，妳對她有印象嗎？」

艾拉蹙眉。「也許吧。不，老實說我沒有印象，完全不記得她這個人。她後來怎麼了？」

「我們很久沒聯絡了。」保羅說。在保羅眼裡，玟森存在於某種生命暫停的狀態。過去

在二〇〇八年，他在布魯克林音樂學院演出的第一晚，一走到臺上就看見了她。玟森當時坐

在前排一端；保羅的視線落在她身上時，心跳陡然加速了。他不知怎麼演奏完第一首曲子，

再度抬頭——頂多過十分鐘而已——玟森就消失了，只留下暗影中一個空無一人的座位。那

晚，他磨磨蹭蹭拖了兩個小時才終於離開表演廳，不過玟森並沒有在後臺的門外等他。下一

晚她也不在，再下一晚也不在；每晚走出表演廳，保羅都覺得會遇見她，她卻從不在那裡。儘管如此，保羅已在腦中多次想像兄妹之間的對質，甚至感覺那像是實際發生的事了。好了，妳在溫哥華住了那麼多年，那些錄影帶都裝箱堆在妳小時候的房間裡。保羅會這麼對她說。妳很明顯沒有要拿它們做什麼啊。甚至連東西不見了，妳也沒發現。所以，你覺得這就表示你可以不告而取？她會如此發問。至少我把它們拿來用了。他會如此回應。花了數日想像這段對話後，保羅幾乎開始渴望和妹妹對質了。結果，他一直沒機會和玟森發生這場對話，卻被迫時時刻刻和玟森進行這場對話。從布魯克林音樂學院那三場演出至今過了整整十年，時至今日他仍在和想像中的玟森、未曾出現在後臺門外的玟森對話。所以你的意思是，她會如此提問，你用我的影片，打造了自己一整個事業？玟森，我沒有用它們打造一整個事業，不過我幫妳的影片寫配樂之後，有了和錄像藝術家合作的機會，在巴塞爾和邁阿密的藝術博覽會有過幾次現場表演的機會，然後得到了在布魯克林音樂學院常駐演出的機會，我的研究員職位、我的教師職位，我這輩子所有的成就，都是在那之後降臨的。你覺得這是正當理由嗎？她會如此問。玟森，我不知道。我從以前就分不出哪些事情合理，哪些不合理。可是不管妳怎麼想，在布魯克林音樂學院那幾場演出過後，我就沒再用妳的影片公開表演了。你覺得這能赦免你的罪行嗎？不能，我知道不能。我知道我是小偷。

「你還在嗎？」艾拉說，他這才意識到自己可能已經默默盯著虛空，盯好一段時間了。

「抱歉，我在。我只是一整晚都在旅行，被舟車勞頓給累壞了。」

「在你這種情況下，參加派對實在有點勉強。」艾拉說。「我們出去吧，我請你喝一杯。」十分鐘過後，他們來到街角一間酒吧，是間風格老舊、裝有鮮紅門扉的店，內部牆上的木鑲板大概用上了一整座森林的木材。

「那麼。」他們坐上雅座時，艾拉說道。「抱歉，我就直說了。你看起來真的很慘。」

「我已經兩天沒睡了。」

「好吧，那就不意外了。」話雖如此，她看著保羅的眼神卻有些微妙。保羅有時雖不認得人名與人臉，但還是能清楚辨認出她沒問出口的問題。他近期越來越常看見那樣的眼神了。

「妳怎麼會去參加那場派對？」他張口問道，希望能讓她分心。他清晰地感知到了外套內側口袋裡那個小塑膠袋。

「我先生是戲劇導演。」

「世界真小。」

「每次發覺世界這麼小，我都還是會覺得驚奇。」

一名女服務生來為他們點單，然後保羅離席去男廁打了一劑——沒有很多，就只是足以讓世界少幾分混亂的份量。他全身靜止地站在小隔間，深呼吸五次，這才回到雅座。此時他感覺鎮定許多，時差的稜角也稍微被磨得鈍了些。一切都很好。人哪需要每晚睡覺嘛。要是從今以後隔一晚睡一次，那他能省下多少時間啊。

「所以，」她說，「從上次見面到現在，你做了不少事呢。」

「是啊，真的很不可思議。」他根本沒料到自己能成功，至今仍有些無法回神。「我走進鏡子來到了奇異的新世界，這裡的人竟然喜歡聽我的音樂。」他說。我事先根本不可能預料到這些，在腦中，他如此告訴玟森，我只是抓住了眼前的機會，和其他人一樣圖一點小利而已……抓住了眼前的機會？說得好像你根本沒得選一樣。我當時沒可能預料到自己會走進這樣的生活。他告訴她。說真的，他們都離開飯店後，他為什麼未曾嘗試聯繫她？當然是因為他的塗鴉嚇到了她，還有後來盜用她的影片，兩件事所引起的罪惡感，但也許現在該設法聯繫她了吧？也許已經過得夠久了吧？玟森不也天降到了原先難以想像的生活中嗎？

「你還真選了個有趣的方式，發揮了自己的創意。」艾拉說道。她剛才說她喜歡他的作品，他只恍恍惚惚聽進了一半。「我平時錄像藝術看多了，但你上次那場合作，那臺可程控操控面板，那就當真是奇妙的創新了。」保羅分別為兩件不相關的錄像藝術品，譜寫了二十四小時長的音樂，編成了一系列三十分鐘長的曲目，可以按購買者的偏好排列順序：舉例而言，夜貓子或許喜歡凌晨三點聽步調快、聲音尖銳的音樂，到凌晨五點的就寢時間，就切換至較平靜的音樂；而早起的族群可能偏好清早走進客廳，搭配振奮的音樂欣賞黎明。

「老實說，那些錄像藝術品當中，有幾部影片還真的得搭配音樂，才能變得有那麼一點有趣。」保羅說道。桌上這杯啤酒當真是糟糕至極，要是喝下去，他就會直接趴在桌上睡死過去。

「我很好奇，你在音樂領域的靈感來源是誰？」她問道。

「波羅的。」他說。「我寫的每一首曲子聽起來都像那個波羅的樂團的電子樂，他們曾經存在一九九〇年代晚期的多倫多。」

「喔，我都不知道你曾是樂團的成員。」

「我很努力寫一些聽上去不一樣的音樂了，」他說，「我是真的會集中精力，想要寫些不同的東西，然後寫到最後，我從頭播放一次，不知道為什麼總是聽起來像……」他住了口，用回頭的動作遮掩自己的忐忑不安。「妳覺得他們這裡有在賣咖啡嗎？」他深感心煩意亂。他從未對任何人提起波羅的樂團，剛才居然想也不想就直接對著她脫口而出了。

「應該有吧。」她招了手，一名女服務生出現在桌邊。

「請來一杯咖啡，謝謝。」

「我們家咖啡超難喝的。」服務生說。「我先警告你們了喔。」

「我可能顧不了那麼多了。」

「可以的話，我還是想勸退你。」她說。「我是說，你非喝不可的話我也是可以幫你送來，可是我跟你保證，你等下一定會跟我們退貨。」

「你們有紅茶嗎？」

「這裡可是蘇格蘭。」

「來一份特濃的茶。」保羅說。「你們店裡最濃的茶。我需要很多。咖啡因越多越好。」

「那我幫你點一整壺，」服務生說，「你愛泡多久都沒問題。」每每來到英國，保羅總覺得自己被人以某種晦澀難懂的方式羞辱了，但要分析這之中的意味太過費神，而且他也總分不出對方是真心想羞辱他，或者他只是患上了加拿大人身上常見的殖民後信心匱乏。**可惡，我知道茶要怎麼泡啦。**他很想這麼說，但已經太遲了，服務生已經離開雅座，他又和艾拉獨處，對方又用那種眼神看著他了。

「你現在還會和那個樂團一起演出嗎？你說是叫波羅的，對吧？」她誤會了，但他實在無法解釋。

「我們都各奔東西了。」他說。「我現在只會在臉書上看到他們的動態。安妮卡總是跟五、六個不同的樂團在到處巡迴。希歐現在是顧家好男人了。那間飯店還在嗎？」他聽見自己莫名其妙的問句，內心迫切想轉換話題。

「它在阿卡提斯被捕過後就停業了。」她說。

四

相隔八個時區的西方，華特站在從前凱耶特飯店的職員宿舍，透過房間窗戶向外望。這裡依舊收不到手機訊號，但前幾年他難得奢侈地買了臺無線電話，以便在和外界說話時，在自己的公寓房間裡來回遊蕩。

「我還真不敢相信，竟然已經快十年了。」他姊姊說道。「老天啊。你到現在還不覺得孤單嗎？」

「我的感覺應該不能用**孤單**來形容。嗯，我不覺得孤單。」

強納森．阿卡提斯被捕兩個月後，二〇〇九年年初，最後一位客人退房離開了凱耶特飯店，除華特以外的職員也在不久後跟著離去了。一間沒了客人的飯店，還能稱作是飯店嗎？拉斐爾離去時，華特送他到了突堤碼頭。「保持聯絡。」拉斐爾對華特說，然後兩個男人握了手，兩人都心知肚明：他們此生再也不會互相聯繫了。拉斐爾提著旅行袋爬上船——他其他的個人物品都提前運到了愛德蒙頓——司機梅莉莎發動了舷外發動機。她的薪水是領到今日結束為止，但她也懶得穿上制服了。小船開到格雷斯港後，她會把船留在港口，自行搭水上計程車回家。「我下禮拜會再回來。」她對華特說。「看看你過得怎麼樣。」

「謝了。」他說，內心有些感動，也有那麼點驚訝。梅莉莎鬆開了繫在碼頭的繩索，小船駛到水上，畫了個弧線繞行半島，然後消失在了視野之外。這是個陰陰的日子，海面映出上方淺灰色的天空，樹林因今早的雨而顏色加深、不時滴水。華特站在突堤上，直到再也聽不見小船的聲響，然後轉身面對空無一人的飯店。他沿小徑走去，開了大廳玻璃雙門的鎖，入內後又鎖上大門。拉斐爾離去時儀式性地關了所有電燈，但現在華特又開了燈，在燈光照射下，吧檯的深色木材散發著微光。他的腳步聲迴響在大廳裡。這裡所有的家具都變賣了，只有搬運費用太過高昂的三角鋼琴留在了原處，華特彈了幾個音，聲音在寂靜中大得不自然。他意識到，這是真正的寂靜，和身處森林時全然不同——即使在最安靜的時刻，森林也依然生機蓬勃，充斥著細微的聲響。他經過了前檯，經過了酒吧，走上樓梯。

這裡最大的套房——皇家海岸房——是強納森．阿卡提斯來訪時慣用的房間。華特考慮過要不要搬進來住——它有種職員宿舍不具備的輝煌，況且他身為飯店的管理員，不是該住在飯店裡頭嗎——不過一想到要睡在阿卡提斯睡過的床上他就覺得噁心，而且華特很喜歡自己那套公寓。他走遍飯店裡每一間客房，出來時都沒有關門。

說來奇怪，面對這偌大的空間，面對這許多空空蕩蕩的走廊與房間，他並不覺得孤單。這間飯店彷彿在最無害的層面上鬧了鬼：客房仍帶有一絲人氣，一種被人使用的感覺，小船似乎隨時可能載著更多客人回來，拉斐爾隨時會走出他的辦公室、抱怨最近的人事問題，卡里爾與賴瑞也會來準備上夜班。華特走到露臺上，在這裡能看見空空如也的突堤碼頭，突堤在孟冬暮光下暗影重重。他在那裡站了一會兒，然後才發覺自己是在等待船隻駛來——多年來養成的習慣，如今卻完全不合邏輯了。

「我自己也不怎麼相信，」二〇一八年，他對電話另一頭的姊姊說道，「可是我今早醒來時發現，到二月，我在這裡當管理員的時間就要滿十年了。」難以置信，卻無比真確的事實：過去十年，他獨自住在職員宿舍，偶有潛在買家搭水上計程車來看房時，他會擔任他們的導遊。過去十年，他每週去哈迪港補充物資，平時清掃飯店、割草、必要時和維修工人見個面、下午看書、用被棄置在大廳的史坦威鋼琴自學彈琴、和梅莉莎一同走去凱耶特村喝咖啡。過去十年，他獨自漫步在森林裡，春季看著淺色花朵推開深色土壤冒出來，夏季最熱的日子到碼頭邊游泳，秋季清澈的陽光下蓋著毛毯在陽臺讀書，冬季暴雪來襲時關燈獨坐在飯店大廳，享受暴風雪捎來的興奮感。

「可是，你好像還是很喜歡。」她說。

「我是真的很喜歡。非常喜歡。」

「單獨，但不孤單？」

「這樣說也沒有錯。我成年後一直在大大小小的飯店工作，如果在以前絕對猜不到，現在居然是遠離其他人的時候感覺最快樂。」

他結束通話後走出職員宿舍，沿著短徑穿行樹林，來到飯店後方過長的草地上。他開後門走進飯店，提醒自己晚點把大廳掃乾淨並拖地。少了家具的大廳宛若陰影斑駁的舞廳，一片寬敞的空白空間，對著玻璃外的荒野全景：內陸水灣、綠色海岸線、沒有船隻的碼頭。

五

愛丁堡那間酒吧裡，保羅的茶效果不佳。「我從以前就很有野心，」他聽見自己這麼說，「可是我從沒想過自己有一天能成功。」艾拉點點頭，注視著他。他這樣自說自話，已經持續多久了？他剛剛是不是睡著了一秒？他無法肯定。保持清醒真的好難。「那些影片都很美，不然就是很有趣，但不加上音樂的話就不夠美，或不夠有趣。」這件事他是不是已經說過了？

「你似乎很累。」艾拉說。「今晚要不就到此為止吧？」

他瞥了手錶一眼，詫異地發現已經快凌晨一點了。艾拉在和服務生買單。

「那麼，晚安了，」她說，「還有祝你好運，保羅。」

「我看起來像是很需要好運的樣子嗎？」他是真心感到好奇，對方卻只微微一笑，再次說了聲晚安。在那一瞬間，在他起身留她獨坐在酒吧裡的那一瞬間，他恨透了她——無癮者那難以忍受的自滿——可是她當然沒有說錯，他知道自己需要好運，他一個月前才剛用藥過量，醒來時已經躺在急診室了。（「拉撒路，歡迎回到陽間。」醫師對他說。）將近十年來，他雖有用海洛因，卻過著正常無礙的生活——不只正常，生產力還高得出奇——其中關鍵就是清楚知道自己的底限，別幹傻事。但他現在遇到的問題是，有時候海洛因不再是海洛因了，現在它有時會是吩坦尼，透過郵寄與航運悄悄滲入市場，藥效比海洛因強五十倍，生產成本也低廉許多。他最近聽到謠言，據說供應鏈上還出現了卡芬太尼，他對此恐懼不已：藥效是吩坦尼的百倍，唯一合法用途是麻醉大象。不久前某天夜裡，他讀到關於猶他州一間新戒癮所的資料，花了些時間瀏覽那個網站，看著照片中那片沙漠天空下幾幢低矮的白色建築。大腦某個遙遠的角落，理性告訴他，回戒癮所住一段時間其實也好。就去吧，趕快把這件事解決了。酒吧外的街上，瀰散落雨符合保羅印象中的英國，也讓他聯想到了英屬哥倫比亞。這種雨細細柔柔，同時從四面八方飄來。

他幾乎能肯定今晚下榻的飯店和皇家一英里是同方向，他也幾乎能肯定，要去皇家一英里的話，下一條街走到底之後要左轉。他又想到了凱耶特飯店，接著想到了玟森。現在這一條街看上去有那麼點眼熟，但他不確定是快到飯店了，還是自己在不斷兜圈。他停下腳步，在一道門前坐了下來——因為他疲憊不堪，而且對目前這種狀態的他而言，雨水並不是問題——他坐在門前臺階上，頭靠在了手臂上。他是不是該嘗試去找玟森，設法聯繫上她，將自己好運得來的一些錢分給她？不行，他需要這些錢。全部都需要。**我從以前就一直無法完全理解自己的責任**。他告訴她。現在他有時會對玟森說話，只有他自己一個人在說話，玟森則默默在一旁看著他、聽著他。這道門意外地舒適。他決定了，就在這裡小睡一下，頭靠著手臂休息個一分鐘，然後再去找飯店，再去好好睡一覺。

然而，他此時並非獨處。他感應到了某人的目光，抬頭就見狹窄街道對面站了個女人。她穿著某種制服，外加長長的白色圍裙，還在頭上綁了條手帕遮住頭髮。她想必是附近某家餐廳的廚師吧，也許是深夜出來吃頓晚餐，但如果她是在休息，那她消磨時間的方式也太奇怪了，怎麼就站在那裡盯著他，而不是去買點吃的或抽根菸？她看上去很眼熟，絕對不可能是玟森，但又——

「玫森？」他說，也許她不過是他腦中的幻想，總之她已經消失了。然而，保羅餘生中說起這段往事時，總會說得彷彿她真的出現在了那裡，每當別人提起鬼魂之說，他便會像變魔術一樣將這段故事亮出來——「我坐在愛丁堡某戶人家的臺階上，看到同父異母妹妹站在馬路對面，然後她就消失了，像是螢幕閃一下就消失的畫面。我開始想辦法去找她，結果好幾個禮拜過後才發現，她正巧是在那天晚上死去的，甚至可能就在那一分鐘，死在了離我好幾千英里的地方……」他也總是說得一副千真萬確的樣子，彷彿他並沒有產生幻覺，他看見的女人當真是玫森，玫森當真是鬼魂，鬼魂當真出現在了他那條街上。他也不曉得這是什麼意思——一個人變成鬼，到底是什麼意思？那一個人在那裡、在這裡，又是什麼意思？陰魂不散地糾纏一個人或一條生命，方法可是有千百種——但他總是無法肯定，總是覺得心虛。日後，他會好奇自己究竟是真看見她穿著圍裙站在那裡，還是後來得知她成了廚師，這才在記憶中替她添上了那條圍裙。還有，即使在當下，即使是坐在門前臺階淋雨、漂泊在睡眠邊緣的他，也逃避不了那個疑問：他是真看見了站在街上的玫森嗎？還是說，他不過是在離家很遠的異國城市中喝醉了酒、用藥用嗨了，還疲勞得精神錯亂了，這才在黑暗中看見了幻象？

十六、汪洋中的玟森

一

從終末開始吧：

從船側墜落

天際翻轉了一次、兩次，攝影機脫手飛出

感覺宛若墜入銳利的碎冰。

二

不，從二十分鐘前開始：

「妳昨晚去哪了？」喬福瑞問道。「我下了班都在找妳。」時間是二〇一八年十二月，我們已經斷斷續續在一起好幾年了，時而在一起，時而同意分開。之間有過幾次摩擦：他一度想娶我，但我很久以前就決定永遠不嫁人，再也不會依賴另一個人了；他常說想結束海上生活，一起去哪住著，但我毫無回歸陸地的意願。今晚我們在一起，不過我們早先在爭吵，此時他同我躺在我的床鋪上。我們一直看著我的行李箱在房間地上來回滑動，這已經是暴風雨的第三晚了。

「我出去散步了。」
「去哪？機房嗎？」
「甲板。」
「妳明明就知道，」他說，「我們不准上甲板。在天氣好轉之前，大家都得待在室內。」
「那你要去跟船長打小報告嗎？」我笑著，但這時才發現他火大了。
「太危險了。」他說。「求妳別再做這種事了。」
「我只是想把海錄下來。」
「什麼？玟森。拜託妳別告訴我，妳是在暴風雨中掛在欄杆上錄影。」
「喬福，你說話能不能小聲一點啊？牆壁很薄的。好了，我知道上甲板有點冒險，可是很值得。它好美。」站在甲板上時，我感覺自己如同永生不死的存在。暴風雨中存在驚人的力量與壯闊，唯有在風暴與海洋交會時，海王星昆布蘭號這麼一艘大船才會變得渺小。
他在床上坐了起來，穿上衣服，說話的聲音還是太響：「玟森，我可不覺得妳只是有點冒險而已。老天，別再幹那種事了。」
我這輩子痛恨的事物很多，其中我最痛恨的一件，就是別人對我指手畫腳。在廚房裡我能接受上司下達的指令，但在床上我可不接受，我也直接告訴了他。
「我對妳指手畫腳又不是單純覺得好玩。我叫妳不要在暴風雨中外出，是因為我不希望妳死掉。」

「我又不會死掉。你說得太誇張了。」

「我這不是誇張，是在說神志正常的人會說的話，真他媽希望妳也能正正常常地跟我說話。」說罷，他砰一聲摔門出了房間。

我在床上躺了很久，氣得牙癢癢，看著行李箱隨船身搖晃而來回滑動。風暴的問題就在於，你根本就睡不著，至少我無法靜靜躺在床上就是睡不著；船在水上搖擺時我也會跟著搖擺，一整晚都在睡睡醒醒、無法安心休息的狀態。最終，我起身穿上衣服，抓起攝影機，悄悄溜到了走廊上，然後走上C層甲板迎向風暴。

在空氣陳悶的工業風船艙內待一整天後，新鮮空氣瞬間讓我安下心來，就連暴雨也令人心曠神怡。電光閃過，一瞬間照亮整艘船。此時走路有些困難——我靠著欄杆跌跌撞撞地前行——不過那一如既往地興奮湧上了心頭，我知道美麗的鏡頭就近在眼前。我決定只錄幾分鐘影像，結束後就回室內。我設法來到C層甲板靠後的角落，烤肉爐與鎖住它的鏈條發出金屬碰撞的聲響。聽見雷聲的同時我開啟攝影機，錄下我此生見過最美的畫面：閃電劃過了浪濤洶湧的汪洋。在狂風暴雨中，海浪有如高山，冰冷的雨水打在我臉上，我知道它也打溼了鏡頭，但因雨滴而模糊的鏡頭拍出來也會很美。我站在護欄邊，可是一隻手扶著欄杆時我無法穩定地握住攝影機，於是我鬆了手——就只有一下而已——在兩座那高聳浪峰之間那一剎那的平靜，我向前傾身，讓攝影機錄下從天空轉入海水的弧線，鏡頭直對著下方的海洋。

後方牆上的燈光開始閃爍，我回眸望去，發現這裡除了我之外還有別人，那人就站在甲板另一頭。

「嗨！」我呼喊一聲，對方卻沒有回應。

不對，我錯了。我身邊沒人。我身邊一定沒人，因為我看見的人影似乎是女性，但整艘船上就只有我一個女人。

不對，她就在那裡。我幾乎能看清她了。燈光依然閃爍不定，甲板時而被照亮，時而陷入黑暗。最恐怖的是，那人似乎也時隱時現，比起人形更近似空氣中的一點擾動，出現在了欄杆上又消失的影子，某種存在逐漸逼近。她現在離我非常近了，欄杆上出現一隻手的形影，就只有輪廓而已，然後奧莉維亞．柯林斯站在了我身旁，和我一同站在船頭俯瞰海水。和上一回見面時相比，她看上去年輕許多，也飄忽許多。雨水穿透了她的身形。我仍雙手抓著攝影機，上半身傾向了護欄之外。我無法呼吸。她轉身似是想說些什麼，然後攝影機脫手飛出；我想也不想就伸手去救它，向外傾斜的身軀伸得太遠了，船忽然傾斜

我從船上飛了出去

我失去了重量

攝影機在暴雨中飛遠，

取景器的藍色方形在黑暗中翻滾——

三

冰寒湮滅了一切——

四

我牽著母親的手。我還很小。我們在凱耶特，在樹林裡採蕈菇。一段回憶，卻是鮮明得像是穿越了時空的回憶，我彷彿回到了那一剎那。能回到這裡，真好！「喔，我的小羊兒，妳看看，」母親說著，彎腰從深色土壤摘起一個橘色且有著凹槽的小東西，「這個是雞油菌。」

五

那像是入睡前的瞬間，你還未失去意識——你還足夠清醒，足以意識到自己即將入睡——但種種思想與回憶開始解體，化成了不同的故事，你發現自己已經開始作夢了：清醒的最後一刻，嗆著海水，一瞬間浮上水面來到了兩波巨浪的谷底，空氣耗盡了，時間耗盡了，船成了一團模模糊糊的光影，然後奧莉維亞將我拉到一旁對我道歉。她說她是想到了我，她經常想到我，想到大海、乘著強納森的遊艇出行那一次，所以她特意來找我，找到了在船上錄下風暴的我。她不知道我會看見她。她將我拉到一旁，就是為了告訴我這些，但她把我拉到了哪裡的一旁？我們處於某種境界之間的空間，至少在我看來是如此，處於汪洋與某個我不願去想的境界之間——

六

將我颳起：我十三歲時胡亂在學校窗戶寫下的字句，玻璃上那行淺色字母——

七

我希望能在其中流連更久的一段回憶：在C層甲板上吻著喬福瑞，在船尾堆成了高牆的貨櫃箱旁。他一手撫著我的臉頰。

「我愛妳。」他悄聲說道，我也悄聲回應。我從前也說過，但似乎在那一刻之前，我一直不懂那句話真正的含意——

八

但現在喬福瑞．貝爾與菲利斯．曼多札在小雨中站在了舷梯邊的甲板上，上空是鹿特丹港一架架橘色起重機。喬福瑞滿面鬍渣，頂著濃濃的黑眼圈。這不是回憶。

「你也知道，你這樣看起來像是畏罪潛逃。」菲利斯說。

「我對上帝發誓，我真的不知道她發生了什麼事。」喬福瑞破了音，用力嚥一口口水，闔眼片刻，菲利斯則一直盯著他。「可是我怕我留下來以後，會被當成殺人犯。」菲利斯點點頭，他們握手道別，喬福瑞轉身走下了舷梯，挺著寬闊的雙肩走在雨中。他看上去是如此孤獨、如此絕望，我恨不得過去觸碰他的肩膀，告訴他我沒事，我現在安全了，沒有任何事物傷得了我了，但我有些困惑，我離他好遙遠，他的身影消退了——

九

我身在一間飯店裡，我認得這地方。這裡好像是杜拜，但這和我走訪過的其他地點與回憶都不同，有種不真實的感覺。我站在大廳一座噴水池邊。

我聽見腳步聲，抬頭看見了強納森。我們在某個不是地方的地方，某個夢一般的地方，周遭的細節不停變幻。這裡沒有別人了。和其他地方相比，在這裡時我感覺紮實許多，強納森能看見我——他面露驚訝——我也能夠說話。

「嗨，強納森。」

「玟森？我差點沒認出是妳。妳來這裡做什麼？」

「只是來看看你而已。」

「妳從哪來的？」

我是從汪洋裡來的。我差點這麼說出口，但這時我分了神，似乎看見費薩從窗外走過，他身邊有個面善的女人——莫非是伊薇特．巴托利？——況且我此時也不完全在汪洋之中，或者說，我如果在汪洋之中，同時也在另一個地方——

十

一段時間過去了，我飄盪在諸多回憶之中。我來到某一座遙遠的城市，站在街頭，哥哥就坐在街道對面的門前，我聽見他對我說話，然而他抬頭看見我時卻無話可說；我在溫哥華遊走了一段時間，走在十七歲那年住過的社區，不過我如今的移動方式已經不算是行走了；我尋找米芮拉，找到她獨自靜靜坐在某幢美麗的屋內，是某種挑高公寓，只見她低頭盯著手機，抬頭蹙起了眉心，卻似乎沒看見我——

十一

在回憶中我回到了黃金小牛餐廳，餐廳內部盡是金紅相間，聽著強納森所有投資者當中我最反感的人說話，他在說某個歌手的事。不對，不是歌手，而是龐氏騙局。「就是個不懂得看準機會，不懂得把握機會的人。」雷尼．澤維爾說道，說的是那位歌手。「至於我呢，我當初遇到妳老公的時候，知道他這個基金是怎麼運作的時候啊，那就是天大的好機會，我馬上就把握住了。」

我看著強納森露出驚駭的神情，看著他說話時傾身向前，顯然急切地想阻止雷尼再說下去——「我們還是別拿這些無聊的投資瑣事來惹太太們厭煩吧」——然後雷尼舉杯時臉上浮現的壞笑：「我只是想說，我這筆投資的表現可是比想像中好太多了。」他完全知情，而我當然也知情，即使不瞭解騙局的細節，至少也知道這就是騙局，因為我當時已經扮演強納森的妻子數月了，我只是一直選擇不去看懂——

十二

我再次尋找保羅，在沙漠中找到了他，他在一幢低矮的建築外，白色建築物似乎在暮光下閃耀。他剛踏出了門，不停顫抖的雙手點了根菸。他抬頭看見我，手裡的菸掉到了地上，他彎腰撿了起來。

「妳。」他說。「是妳，對不對？妳真的在那裡嗎？」

「你那兩個問題，我都不知道該怎麼回答。」我對他說。

「我剛剛才說到妳的事，」他說，「在剛才接受輔導的時候。我剛才把這輩子從沒對任何人說過的事，全都告訴輔導員了。」在逐漸黯淡的光線下，我無法看清他的臉，但他的聲音帶著哭腔。「玟森，在妳走之前，我有話想告訴妳。」

「告訴我什麼？」

「對不起。」他說。「我為那一切對妳道歉。」

「我也當了小偷，」我告訴他，「我們兩個都墮落了。」我看出他沒聽懂，但我不想留下來對他解釋這些了，我有更想去的地方，於是我離開了沙漠、離開了保羅，去到了遙遠的凱耶特。

我在海灘上，距離郵船停靠的突堤碼頭不遠，母親也在這裡。她坐在離我一小段距離的漂流木上，雙手交疊在腿上，彷彿在靜靜等待預約的時刻到來。她的頭髮依舊紮成了辮子，她依舊三十六歲，依舊穿著失蹤那天穿在身上的紅色開襟毛衣。那是場意外，當然是意外了，她是絕不可能故意離我而去的。她在這裡等了我好久好久。她一直都在這裡。這裡一直都是家。她凝望著海洋，注視著拍打岸灘的海浪，在我呼喚她的名字時驚喜地抬起了頭。

致謝

我想感謝《勞埃德船舶日報》（*Lloyd's List*）親切的各位，謝謝你們允許我試訂閱你們的報刊，閱讀更多關於航運業的資料；我也想感謝蘿絲・喬治（Rose George）撰寫關於航運產業的書──《一切事物的百分之九十》（*Ninety Percent of Everything*，暫譯）──妳的書真的非常有趣。本書中所有角色都純屬虛構，不過故事中的金融犯罪事件是以馬多夫的龐氏騙局為原型，那場騙局後來在二〇〇八年十二月崩解了。在查閱這個領域的資料時，我讀了兩本好書：艾琳・亞維倫（Erin Arvedlund）的《美好得太不真實》（*Too Good to Be True*，暫譯），以及黛安娜・亨利克（Diana B. Henriques）的《謊言教父馬多夫》（*The Wizard of Lies*）。

感謝：我優秀的出版經紀人凱瑟琳・佛斯（Katherine Fausset），以及她在紐約柯蒂斯布朗出版經紀公司（Curtis Brown）的全體同仁；我的各位編輯珍妮芙・傑克森（Jennifer Jackson）、蘇菲・強納森（Sophie Jonathan）與珍妮芙・藍波（Jennifer Lambert）──以及她們在紐約克諾夫出版社（Knopf）、倫敦皮卡多出版社（Picador）及多倫多加拿大哈潑柯林斯出版社（Harper Collins Canada）的全體同仁；安娜．韋伯（Anna Weber）與她在英國聯合出版經紀公司（United Agents）的全體同仁；試閱了早期書稿的蘿倫．瑟蘭（Lauren Cerand）與凱文．孟德爾（Kevin Mandel）；以及之前擔任女兒保母的蜜雪兒．瓊斯（Michelle Jones），謝謝妳在我寫這本書時，盡心照顧我的女兒。

臉譜小說選 FR6609

玻璃飯店

The Glass Hotel

原著作者	艾蜜莉・孟德爾（Emily St. John Mandel）
譯者	朱崇旻
書封設計	馮議徹
責任編輯	廖培穎
行銷企畫	陳彩玉、林詩玟
業務	李再星、李振東、林佩瑜
副總編輯	陳雨柔
編輯總監	劉麗真
事業群總經理	謝至平
發行人	何飛鵬
出版	臉譜出版 台北市南港區昆陽街16號4樓 電話：886-2-25007696　傳真：886-2-25001952
發行	英屬蓋曼群島商家庭傳媒股份有限公司城邦分公司 台北市南港區昆陽街16號8樓 客服專線：02-25007718；25007719 24小時傳真專線：02-25001990；25001991 服務時間：週一至週五上午09:30-12:00；下午13:30-17:00 劃撥帳號：19863813　戶名：書虫股份有限公司 讀者服務信箱：service@readingclub.com.tw 城邦網址：http://www.cite.com.tw
香港發行所	城邦（香港）出版集團有限公司 香港九龍土瓜灣土瓜灣道86號順聯工業大廈6樓A室 電話：852-25086231　傳真：852-25789337
馬新發行所	城邦（馬新）出版集團Cite（M）Sdn. Bhd.（458372U） 41, Jalan Radin Anum, Bandar Baru Sri Petaling, 57000 Kuala Lumpur, Malaysia. 電話：603-90563833　傳真：603-90576622 電子信箱：services@cite.my
初版一刷	2024年10月
ISBN	978-626-315-545-9

售價：450元
（本書如有缺頁、破損、倒裝，請寄回更換）

城邦讀書花園
www.cite.com.tw

國家圖書館出版品預行編目（CIP）資料

玻璃飯店／艾蜜莉・孟德爾（Emily St. John Mandel）著；朱崇旻譯. -- 初版. -- 臺北市：臉譜出版：英屬蓋曼群島商家庭傳媒股份有限公司城邦分公司發行, 2024.10
面；　公分. --（臉譜小說選；FR6609）
譯自：The glass hotel.
ISBN 978-626-315-545-9（平裝）

885.357　　113011730

THE GLASS HOTEL
by Emily St. John Mandel